ज्ञान गरिमा के
65 वर्ष

भारतीय ज्ञानपीठ

# फूलों का बाड़ा

(कहानी-संग्रह)

# फूलों का बाड़ा

मो. आरिफ़

भारतीय ज्ञानपीठ

लोकोदय ग्रन्थमाला : ग्रन्थांक 925

ISBN 81-263-1729-5

**फूलों का बाड़ा**

(कहानी-संग्रह)

**मो. आरिफ़**

**तीसरा संस्करण : 2016**

**मूल्य : 200 रुपये**

प्रकाशक : **भारतीय ज्ञानपीठ**

18, इन्स्टीट्यूशनल एरिया, लोदी रोड, नयी दिल्ली-110 003

मुद्रक : आर.के. ऑफसेट, दिल्ली

आवरण : राधेश्याम अग्रवाल

आवरण-सज्जा : ज्ञानपीठ कला प्रभाग



PHOOLON KA BADA

(Short-stories)

by Md. Arif

Published by

**Bharatiya Jnanpith**

18, Institutional Area, Lodi Road, New Delhi-110 003

Ph. : 011-24698417, 24626467; 23241619 (Daryaganj)

Mob. : 9350536020; e-mail : bjnanpith@gmail.com

sales@jnanpith.net; website : www.jnanpith.net

**Third Edition : 2016**

**Price : Rs. 200**

# अनुक्रम

# लू

यह कहानी मैंने रतन सिंह चौहान के मुँह से सुनी थी। चौहान मेरे करीबी तो नहीं थे पर जब मैं मुम्बई में था तो कभी-कभार कान्दीवली स्थित उनके दो खोली वाले फ़्लैट पर जाना होता था। कारण था मेरा मित्र सन्दीप मिश्र जो चौहान का पड़ोसी था। दोनों पुलिस में थे और दोनों में खूब छनती थी।

उस दिन चौहान ने दारू पी रखी थी। उनकी पत्नी भी घर पर नहीं थी। वह पूरे मूड में थे। अपने उत्तर प्रदेश दौरे से बस लौटे ही थे। तभी उन्होंने यह कहानी सन्दीप को सुनायी थी। वहाँ मैं भी था। मुझे कहानी सच्ची और मज़ेदार लगी थी। इसलिए बड़ी आसानी से मस्तिष्क के एक कोने में ठहर गयी। सच्ची इसलिए कह रहा हूँ कि सुनने में आता है कि पुलिस वाले आपस में झूठ नहीं बोलते हैं। और मज़ेदार?...आप ख़ुद ही देख लीजिए।

इन्स्पेक्टर चौहान सादी वर्दी में थे। हाथ में एक कामचलाऊ बैग था। मुम्बई-हावड़ा एक्सप्रेस से उतरते ही वे बस स्टैंड पहुँचे थे। सड़क मार्ग से उन्हें बेलागंज पहुँचना था और फिर वहाँ से इस्लामपुर गाँव। ट्रेन यात्रा कुल मिलाकर आरामदायक रही थी और उनके चेहरे पर थकावट के कुछ खास चिह्न नहीं थे। पर मई की इस कड़ी गर्मी में बेलागंज पहुँचते-पहुँचते वे जरूर थक जाएँगे और अगर यह कहा जाए कि इस्लामपुर पहुँचते-पहुँचते वे थककर चूर हो जाएँगे तो कोई बड़ी बात न होगी। ऐसे में वे उत्तर प्रदेश इससे पहले भी एक बार आ चुके थे पर इस बार की बात और थी।

इलाहाबाद से बेलागंज 85 किलोमीटर और उसके आगे इस्लामपुर गाँव—छह किलोमीटर मुख्य मार्ग से अन्दर। यों तो साढ़े सात बजे सुबह बस उन्हें मिल गयी पर जिस रफ्तार से बस चल रही थी और जिस प्रकार बीच-बीच में रोककर सवारियों को उतार-चढ़ा रही थी, चौहान ने महसूस किया कि अगर दिन के एक बजे तक भी वे बेलागंज पहुँच जाएँ तो कोई विशेष देर नहीं मानी जाएगी।

उन्होंने माथे का पसीना पोंछा और जेब से अपनी मंजिल के डिटेल्स को एक बार फिर निकालकर देखा। इस्लामपुर छह किलोमीटर। पर्चे में दिशा-निर्देश अंकित था। बेलागंज उतरकर तिराहे चौक पहुँचना है और वहाँ से इक्का या रिक्शा पकड़कर इस्लामपुर। बेलागंज और इस्लामपुर के बीच कच्ची सड़क है और उस सड़क पर एक प्राइवेट बस भी चलती है पर उसका समय कुछ टेढ़ा है। सुबह इस्लामपुर के आगे डुमरा बाजार से बेलागंज आती है, शाम को बेलागंज से डुमरा बाजार लौटती है। रास्ते में इस्लामपुर यात्री उतर जाते हैं। पर अधिकतर यात्री बस और रिक्शा की अपेक्षा बेलागंज से इक्के पर जाना पसन्द करते हैं। रिक्शा महँगा पड़ता है जबकि बस देर शाम को जाती है।

इन्स्पेक्टर चौहान को यात्रा का यही अन्तिम चरण थका रहा था। ऐसी गर्मी! उस पर भीड़ भरी बस की कमरतोड़ यात्रा...तिस पर छह किलोमीटर की इक्का सवारी।

चौहान का अनुमान सही था। एक-डेढ़ बजे कहीं जाकर बस बेलागंज पहुँची। उन्हें बाजार से तिराहे चौक तक की दूरी पैदल ही तय करनी पड़ी। चौक पर मरघटी सन्नाटा था। एक बजे की दोपहरी में वहाँ मानो जीवन कुछ घंटों के लिए पलायन कर गया था। मोड़ पर छप्पर के नीचे एक चाय की दुकान थी। छप्पर के ठीक बाहर शीशम के पेड़ के नीचे रखी मरियल बेंच पर चायवाला सो रहा था। उसकी नंगी पीठ पसीने से तर थी और उसके मुँह पर मक्खियाँ भिनभिना रही थीं।

इन्स्पेक्टर चौहान ने अपने बैग से छोटा-सा तौलिया निकाला और पसीना पोंछने लगे। माथा, गर्दन, सीना और दोनों हाथों पर तौलिये को बार-बार रगड़ने के बाद उन्होंने इधर-उधर नजर दौड़ायी। न वहाँ रिक्शा था न ही कोई इक्का-ताँगा। प्यास के मारे उनका बुरा हाल हो रहा था। कोने में रखी बाल्टी से उन्होंने लोटा भर पानी पिया। फिर एक लोटा और पिया। अब तक चाय वाला भी जग चुका था। उसने बताया कि इस्लामपुर जाने के लिए चार बजे से पहले कोई सवारी नहीं मिलेगी।

इस चिलचिलाती धूप में...इस लू में अभी कोई साधन नहीं मिलने वाला। इन्स्पेक्टर की चिन्ता बढ़ गयी। उन्हें तो इस्लामपुर सिर्फ जाना ही नहीं था, वापस भी आना था और फिर बेलागंज से इस्लामपुर के लिए आखिरी बस साढ़े चार बजे ही थी। बेलागंज में दो-तीन घंटे लगने ही थे। वैसे आवश्यकता पड़ने पर रात बेलागंज थाने में बितायी जा सकती थी पर गर्मी का आलम यह था कि उन्हें महाराष्ट्र की याद अभी से सताने लगी थी। वे जल्दी से काम निबटाकर लौटना चाहते थे।

ऐसा कम ही होता है कि जो आप सोचें वही हो जाए। पर इस समय वही हो गया जो इन्स्पेक्टर चौहान परेशान खड़े सोच रहे थे। एक खाली रिक्शा इस्लामपुर के रास्ते से आता दिखाई पड़ा। चौहान तेज कदमों से आगे बढ़े कि कहीं कोई और न रिक्शे पर चढ़ जाए।

"इस्लामपुर चलना है।" कहते हुए इन्स्पेक्टर चौहान रिक्शे पर बैठ गये।

"रुकिए-रुकिए साहेब, तनी सुस्ताने दीजिए।...दम लेने दीजिए भाई, तबै न चलेंगे।" रिक्शे वाला पसीना पोंछने लगा। फिर वह पेड़ के नीचे बैठ गया।

"इस्लामपुर यहीं नहीं है मालिक। हमारे गाँव से भी दो किलोमीटर और आगे है। साँझ को इक्का, बस सब मिलेगा। उसी से जाइए। हम चलेंगे तो, पर घंटा भर बाद। दूसरे अभी बोहनी भी नहीं हुई है। पैंतीस रुपया लगेगा रिजर्व का।"

इन्स्पेक्टर चौहान ने कहा कि इस्लामपुर अभी चलना है। एक घंटे में वापस भी आना है। आने-जाने का साठ दे देंगे और अगर समय से पहुँचा दिया तो पन्द्रह रुपये इनाम के अलग से। रिक्शेवाला दिखावटी ना-नुकुर के बाद तैयार हो गया।

"मालिक, हुड गिरा लीजिए और कान से तौलिया लपेट लीजिए। गरम हवा में झुलस जाइएगा। लू ने थप्पड़ मार दिया तो इस्लामपुर पहुँचने से पहले ही टें हो जाइएगा।" रिक्शेवाला बोलकर हँसने लगा।

"चलो, चलो।" इन्स्पेक्टर चौहान बोले और हुड गिराकर सिर पर पसीने से भीगा हुआ तौलिया इस प्रकार डाल लिया जिससे कि उनके गाल और कान गरम हवाओं से सुरक्षित हो गये।

"बाहरी हैं?" रिक्शेवाले ने पूछा।

"हाँ, मुम्बई।" चौहान ने संक्षिप्त-सा जवाब दिया और तौलिये को आगे खींचकर सिर को और अच्छी तरह ढक लिया। शरीर को पिघला देने वाली लू बह रही थी।

"यहाँ कैसे मालिक, इस गाँव—खेड़ा में? वहाँ से इतना दूर, इस गर्मी में?"

"हमारे एक दोस्त रहते हैं उन्हीं से मिलने।" इन्स्पेक्टर चौहान ने असली मकसद बताना ठीक नहीं समझा।

"ज़रा बढ़ा लो, लौटना भी है। अभी और कितना है?"

"अभी...अभी तो तीन किलोमीटर ही आये हैं...एक-डेढ़ घंटा लगेगा और।"

इन्स्पेक्टर चौहान चुप हो गये। सोचा, रिक्शेवाले को ज्यादा क्या बोलें। चला तो ठीक रहा है। बेचारा पसीने से लथपथ है पर बढ़ा जा रहा है। इन्स्पेक्टर चौहान

को जीवन में ऐसी गर्मी से सामना नहीं पड़ा था। ऐसी लू, ऐसी तेज़ गर्म हवा...लगा वे नरक में पहुँच गये हैं। खेतों में बवंडर के गोले बन-बिगड़ रहे थे। एक भुतैले हवा के गोले ने अचानक उनके रिक्शे को घेर लिया। लगा रिक्शे समेत उन्हें उड़ाकर ले जाएगा। किसी तरह जान बची।

वे बार-बार हुड को आगे की ओर खींच रहे थे। अपने तौलिये को कसकर लपेटे हुए थे पर उनके पास चिलचिलाती धूप और प्रचंड गर्म हवा का कोई जवाब नहीं था।

उनका गला सूखने लगा था...उन्हें जोरों की प्यास लग रही थी...सिर भारी हो रहा था...। उन्होंने रिक्शेवाले से कहीं रोकने के लिए कहा, जहाँ पानी मिल सके। कुछ देर चलने के बाद एक आम के बाग के पास उसने रिक्शा रोक दिया। पास के घर से दौड़कर पानी ले आया। इन्स्पेक्टर गटागट दो लोटा पानी पी गये और बाल्टी में बचे बाकी पानी को सिर, मुँह, हाथ और पैर पर उड़ेल लिया। उनका चेहरा लाल पड़ गया था। आँखों में जैसे काँटे चुभ रहे थे। सिर फट रहा था। शरीर तपने लगा था। आग की माफिक। पोर-पोर से जैसे लावा फूट रहा था। पानी से विशेष फायदा नहीं हुआ। लू ने अपना काम कर दिया था।

रिक्शेवाले ने अपना अँगोछा वहीं पेड़ के नीचे बिछा दिया। रिक्शे की सीट निकालकर तकिया बनाया और अपने परदेसी पैसेंजर को लेट जाने के लिए कहा। इन्स्पेक्टर चौहान को वाकई आराम चाहिए था। वे लेट गये। आँखें बन्द किये लेटे रहे। उनकी रिवाल्वर पीठ के नीचे आ रही थी। उन्होंने रिवाल्वर को हाथ से हटाया। रिवॉल्वर देखकर रिक्शेवाला चौंका। कुछ देर तक घूरता रहा फिर अँगोछे के कोने से उसे ढकते हुए उनके सिर को सहलाने लगा। फिर उसने चौहान के जूते को उतारकर उनके तलवे को धोया और पैंट को थोड़ा ऊपर की ओर मोड़ दिया।

उन्हें आराम मिला। वे आँखें खोलकर धीरे-धीरे उठ बैठे और घड़ी पर नजर डाली।

"मालिक थोड़ा और सुस्ता लें तो चलें। हम तो आपकी दशा देखकर डर गये थे। परदेसी आदमी हैं। इस लू-धूप में यहाँ जंगल में कहाँ फँसे आप!"

इन्स्पेक्टर चौहान ने फिर से आँखें मींच लीं। उन्हें वाकई आराम मिल रहा था। ढाई बजने को थे पर लगता था उस बाग के बाहर चारों ओर आग की लपटें निकल रही हों। थोड़ी देर बाद उन्होंने आँखें फिर खोलीं, बैठे, और फिर खड़े हो गये।

"चलो।" उन्होंने धीरे से कहा। पूरी तरह आश्वस्त होने के बाद कि उसका पैसेंजर ठीक-ठाक है, रिक्शेवाले ने हुड ठीक किया, इन्स्पेक्टर चौहान को तौलिया

अच्छी तरह से लपेटने के लिए कहा और रिक्शा खींचने लगा।

"अभी कितनी दूर है?" चौहान ने कमजोर-सी आवाज में पूछा। फिर बोले, "शरीर अभी भी बहुत गरम लग रहा है।"

"अभी तो आधा भी नहीं आये हुजूर। और आपकी तबीयत भी खराब लग रही है। आप जल्दी से आम का पना पी लें तो सब ठीक हो जाएगा।"

"आम का पना? ये क्या होता है? ऐसा करो...स्पीड बढ़ा लो। लौटना भी है।"

"लौटना भी है? अभी तो पहुँचे भी नहीं...।"

इन्स्पेक्टर चौहान चुप हो गये। सिर और मुँह ढाँके बैठे रहे। रिक्शेवाले ने स्पीड बढ़ा दी थी। लगभग दो किलोमीटर और कवर करने के बाद वह हाँफने लगा। स्पीड खुद-ब-खुद स्लो हो गयी। उसने पीछे मुड़कर देखा। चौहान मुँह ढाँके बैठे हुए थे।

"मालिक, आपको पना की जरूरत है। नहीं तो तबीयत और बिगड़ जाएगी। पना आम को आग में भूजकर उसके रस से बनाते हैं। गर्मी और लू का दुश्मन है पना।"

"कहाँ मिलेगा?" वे धीरे से बोले।

"देखिए मालिक। आपके दोस्त के घर पहुँचते-पहुँचते तो आपकी तबीयत और बिगड़ जाएगी। मेरा घर बस आने वाला है। इस्लामपुर से बहुत पहले ही पड़ता है। कहिए तो जल्दी से पना पिलवाता चलूँ। तुरन्त चंगे हो जाएँगे हुजूर।"

"अगर रास्ते ही में है तो ठीक है। देर न लगाना।"

"ये बात हुई न! अब देखिए कैसे जल्दी से आप चंगे हो जाते हैं। बस आधा किलोमीटर और।"

"तुम्हारा नाम क्या है?" इन्स्पेक्टर चौहान ने पूछा।

"मालिक हाँ, इसी तरह बातचीत करते चलें तो मन ठीक हो जाएगा। हम लोगों को तो यह लू-धूप कुछ असर ही नहीं करता। बारह महीने रिक्शा खींचते हैं। गर्मी में बस पना पीकर घर से निकलते हैं। हाँ, हमारा नाम जोगी है...जोगी पासवान। बेलागंज से इस्लामपुर तक सभी जानते हैं जोगी को।"

"अच्छा!" चौहान ने उसे सहारा दिया। उसने बोलना जारी रखा।

"मालिक, सात तक पढ़कर छोड़ दिये हैं। पैंट-शर्ट पहनकर रिक्शा चलाते हैं। फैशन में कोई कमी नहीं करता है जोगी पासवान। चलिए न, आपको पना पिलाएँगे और अपना काला चश्मा भी ले लेंगे। गर्मी में आँख बची रहेगी तो खूब रिक्शा चलाएँगे...अच्छा, एक बात बताएँ...?"

"क्या?"

"हमें पता चल गया आप अपने दोस्त के घर नहीं जा रहे हैं। आप राजकुमार सिंह के चक्कर में जा रहे हैं। आपका रिवॉल्वर देख लिये हैं हम...पुलिस के आदमी हैं न आप! दो महीने पहले भी सादी वर्दी में एक इन्स्पेक्टर साहब आये थे—हम ही इस्लामपुर तक पहुँचाये थे उनको। पर नहीं धर सके थे ससुरा को। बताते थे लम्बा इनाम है उसके ऊपर। किसी को टपका आया है मुम्बई में। जाइए-जाइए। इस बार शायद हाथ लग जाय...। शायद हजारों रुपये का इनाम आपको बदा हो। पर एक बात का ध्यान रखिएगा—इस्लामपुर अपराधियों का गाँव है। अकेले जाना ठीक न होगा। पुलिस से डरते नहीं ऊ लोग। पिछले इन्स्पेक्टर साहब का रिवाल्वर छीनकर उन्हें बैरंग लौटा दिया था। ऐसा करें, हमारे यहाँ रात में आराम करें—सुबह लौट जाएँ। रिपोर्ट में लिख दीजिएगा ससुरा नहीं मिला।"

"बहुत तेज़ आदमी है तू जोगी पासवान।...अगर रिक्शा नहीं चला रहा होता तो पुलिस में भर्ती हो सकता था। पुलिसिया दिमाग है तेरा...।"

दोनों हँसने लगे।

जोगी पासवान का घर आ गया था। उसने रिक्शे को सामने खड़े नीम के पेड़ के नीचे रोका और उतरकर पसीना पोंछने लगा। इन्स्पेक्टर चौहान रिक्शे पर ही बैठे रहे। जोगी दौड़कर एक खटिया उठा लाया और बोला—"लेट जाइए ठंडे में। बस दो मिनट में पना तैयार। और अगर यहाँ ठीक नहीं लग रहा है तो चलिए अन्दर...वहाँ ठीक रहेगा...हाँ-हाँ, कच्चा मकान है...ठंडा है...वहीं लेटिए...सब लू-धूप एक मिनट में रफ्फूचक्कर...धनिया, तनी पना बना दे झट से तो...हमारे लिए नहीं...अरे भाई हम तो अभी पी के निकले ही हैं...इनके लिए...हमारे इन्स्पेक्टर साहब के लिए...मुम्बई से यहाँ आये हैं लू खाने...पहले ठंडा पानी दे...।"

धनिया पानी लेकर आयी। इन्स्पेक्टर चौहान ने धनिया से पानी लिया, पिये और वहीं ओसारे में रखी खटिया पर लेट गये। धनिया चली गयी। धनिया फिर आयी। पना लेकर। चौहान ने धनिया से पना लिया और पीने लगे। धनिया खड़ी रही। पना अच्छा लग रहा था। तबीयत अच्छी हो रही थी। धनिया अच्छी लग रही थी। सब अच्छा लग रहा था। धनिया चली गयी। तबीयत फिर बिगड़ने लगी। धनिया वापस आयी। गुड़ लेकर। गुड़ मीठा था। पानी ठंडा था। धनिया अच्छी थी। पना चटकदार था।

धनिया फिर चली गयी।

अब इन्स्पेक्टर चौहान को इस्लामपुर पहुँचने की जल्दी नहीं थी। धनिया फिर आयी लेकिन वह सोते जैसा लग रहे थे।

साँझ ढले इन्स्पेक्टर चौहान की आँख खुली। जोगी पासवान उनका पैर

सहलाते बैठा था। चौहान ने कहा, "पना अच्छा था। एक गिलास और।" जोगी ने कहा, "देर हो जाएगी, इस्लामपुर अभी भी दो किलोमीटर है। हुजूर जल्दी करें।" इन्स्पेक्टर चौहान नाराज होकर बोले, "मेरी तबीयत का खयाल नहीं। अब मैं और रिक्शेबाजी नहीं कर सकता। सुबह देखेंगे। ऐसे भी इस्लामपुर जाकर खतरा मोल लेना ठीक नहीं है। साठ की जगह अस्सी ले लेना। आज रात यहीं रुक जाने दो। और ये लो पैसे। कहीं से मुर्गा और एक बोतल का इन्तजाम करो। न हो तो बेलागंज से जाकर ले आओ।"

जोगी बोला, "मालिक, मैं तो पहले से ही यही कह रहा था कि इस्लामपुर न जाएँ।" वह फिर धनिया से मसाला पीसने के लिए बोलकर भागा।

मसाला पीसकर धनिया बाहर आयी। चौहान ने उसकी ओर सौ रुपये का नोट बढ़ाते हुए कहा, "यह तुम्हारा इनाम है। पना पिलाने के लिए, गुड़ खिलाने के लिए, तबीयत कुछ-कुछ ठीक करने के लिए।" धनिया लजायी, सकुचायी और नोट लेकर अन्दर को भागी। धनिया फिर आयी। कटोरे में दही लिये। दही मीठी थी। मलाईदार थी। धनिया खड़ी रही। चौहान दही चाटते रहे। धनिया चली गयी। दही खट्टी हो गयी। धनिया फिर आयी। दही मीठी हो गयी।

धनिया बोली, "पानी भर दिया है, नहा लो। तबीयत पूरी ठीक हो जाएगी।" नहाना तो था ही, नहा लिया। पर तबीयत पूरी तरह ठीक न हुई। अब मुर्गे का इन्तजार था, बोतल का इन्तजार था, थके-हारे जोगी का इन्तजार था, रात का इन्तजार था।

चौहान ने ज्यादा मुर्गा खाया, थोड़ा दारू पिया। जोगी ने थोड़ा मुर्गा खाया ज्यादा दारू पिया। धनिया ने न मुर्गा खाया न दारू पिया। वह भूखी थी, वह प्यासी थी। जोगी पी-पी कर अघा गया। फिर वहीं नीम के पेड़ के नीचे लुढ़क गया। रात आने लगी। लू चलने लगी। गर्मी बढ़ने लगी। चौहान ने धीरे-से धनिया से कहा, "पना बनाओ।" धनिया ने पूछा, "आम का या निबूड़ा का?" चौहान ने कहा, "जो-जो फल हों सब का बनाओ।" धनिया बोली, "फल तो सारे हैं पर अकेले सब कैसे बना पाऊँगी। मदद करो।" चौहान बोले, "क्या मिलकर बनाएँगे।" धनिया बोली, "हाँ। अन्दर आँगन में। मैं बनाऊँगी तुम पीना। फिर तुम बनाना मैं पिऊँगी। फिर दोनों बनाएँगे दोनों पिएँगे। साथ-साथ। एक साथ।"

रात तीन बजे कहीं जाकर दोनों की आँख लगी।

इन्स्पेक्टर चौहान सुबह-सुबह ही चलने के लिए तैयार हो गये। जोगी पासवान रिक्शा साफ करते-करते बोला, "कुछ मुँह में डाल लीजिए मालिक, तब निकलिए। फिर बीमार पड़ जाएँगे।"

"सुनो, ये लो अस्सी रुपये। मुझे जल्दी से बेलागंज पहुँचाओ। वहाँ पहुँचकर

खा लेंगे। देर करने से फिर धूप बढ़ जाएगी। धूप से मुझे बहुत डर लग रहा है। आगे अभी बहुत दूर जाना है और ये लो पन्द्रह रुपये, तुम्हारा इनाम। बड़ी सेवा की तुमने हमारी...अपने भाई के माफिक।''

''एक काम तो अच्छा किये मालिक आप कि राजकुमार के चक्कर में नहीं पड़ रहे हैं। लौट के बाल-बच्चों में जाइए। सरकारी इनाम पाने का टाइम फिर आएगा। तबीयत ठीक रहेगी, रिवाल्वर बचा रहेगा, तो बहुत इनाम मिलेगा। और हाँ, एक काम अच्छा किये तो अब एक काम खराब करने जा रहे हैं...हमारा इनाम और हमारी मजूरी अभी यहीं काहे दे रहे हैं, पहले बेलागंज पहुँचिए आराम से..तब ही लेंगे।''

चौहान ने रुपयों को अपनी जेब में रखा, मुस्कुराये और बिना कोई जवाब दिये रिक्शे पर बैठ गये। जोगी पासवान ने अपना काला चश्मा आँखों पर लगाया, आस्तीन चढ़ाया और रिक्शा खींचने लगा।

रिक्शा दौड़ रहा था। चौहान का मन भी दौड़ रहा था। जोगी शान्त था। चौहान बेचैन थे। फिर जोगी ने अपना राग छेड़ दिया। चिल्ला-चिल्लाकर गाने लगा। 'चलत मुसाफिर मोह लियो रे, पिंजड़े वाली मुनिया...।'

चौहान को बिल्कुल नहीं अच्छा लग रहा था। साले चुप हो जा। यही बोलना चाहे पर बोले नहीं। वे बहुत-सी बातें एक साथ सोच रहे थे। बीस हजार इनाम के बारे में सोच रहे थे। रिवाल्वर के बारे में सोच रहे थे। राजकुमार सिंह के बारे में सोच रहे थे। बेलागंज से इलाहाबाद तक की भीड़भरी बसयात्रा के बारे में सोच रहे थे। जो सोच रहे थे वह बोलना नहीं चाह रहे थे। जो बोले वे उनकी सोच में नहीं था।

''तेरी घरवाली अच्छी है।'' उन्होंने कहा।

''अच्छी लगी मालिक।'' जोगी पूछने के अन्दाज में तपाक से बोला।

चौहान चुप हो गये। बातचीत करने का मन नहीं था। यों ही पूछ लिया था धनिया के बारे में। बेचैनी कम नहीं हो रही थी। जोगी रिक्शा खींचते-खींचते फिर गाने लगा था। चौहान को उसका गाना नहीं भा रहा था। चौहान को उसका चश्मा भी नहीं अच्छा लग रहा था। उसका कपड़ा और रिक्शा भी अच्छा नहीं लग रहा था। इन्स्पेक्टर चौहान को जोगी पासवान रिक्शाचालक नहीं अच्छा लग रहा था। उन्हें कुछ नहीं अच्छा लग रहा था। फिर भी वह जोगी को देखे जा रहे थे। उसके कानों पर चढ़े चश्मे की दोनों डंडियों को घूर रहे थे। उसकी चढ़ी हुई आस्तीन को घूर रहे थे। उसके अँगोछे को घूर रहे थे।

''तुम्हारा बहुत ध्यान रखती है। सुन्दर भी है।'' चौहान फिर बोले।

''ऊँच जात की है...सिंहनी। भगा के लाया हूँ मालिक।'' वह दबी हँसी

हँसते हुए बोला।

उसके इस वाक्य ने रतन सिंह चौहान को गड़बड़ा दिया। माथे में टन्न से कुछ हुआ। लेकिन वे गम्भीर बने रहे।

''कहाँ से लाया रे भगा के? अपनी जात में नहीं मिली क्या?'' कुछ देर बाद वे फिर बोले।

''बताएं तो हँसिएगा। वहीं इस्लामपुर से। राजकुमार सिंह की रिश्तेदार है। असली नाम सुशीला है, सुशीला सिंह। इसके घर काम करता था मैं। मरने लगी हम पर ससुरी। बोली—भाग चलो नहीं तो जहर खा लेंगे। एक दिन रात में फूट लिये। भागे तो भागे कानपुर पहुँच गये। तीन साल वहीं रहे। जब यहाँ सब ठंडा हो गया तो लौटे। राजकुमार सिंह खून का प्यासा हो गया था।''

''तूने उसका नाम खराब कर दिया...अबे ये धनिया क्या है, वही सुशीला सिंह ही रहने देते।'' चौहान ने उसके अँगोछे को घूरते हुए कहा।

''अपने हिसाब से सेट कर लिये हैं ससुरी को। पूरा बदल दिये हैं।'' जोगी हँसने लगा।

''तुम तो पूरे हीरो हो जी जोगी।'' चौहान मुस्कुराते हुए बोले। बड़ी टेढ़ी-मेढ़ी थी उनकी मुस्कुराहट।

''आप बड़न की दया मालिक। बस शौक से रिक्शा चलाते हैं।''

''बड़न की दया की जरूरत तुझे कहाँ जोगी...तू तो खुद बड़ा आदमी है जी..इस्लामपुर वालों की मजाल है सर उठा लें तेरे सामने। पूरे गाँव का दामाद बन गया तू।''

जोगी बस हँस पड़ा। चौहान को अच्छा नहीं लगा।

''मेरे साथ मुम्बई चलेगा? चल तुझे पुलिस में भरती करवा दूँ। नहीं तो फिल्म में काम दिलवा दूँगा। राजकुमार की जगह तुझे ले चलने में क्या हर्ज है।''

''मालिक!'' जोगी चिल्ला पड़ा और फिर ठठाकर हँसा। देर तक हँसता रहा। फिर उसने अपना गँवई राग छेड़ते हुए रिक्शे की स्पीड बढ़ा दी।

इन्स्पेक्टर चौहान को जोगी का ठठाना अच्छा नहीं लगा। उन्हें उसका उचक-उचककर रिक्शा चलाना भी अच्छा नहीं लगा। वे अगल-बगल कटे खेतों पर नजर गड़ाये बैठे रहे। फिर वे जोगी की पीठ को घूरने लगे। फिर चश्मे की डंडियों को। फिर चढ़ी हुई आस्तीन को। फिर गले में लिपटे अँगोछे को।

फिर उन्होंने धीरे से उसकी पीठ पर अपनी उँगलियों से ठक-ठक किया। जोगी समझ गया। बोला, ''अब तेज चलने की कोई जरूरत नहीं। बस सामने बेलागंज तिराहा चौक नज़र आ रहा है। एक किलोमीटर से भी कम।''

पीठ पर फिर ठक-ठक हुई। जोगी ने पीछे मुड़कर देखा। चौहान अपना

रिवाल्वर तौलिये से पोंछ रहे थे।

''रोक दो।'' चौहान ने दबे हुए स्वर में कहा।

जोगी ने नहीं सुना। रिक्शे की खड़-खड़ में नहीं सुन सका। अपनी ओर से बोला, ''चमका दीजिए मालिक। अच्छा हुआ अपराधियों के चंगुल में नहीं पड़े। नहीं तो यह भी बेचारी...।''

फिर ठक-ठक।

इन्स्पेक्टर चौहान गुर्राये, ''रोक बे साले, रिक्शा रोक।''

''बाप रे बाप...गुस्सा गये साहेब...पेशाब करेंगे क्या...लीजिए...ये...ब्रेक।''

''उतर रिक्शे से मादर...''

''आयँ...क्या हो गया साहेब को!'' वह हँसने लगा। फिर बोला, ''अच्छा तो हजारों का नुकसान करा दिये हम...इसीलिए आग-बबूला हो रहे हैं।''

''हीरो बनता है साला...उतर साले...नीचे आ।'' इन्स्पेक्टर चौहान का दाहिना हाथ जोगी के कालर पर था। उनकी आँखों में खून उतर आया था। उन्होंने उसे खींचा। वह गिरते-गिरते बचा फिर जल्दी से उतरकर खड़ा हो गया। चश्मा अभी भी आँखों पर चढ़ा था।

''आस्तीन ठीक कर...बटन लगा बे...'' चौहान ने अपने हाथ से ही आस्तीनें नीचे कर दीं। जोगी सकपका गया था। चौहान ने जोगी का दाहिना हाथ पकड़ा कलाई के पास, फिर बोले—''रिक्शा छोड़ यहाँ, चल मेरे साथ।''

''मालिक, कोई गलती हुई क्या? मालिक...आप हाथ छोड़ें...हम चल रहे हैं...चलते हैं...क्या हुआ साहेब?''

चौहान के हाथों का दबाव जोगी की कलाई पर बढ़ गया था...जकड़ लिया था उन्होंने जोगी को...आगे की ओर धकेले लिये जा रहे थे।

''ऐसा क्यों कर रहे हैं मालिक...आप बैठिए न रिक्शे पर हम खींचते हैं...बस सामने ही तो है चौक...।''

''चश्मा उतार के बात कर बे...उतार...तेरी माँ की...चश्मा हटा आँख से...। और ये लाल-पीला अँगोछा हटा गर्दन से...हटा। साले...फेंक।''

''धूप बढ़ गयी है मालिक...क्या हुआ चश्मे को...। यही चश्मा और अँगोछा तो लू से जान बचाते हैं।''

''चोर...मांचो...साले...हत्यारे उतार चश्मा। देखता हूँ कौन बचाता है लू से बैंचो...।''

जोगी ने चश्मा नहीं उतारा। उन्हें घूरने लगा...घूरे जा रहा था...।

इंस्पेक्टर चौहान ने जोगी के गाल पर एक जोरदार हाथ मारा...इतने जोर का कि जोगी चकरा गया...अगल-बगल के खेत पेड़-पौधे नाचने लगे...आँखों

के सामने अँधेरा छा गया...चिनगारियाँ उड़ने लगीं...चश्मा दूर जा गिरा। जोगी बैठ गया...फिर औंधे मुँह गिर पड़ा। फिर कराहते हुए बैठ गया।

"क्या हुआ मालिक, ऐसा क्यों कर रहे हैं...पैसा न दीजिए...इनाम न दीजिए...पर मारे क्यों...काहे के लिए मार रहे हैं। चश्मा भी तोड़ दिये...।"

धीरे-धीरे वह खड़ा हो गया। चौहान उसकी कलाई पकड़कर फिर चौक की ओर खींचने लगे। चौक करीब आ गया था...चौक से कुछेक लोग उन दोनों की तरफ देख रहे थे। जोगी जोर लगाकर रुक गया।

"मारिए मत...क्या बात है बताइए...मेरी क्या गलती है?" उसकी आवाज में कुछ अकड़ थी।

इन्स्पेक्टर चौहान ने दूसरा हाथ मारा। पहले जैसा ही झन्नाटेदार। इस बार जोगी गिरा नहीं। चौहान ने गालियों की बौछार के साथ लात-घूँसों की झड़ी लगा दी। पर वह गिरा नहीं। वह खड़ा ही रहा। मार खाता रहा। इन्स्पेक्टर चौहान उसे पकड़े हुए चौक पर पहुँच गये थे। वे एक बार फिर गरजे, "मांचो...साला...मर्डर करके यहाँ छुपा है...गैंग में काम करता है...सुपारी लेता है बैंचो...बीस हजार का इनाम है साले के ऊपर...पुलिस से कैसे बचेगा साले...भाग रहा था मांचो...घुसा दूँगा साले पूरी रिवाल्वर अन्दर...चल साले मुम्बई की जेल की हवा खा...चल अपने असली घर तब पता चलेगा...।"

जोगी के मुँह और नाक से खून बहकर उसके कपड़ों पर गिरने लगा था।

चौहान ने रिवाल्वर जोगी के कनपटी से सटा दिया। जोगी काँपने लगा। थर-थर। जैसे जूड़ी आयी हो। उसे कुछ नहीं पता चला उसके साथ क्या हो रहा है।

इन्स्पेक्टर चौहान ने बेलागंज चौक की ओर जा रहे टेम्पो को रिवाल्वर वाला हाथ दिखाया। टेम्पो ड्राइवर ने उनके पैरों के पास लाकर गाड़ी रोक दी। जोगी समझ गया, उसे इसी में बैठना है। वह बिना किसी प्रतिरोध के टेम्पो में बैठ गया। इन्स्पेक्टर चौहान भी गाली बकते हुए सटकर बैठ गये। उनके हाथ का दबाव जोगी की कलाई पर कम होने का नाम नहीं ले रहा था।

□

# तार

पहले इन साहब को जरा आप जान लीजिए—इन्हीं की जुबानी। इसके बाद मेरी सुनिएगा। इनसे जो कुछ छूट जाएगा, मैं बताने की कोशिश करूँगा। मुझसे कुछ छूटा तो आप जोड़ने-घटाने के लिए स्वतन्त्र हैं। तो पहले यह सज्जन स्वयं।

मैं, श्रीमानजी, मौलाना अजीबुर्रहमान के खानदान में पैदा हुआ और मेरा नाम सिर्फ रहमान है। ये मौलाना वही हैं, जिन्हें शायद आप नहीं जानते। अठारह सौ सत्तावन के ग़दर में ये बीस साल के थे लेकिन न तो ये अँग्रेजों की तरफ से थे न ही बहादुरशाह ज़फ़र की तरफ से। इनके वालिद साहब भी, जिनका नाम हमें नहीं मालूम, मौलाना थे और बड़े शौक से अपने साहबजादे को मौलानागिरी सीखने के लिए दिल्ली से सटे शाहजहानाबाद के एक मदरसे में रख छोड़ा था जहाँ इनका रहना-सहना, खाना-पीना और पढ़ना-लिखना होता था। उस मदरसे में ट्रेनिंग करते-करते, श्रीमानजी, इनकी नजर अपने ही मौलवी साहब की इकलौती साहबजादी रोकैया बानो पर पड़ी। किसी साथी ट्रेनिंग-याफ्ता नौजवान ने समझाया कि मौलवी साहब तुम्हें कच्चा चबा जाएँगे, हड्डी समेत। मौलाना अजीबुर्रहमान यानी कि हमारे मौलाना, जिद्दी आदमी थे, बस ठान लिये। यही रोकैया बानो आगे चलकर हमारी पर-पर-परदादी बनीं। यानी ग्रेट-ग्रेट-ग्रेट-ग्रैंडमदर।

खानदानी शजरे को पढ़कर ऐसा लगता है कि जब सन् सत्तावन में फैसले की घड़ी आयी होगी तो हमारे मौलाना न इधर गये न उधर। जिस समय जोगिया वस्त्र धारण करके साधु के वेश में घूम-घूमकर षड्यन्त्रकारी अँग्रेजों की सुपारी दे रहे थे, बिगुल और नगाड़े से विचित्र-विचित्र ध्वनियाँ निकाल रहे थे, चारों ओर तीर-तलवार बरछी-भाले तैयार किये जा रहे थे, हमारे मौलाना अजीबुर्रहमान अपने उस्ताद मोहतरम की बेटी रोकैया बानो को किसी तरह उड़ा लेने की फिराक में मशगूल थे। परिवार में वर्षों से चली आ रही किंवदन्तियों से पता चलता है कि जिस दिन मेरठ में कुछ स्वदेशी जवानों ने अपने अँग्रेज हुक्मरानों की नाफरमानी

करते हुए हल्ला बोला और गदर का बिगुल फूँका, बीस साल के मौलाना अजीबुर्रहमान एक हिन्दू की वेशभूषा—मिर्जई, धोती, पगड़ी और लाठी-धारण कर नंगे पैर हमारी होने वाली पर-पर-परदादी को घाघरा-चोली पहना भगाकर कहीं लिये जा रहे थे। आगे कहानी और है, श्रीमानजी, लेकिन पहले विनम्रतापूर्वक मन का भेद खोल दूँ कि अपने पुरखों की यह कारस्तानी मुझे अपने परिवार के इतिहास की सर्वश्रेष्ठ घटना लगती है। मौलाना के लिए मन श्रद्धा और गर्व से भर जाता है। जब चहुँदिश खून-खराबा मचा हुआ था, जब बिना किसी उद्देश्य और योजना के लोग एक अन्तहीन जंग में उलझे हुए थे और जिसमें पराजय निश्चित थी, हमारे मौलाना ने प्रेम का रास्ता चुना और उस पर चल पड़े। वीरगति का अवसर हाथ से जाने देकर मौलाना ने बहुत अच्छा किया—इसके लिए न मुझे शर्म है, न दुःख।

दूसरी बात और सुन लें—और यह भी मेरे मन का भेद है। उस दृश्य को—जिसमें बीस साल के मौलाना एक हिन्दू की वेशभूषा में अठारह साल की हमारी परदादी को भगाये लिये जा रहे थे—मैंने कई बार देखा है। वह दृश्य मुझे पुलकित कर देता है। गुदगुदाता है। मेरे मन-मस्तिष्क के तन्तुओं को ऊर्जा से भर देता है। मेरा सन्तुलन बनाये रखने में मेरी मदद करता है। मेरा विश्वास है कि उस दृश्य ने मुझे ही नहीं बल्कि मौलाना अजीबुर्रहमान के बाद उनके खानदान की छह पीढ़ियों में से कई को आनन्दित और प्रेरित किया है।

कभी-कभी मैं उनके उस सफर और उस दौरान उनके बीच हुए सम्भावित वार्तालाप को विजुअलाइज करने का प्रयास करता हूँ तो मन रोमांच से भर उठता है। परदादा ने कहा होगा—जल्दी से गरारा-समीज उतारकर घाघरा-चोली पहन लो। ऊँटगाड़ी बाग में तैयार है। तुम्हारे अब्बा मस्जिद में नमाज पढ़ने गये हैं, आते ही होंगे। दादी बोली होंगी—तुम तो पहचान में ही नहीं आ रहे हो काफिरों के भेष में। क्या अब इसी तरह रहोगे? दादा बोले होंगे—हाँ, अब इस तरह भी रहेंगे। तुम जल्दी करो नहीं तो पकड़ी जाओगी। तुम्हारे अब्बा तुम्हारा सिर कलम करवा लेंगे। हमारे खानदान में यह भी रिवायत है कि दादी निकलीं तो, लेकिन घाघरा-चोली में नहीं। वे समीज और गरारा में ही भागीं और हमेशा वही पहना।

मैं जरा गौर से फिर वहाँ लौटता हूँ तो पाता हूँ कि दादा-दादी ऊँटगाड़ी पर बैठे हिलते-डुलते चले जा रहे हैं। रोकैया बानो रो रही हैं और मौलाना से लौट चलने की जिद कर रही हैं। दरअसल दादी को अपने अब्बा की याद आ रही है। लेकिन दादा उनसे भी ज्यादा जिद्दी थे, कहते हैं अब निकल पड़ा हूँ तो निकल पड़ा हूँ, साथ चलना है तो चलो। दादी कहती हैं चारों ओर आग लगी है और आपको यह सूझी है। वह बोले होंगे, मेरे दिल में उससे भी ज्यादा आग लगी है, पहले इसे बुझा लूँ तो गदर की खबर लूँगा। दादी ने चौंकते हुए कहा

होगा। वह देखो फिरंगी आ रहे हैं। लालकोट, नीला टोप, काली पतलून और सफेद जुराबें पहने वे घोड़ों पर सवार हमारी ओर ही आ रहे हैं। उनके हाथों में नंगी तलवारें हैं, काँधे में बन्दूक टँगी हैं और कमर में करौली लटक रही है। कहीं वे हमें ही तो नहीं खोज रहे हैं। दादा बोले होंगे—नहीं, वे बागियों को ढूँढ़ रहे हैं। हमें तो हाथ में तस्वीर लेकर तुम्हारे अब्बा ढूँढ़ रहे होंगे। फिर तनकर बोले होंगे—अगर फिरंगियों ने तुम्हारी ओर नजर उठाकर भी देखा तो उन्हें कत्ल कर दूँगा। तो दादी ने बनावटी गुस्से से पूछा होगा—खंजर कहाँ है? दादा ने मुस्कुराते हुए उनकी आँखों की ओर इशारा किया होगा—यहाँ। वह धत करके रह गयी होंगी।

यह बात तो है कि दादी समझ न पायी होंगी कि आखिर उनके प्रेमी की मंशा क्या है और वह दरअसल फिरंगियों और दिल्ली के शहंशाह के बारे में क्या कुछ सोचता है। मेरा अनुमान है कि वह थककर चुप हो गयी होंगी और फिर दादा के कन्धे से लगकर सो गयी होंगी। गाड़ीवान ने कई कोस का सफर पूरा करके किसी बाजार के बाहरी इलाके में एक छायादार पेड़ के निकट स्थित कुएँ के पास पड़ाव डाला होगा। ऊँट ने पानी पिया होगा, गुड़ खाया होगा, पत्ता खाया होगा। गाड़ीवान ने पानी पिया होगा, बीड़ी पी होगी, सत्तू खाया होगा। दादा ने फिरंगियों, बागियों, बहादुरशाह जफर और रोकैया बानो के बारे में सोचा-विचारा होगा। फिर सिर को झटककर रोकैया बानो की ओर प्रेमासक्त होकर देखने लगे होंगे। उसके बाद अपनी मिर्जई, अपनी धोती, अपनी पगड़ी और लाठी को देखा होगा और मुस्कुरा पड़े होंगे। मेरा मानना है कि काल, स्थान और परिस्थितियों पर ध्यान दें तो पाएँगे कि मौलाना अजीबुर्रहमान ने हिम्मत का काम किया था। इसीलिए शायद हमारे खानदानी तस्किरों में उन्हें कहीं अजीब मौलाना, अजीब जाँबाज, बेताज बादशाह, दिल का पहला मरीज तो कहीं अजीब शागिर्द, अजीब इन्सान जैसे उनवानों से नवाजा गया है। लेकिन जो नाम पारिवारिक अभिलेखों, रिवायतों, किंवदन्तियों और चुटकुलों में सबसे अधिक आता है वह है अजीब जिद्दी।

एक बात और। बाद की हमारी कुछ पीढ़ियों और उनके लम्बरदारों के बारे में हमारी जानकारी उतनी पुख्ता और पक्की नहीं है जितनी मौलाना अजीबुर्रहमान के बारे में। मौलाना जिद्दी, सिरफिरे, दिल के मरीज या कुछ भी रहे हों, वह थे मजेदार आदमी। यह बात फेमिली रिसर्च के दौरान मेरे सामने आयी। वह स्वान्तः सुखाय शायर भी थे। उनकी दोयम दर्जे की तमाम ग़ज़लें और शेर जबानी और तहरीरी शक्ल में बिखरे पड़े हैं। एक ऐसे ही शेर में वह कहते हैं—

*हंगामा बरपा है तलवारें चमचमायी हैं।*
*घायल पड़ा अजीब रोकैया की गोद में।*

दूसरा शेर कुछ यूँ है—

*बागी खड़े हैं बाग में बगावत के नशे में*
*इक बागी यह रहा उल्फत के सफर में।*

लगता है यह सब गदर और बगावत के माहौल में डरी-सिमटी अपनी प्रेयसी को ढाढस बँधाने के लिए तुरत-फुरत में इन्होंने गढ़ लिये होंगे। यह भी हो सकता है कि रास्ते से गुजर रहे तलवार भाँजते फिरंगियों या विद्रोहियों को देखकर रोकैया बानो ने मौलाना को ताने मारे होंगे और मौलाना ने यह बानगी दिखायी होगी। लेकिन शेर सच्चे हैं, दमदार हैं।

कुएँ के नजदीक घंटा-दो घंटा आराम करने के बादी गाड़ीवान ने गाड़ी हाँक दी होगी।

ऐसा जिक्र आता है कि सूरज डूबते-डूबते ये लोग मेरठ पार करके किसी कस्बे के नजदीक पहुँच गये और वहीं पहुँचकर ऊँटगाड़ी खराब हो गयी। दोनों एक सराय में शरण लेने पहुँचे। यह भी सुनने में आता है कि ऊँटगाड़ी नहीं खराब हुई थी। बल्कि गाड़ीवान की नीयत खराब हो गयी थी और वह गाड़ी को वहीं रोककर कुख्यात ठग अमीर अली के गिरोह के कुछ ठगों को बुलाने गया ताकि मौलाना को ठिकाने लगाकर रोकैया बानो को लेकर फूट सके। मौलाना तेज आदमी थे, झट ताड़ गये कि गाड़ीवान उस्ताद बनना चाहता है तो गाड़ीवान के लौटने से पहले ही दोनों चुपचाप खिसक लिये और सराय पहुँचे। सराय मालिक को शक हो गया कि ये भटके हुए नौजवान हैं। कुछ बागी उस सराय में गुप्त रूप से डेरा जमाये हुए थे। सराय मालिक ने उनके नजदीक जाकर फुसफुसा दिया। एक-एक कर बागी मिर्जई और धोती वाले छोकरे और समीज-गरारा वाली छोकरी को ताक गये। कुछ देर के लिए फिरंगियों का भूत उनके सिर से उतर गया। उनमें से एक ने कहा—हम सब बाहर सोते हैं, तुम दोनों अन्दर जाकर सो जाओ। मौलाना ने रोकैया बानो का हाथ पकड़ा और अन्दर गये और मौका ताड़कर पीछे वाले चोर दरवाजे से बाहर निकल गये।

और यात्रा के इसी मोड़ पर इतिहास ने खुद को दोहराया। अन्ततः उन्हें एक ब्राह्मण पुजारी के घर आश्रय मिला और शायद प्रेम भी, क्योंकि एक अपुष्ट पारिवारिक उपकथा के अनुसार वे लोग वहाँ दो वर्ष तक रहे। मेरा मानना है कि वह ब्राह्मण खाली पुजारी रहा होता तो मौलाना अपनी प्रेयसी के साथ इतने लम्बे समय तक वहाँ न टिक पाते। वास्तव में वह छोटा-मोटा व्यापारी भी था और

खुशबूदार तेलों की तिजारत करता था। यह बात मौलाना के एक शेर से खुलती है। खैर...। प्रेमी मौलाना ने उसके तेल के व्यापार में मदद करना शुरू किया और जम गये। और यहीं उन्होंने फिर से इतिहास रचा। बात मुख्तसर में यह कि जहाँ शरण मिली थी, वहीं किसी और पर नजर पड़ी। रोकैया बानो ने ताना मारा—ये हिन्दू छोकरी मेरे जैसी बेवकूफ न निकलेगी जो तुम्हारे साथ मरने-जीने को तैयार हो जाए। मौलाना फिर ठान लिये। आले दर्जे के जिद्दी तो थे ही। खुशबूदार तेल के सौदागर पुजारी की राजदुलारी सुमन्ती देवी को रातोंरात ले उड़े, मुसलमान बनाया और शहर काजी के पास जाकर, रोकैया बानो की रजामन्दी से, निकाह को अंजाम दिया।

एक अरसे के बाद, जब मुल्क और गदर का वारा-न्यारा हो गया, और उम्र भी हो गयी, तो मौलाना अजीबुर्रहमान घर लौटे। दोनों बीवियों ने उन्हें कई औलादों से नवाजा था। इन्हीं में से किसी से हम हैं। पर हमारी असली दादी कौन हैं हमारे खानदान में किसी को नहीं मालूम-यकीन के साथ कोई भी नहीं बता सकता। वैसे सरहद के इस पार से उस पार तक फैले हमारे खानदान के अधिसंख्य लोग अपने आपको रोकैया बानो के पेट या उनके सिलसिले से मानते हैं। सुमन्ती देवी, जिनका इस्लामी नाम भी किसी को नहीं पता, का हवाला कोई नहीं देता। लेकिन बिला सुबहा वे मौलाना की चहेती थीं। यह इस बात से पता चलता है कि मौलाना के हस्तलिखित उर्दू-हिन्दवी शेरों का जो जखीरा कीड़े-मकोड़ों से बचा रह गया है उसमें सुमन्ती देवी का नाम और सन्दर्भ कई बार आया है जबकि रोकैया बानो का सिर्फ दो बार। एक मजाहिया शेर में तो उन्होंने यहाँ तक कहा है—

*रोकैया के बाप ने क्या काम कर दिया*
*इल्मो अदब के नाम पर बरबाद कर दिया,*
*देवी सुमन्ती आयी किस्मत में जब से है*
*तेली बने, आबाद हुए, और घर बसा लिया।*

एक अन्य स्थान पर उन्होंने सुमन्ती देवी को कुछ इस तरह याद किया है—

*एक बामन की बेटी ने घर-बार छोड़कर अपना*
*हमदम हमें बनाया ईमान छोड़कर अपना।*

वैसे सुमन्ती देवी कम जिद्दी न रही होंगी। नहीं तो एक म्लेच्छ को जिसकी भगायी गयी प्रेयसी उसके साथ हो, अपना जीवन-साथी कैसे चुन लेतीं और अपना अपने पिता का सब कुछ उसके ऊपर लुटा देतीं। इस रहस्य का खुलासा मौलाना के एक दोहानुमा शेर में कुछ इस प्रकार हुआ है—

*जिद्दी को जिद्दी मिली मिला इश्क को हुस्न*
*बानो देखती रह गयी देवी आयी संग।*

लेकिन हमारे बाबा-ए-खानदान की इन कारस्तानियों ने कभी हमारा पीछा नहीं छोड़ा। हमारे परिवार का कोई सदस्य जब कभी दकियानूसी से दूर भागता, मजहब से कुछ बेरुखी दिखाता या तथाकथित गैर-इस्लामिक बातों में दिलचस्पी लेता तो गाँव-मुहल्ले में कहने वाले कहते—वही पंडिताइन का खून है और क्या...मौलाना की जो पहली रहीं...उनकर औलादन तो सब पाकिस्तान चले गयेन...ऊ सब रोजा नमाज के पाबन्द हैं...इनकी तरह काफिर नाय होय गयेन।

तो, श्रीमानजी, मौलाना अजीबुर्रहमान के कुनबे में आगे चलकर कई कठमुल्ले, कई आलिम, कई हिन्दुस्तानी, कई पाकिस्तानी और कई महाजिद्दी आशिक पैदा हुए। हाँ, कोई नामचीन देशभक्त नहीं पैदा हुआ। जंगेआजादी में, या उसके पेशतर, या उसके बाद, किसी ने भी देश के लिए सिर नहीं कटाया। सन् सत्तावन में पहला और अन्तिम मौका आया था लेकिन बाबा-ए-खानदान ने उसे जाने दिया था। उसके बाद तो उस नेक काम के लिए किसी को फुर्सत ही न मिली।

मौलाना ने हमारी हिन्दू दादी के साथ मिलकर खुशबूदार तेलों का कारोबार जमाया। इसकी सौदागरी के गुर तो उन्होंने अपने हिन्दू ससुर से ही सीखे थे। कारोबार ऐसा चला कि यह हमारा पुश्तैनी धन्धा बन गया—सरहद के दोनों तरफ। दूर-दूर से लोग खरीदने आते, दूर-दूर तक हमारे पुरखे खुशबूदार तेल बेचने जाते। हम कई तरह का शुद्ध खुशबूदार तेल बनाने और बेचने के लिए मशहूर रहे। कई पीढ़ियों तक तो हमारे खानदान में किसी ने कोई दूसरा काम ही नहीं किया।

लेकिन बाद में वक्त बदलने के साथ कुछ लोगों ने दीगर धन्धों में हाथ आजमाना शुरू किया। क्योंकि खुशबूदार तेल की सौदागरी अब फायदे की सौदागरी नहीं रह गयी थी। कई तरह के तेल बाजार में आ गये थे और हमारे ग्राहक और प्रशंसक कम होने लगे। कई लोग हमारे दुश्मन बन गये। कई बार मिलावट का इल्जाम भी लगा जबकि मिलावट हम करते न थे। टैक्स और चुंगी बढ़ा दी गयी और फिर कई बार छापे पड़े। फिर इधर आकर बड़े घिनौने इल्जाम लगे कि हम अपनी दौलत का बेजा इस्तेमाल कर रहे हैं, मुल्क के दुश्मनों का साथ दे रहे हैं। थाना-पुलिस कोर्ट-कचहरी आये दिन की बात हो गयी। अन्ततः हमारे वालिद मरहूम ने खुशबूदार तेलों के कारोबार से हाथ खींच लेने का फैसला कर लिया।

मैंने कुछ दिन तक हाथ-पैर मारा लेकिन सफल न हो सका। तेल बनाने की मशीन बेच दी। तेल की खास शीशियाँ जहाँ से बनकर आती थीं, वे लोग बेकार हो गये। जो लोग शीशी का कॉर्क बनाकर देते थे, उनके खाने के लाले पड़ गये। मोर छाप चिब्बियाँ जहाँ से छपकर आती थीं उनका बिजनेस आधा हो

गया। अगर, श्रीमानजी, आप हमारे घर में आएँ तो आपको लगेगा ही नहीं कभी यह घर मोरछाप खुशबूदार तेलों का अड्डा था। आज तो आपको घर की अलमारियों में, कोनों में, और गोदाम में अलग-अलग आकार-प्रकार की खाली शीशियाँ ही दिखाई देंगी।

अब मैं एक नये धन्धे के बारे में सोच रहा हूँ। मेरे एक दोस्त ने सलाह दी है कि लॉटरी की टिकटें बेचूँ। देखिए, हम लोग जमाने से तेल का ही काम करते आये...कुछ और सीखा नहीं...कुछ और किया ही नहीं। घर का बच्चा-बच्चा इस कारोबार की बारीकियों, इसके मिजाज, इसके उतार-चढ़ाव से वाकिफ है। कहें कि यह तो हमारे खून में है। हमने घर के आँगन में, सेहन में, बारादरी में, कोने-कोने में फूलों के ढेर देखे हैं, खुशबूदार पत्तियों, जड़ी-बूटियों, और नायाब पौधों के बेशकीमती खजाने देखे हैं। सैकड़ों कारीगरों को एक साथ फूलों से अर्क निकालते, पत्तियों की लुग्दी बनाते और इमामदस्ते में जड़ी-बूटियों को कूटते-पीटते देखा है। पूरा घर, घर के सारे लोग, घर के अगल-बगल का पूरा माहौल खुशबू से गमकता था। जैसे-जैसे खरीदार व्यापारियों के आमद की तारीखें नजदीक आती थीं, काम दो-गुना बढ़ जाता था। रात-दिन कारीगर एक कर देते थे...उनके रहने खाने का इन्तजाम बारादरी में हो जाता था...सुबह-शाम खानसामे जुटे रहते। शीशियों की खनटन में और कुछ सुनाई न पड़ता। रात में पेट्रोमैक्स की रोशनी में शीशियों पर चिब्बियाँ चिपकायी जातीं। वालिद मरहूम इस पर खास नजर रखते। जिन शीशियों पर चिब्बियाँ टेढ़ी-मेढ़ी चिपकी होतीं उन्हें हटा दिया जाता। काम का बोझ इतना होता...माल की माँग इतनी होती कि इन हटायी गयी शीशियों की ओर किसी का ध्यान ही न जाता। वे वैसी ही खाली पड़ी रहतीं। घर में सैकड़ों ऐसी शीशियाँ इधर-उधर पड़ी हुई आज भी देख सकते हैं। दूर-दराज से आने वाले व्यापारी पहले एक-दो दिन तो बारादरी के ऊपर वाले कमरों में आराम करते। वहीं वे अपना खाना खुद बनाते जिसके लिए पूरा इन्तजाम रहता। फिर वे अपनी शीशियाँ गिनवाते, और शीशियाँ गिनवाते-गिनवाते शिकवा-शिकायत करते, नफा-नुकसान बताते, हँसी-मजाक करते, कीमत को कम-बेश करवाते और फिर उनके हाथ अपनी धोतियों, लुंगियों की टेंटों या मिर्जई और सदरियों की अन्दरूनी जेबों की तरफ बढ़ जाते। पंडित हरिनारायण, जो हमारे यहाँ खानदानी मुंशी थे, अपने चश्मे के अन्दर से सब कुछ देखते रहते, बात बिल्कुल न करते। कलम को दवात में डुबोते, दीवार पर छिड़कते और अपनी लाल पोथी में दर्ज कर लेते।

व्यापारी चले जाते, कारीगरों की एक महीने की छुट्टी हो जाती, बारादरी में ताला लग जाता, पेट्रोमैक्स का तेल निकालकर टाँग दिया जाता, लेकिन खुशबू

हमारा पीछा न छोड़ती। अब, श्रीमानजी, खुशबूदार तेलों को छोड़कर कागज के टुकड़ों का व्यापार करूँ, मन तैयार नहीं होता है। लेकिन मरता क्या न करता! अब यही करूँगा। एक बार अगर मन में जम गयी तो बिजनेस जमा लूँगा। ठान लूँगा तो कर लूँगा। मौलाना अजीबुर्रहमान का पोता जो ठहरा। तो बस ठानने भर की बात है। रात भर सोचने का मौका दीजिए।

अभी-अभी मौलाना अजीबुर्रहमान के पड़पोते साहब ने, जिनका नाम रहमान है, अपना परिचय समाप्त किया है। इसमें उन्होंने खुशबूदार तेल का धन्धा बन्द करके लॉटरी-टिकट बेचने का कारोबार शुरू करने की बात कही है। मैं इस कहानी को वहीं से पकड़ता हूँ।

ऐसे तो रहमान भाई को मैं बचपन से जानता हूँ। लेकिन करीब से तब से जानता हूँ जब से खुशबूदार तेलों के धन्धे में उन्हें घाटा होना शुरू हुआ। घाटा तो पहले से शुरू हो गया था और रही-सही कसर पुलिसवालों ने ढेर सारे संगीन इल्जाम लगाकर पूरी कर दी। रहमान मियाँ को तो याद नहीं लेकिन सच्चाई यह है कि लाटरी के नये धन्धे के बारे में मैंने ही उन्हें राय दी थी। अब जबकि लाटरी वाला धन्धा वे शुरू करने वाले हैं, कभी-कभी मुँह में पान दबाकर...बाल खुजलाते हुए याद करने का बहाना करते हैं—अमा राइटर साहब, तेल का काम बन्द होने के बाद तो लगता था फाके करने पड़ेंगे। लेकिन एक हमदर्द दोस्त ने इस नये काम के बारे में बताया...और ऊपरवाले का करम है कि मन में बात जम गयी है। मैं उन्हें बीच में टोकता हूँ—भई सारे जहाँ का दर्द मेरे जिगर में है, मैंने ही तुमसे कहा था तेलीपना छोड़ो, लाटरी का कारोबार शुरू करो। किस्मत का क्या भरोसा...फिर से चमक सकती है। वे पान थूकते हुए कहते हैं—बस यही तो याद नहीं कि कौन बन्दा था। तुम्हीं थे क्या? मैं हँसने लगता हूँ। दरअसल ऐसा कई बार हो चुका है और इसी मरहले पर आकर बात खत्म हो जाती है। ये नेकदिल लोग हैं। इनके वालिद भी अच्छे इन्सान थे। बस ये लोग थोड़ा अकड़ू हैं। कोई बात लग गयी तो ठान लेते हैं। हाँ, अगर ठान लिया तो कर दिखाते हैं। जाने कहाँ से यह सिफत आयी है इनमें। तेल का धन्धा ऐसा खराब नहीं हुआ था कि उसे बन्द ही कर दें। बस किसी ने शिकायत कर दी कि मोर छाप तेल वालों ने मदरसों में चन्दा बढ़ा दिया है। बस क्या था सी.आई.डी. वाले पीछे पड़ गये। नुकसानदेह केमिकल मिलावट की शिकायत तो अलग से चल ही रही थी। रहमानभाई के वालिद ऐसे कि घूस देने को तैयार नहीं। कोर्ट-कचहरी करते-करते, सी.आई.डी. वालों को जवाब देते-देते पिछले साल चल बसे।

रहमान भाई ने कारोबार सँभाला ही था...ठीक-ठाक चल भी रहा था कि वह कश्मीर वाली बात हो गयी। वहाँ के कुछ व्यापारी मोर छाप तेल लेने आये

थे। आते ही रहते थे। जाड़े में उधर से ऊनी सामान लाते और इधर से मोरछाप तेल की शीशियाँ ले जाते। मोर छाप चिब्बी के नीचे लिखा होता था—यह तेल दिल्ली, श्रीनगर, अमृतसर, लाहौर और पेशावर तक भेजा जाता है। जबकि बँटवारे के बाद यह तेल पाकिस्तान नहीं जाता था लेकिन चिब्बी पर इबारत बरकरार थी। पिछले साल की ही तो बात है। रात में पुलिस और एस.टी.एफ. ने धावा बोला और सबको उठाकर ले गये। इल्जाम लगाया कि शीशियों में यहाँ से तेल भर कर जाता है और वहाँ से तबाही का लिक्विड आता है। कश्मीरियों और उनके कम्बलों और चादरों का तो कुछ पता न चला। हाँ, एक महीने बाद रहमान भाई शक्ल-सूरत बिगाड़कर वापस लौटे। बस तभी से तेल के धन्धे से हीक हो गयी। लेकिन चोट भी पहुँची थी। ठीक दिल पर लगी थी। लेकिन कर क्या सकते थे। सी.आई.डी. का मामला था। पीले झंडे वालों ने घर के सामने ही धरना दे दिया...नारे लगाने लगे...पोस्टर छाप डाले...पोस्टर में रहमान भाई के मुँह पर कालिख पोत डाला...गद्दार और आतंकवादी बना डाला।

अभी पिछले ही महीने यही मुकाम था, जब मैं एक शाम उनके साथ बैठा लाटरी की टिकटों के बारे में सोच रहा था। जब मैंने उन्हें यह सुझाव दिया तो वह भी सोचने लगे। फिर मैंने उन्हें एक नाम भी सुझाया भारत माता लॉटरी केन्द्र या फिर हिन्दुस्तान लॉटरी सेंटर जैसा कुछ रख लें...नहीं तो गाँधी या नेहरू के नाम पर...। वे हँसते हुए पूछे—मोर छाप लॉटरी सेंटर नहीं चलेगा क्या? मोर तो हमारा राष्ट्रीय पक्षी है। मैंने संजीदगी से कहा, देखिए एक बार बदनामी हो जाने के बाद...। वे और जोर से हँसने लगे फिर बोले नाम के बारे में मुझे सोचने दो।

दो दिन बाद रहमान भाई ने मुझे बुलाया। मैं समझ गया नाम के बारे में ही कुछ होगा। बात वही थी। चाय पिलाने के बाद वे मुझे अन्दर वाले कमरे में ले गये और अभी-अभी अपने हाथों से पेंट किया हुआ साइनबोर्ड दिखाया। जो कुछ मैंने देखा उसे तो मैं आपको बताऊँगा ही लेकिन पहले यह सुन लीजिए कि उस साइनबोर्ड को देखते ही मुझे कैसा महसूस हुआ, मुझ पर क्या बीती, मैंने क्या सोचा। देखिए, पहले तो कुछ समझ न आया। फिर माथे में कुछ सरसराया। अरे...अह...ओऽऽऽ...यह क्या...! यह क्या रहमान भाई...मैं बुदबुदाया फिर हँस पड़ा। हँसी रुकी ही नहीं। रोके नहीं रुक रही थी। कभी-कभी सिम्पल-सी बातों में कितना तीखा व्यंग्य, कितना सटीक अर्थ, कितना भेदक ह्यूमर छिपा होता है...छिपा नहीं बल्कि उसमें से टपक रहा होता है...छलछला रहा होता है कि आप बस शब्द-मुक्ति की परमस्थिति में पहुँच जाते हैं। उसका आस्वाद क्षणिक होते हुए भी परमानन्ददायी होता है। इस सादगी और सीधेपन में जो व्यंजना होती

है वह किसी प्रच्छन्न या छद्म प्रविधि के प्रयोग के कारण नहीं बल्कि यह उसकी अन्तर्निहित शक्ति के कारण घटित होती है। हाँ, उसकी अपनी एक नेचुरल टाइमिंग होती है जो कभी-कभी ही सेट बैठती है। और जब बैठती है तो लगता है जैसे किसी ने आपकी आत्मा में गुदगुदी लगा दी हो...या फिर सिर में...जहाँ से सारी क्रियाएँ और विचार संचालित होते हैं, एक हथौड़ा दे मारा हो...या कि आपकी प्रेयसी या प्रेमी ने किसी के सामने आपका चुम्बन ले लिया हो। आप मुग्ध या भयभीत होने से लेकर चौकन्ने, अचम्भित होने, आश्वस्त होने या सशंकित होने जैसी प्रक्रियाओं से एक साथ या अलग-अलग गुजर सकते हैं। उस साइनबोर्ड को देखने के बाद मैं कई भावों से गुजरा लेकिन जो अन्ततः मुझे याद रह गया है वह है सनसनी। जी हाँ, एक प्रकार की सनसनी ने मेरे पूरे शरीर को, मेरी सम्पूर्ण चेतना को धर दबोचा। और, अब आपसे कैसे बताऊँ, यह सनसनी न तो पूरी तरह सकारात्मक थी न पूरी तरह नकारात्मक। मन-मुदित...मन-व्यथित जैसी स्थिति थी। एक विशेष प्रकार का भाव मेरे मुँह में, मेरे दिमाग में, मेरे पूरे शरीर में शुरू हुआ और फिर बन्द हो गया। इन सबसे जब मैं सँभला तो बेतहाशा हँसने लगा। रहमान भाई की पीठ थपथपाता हुआ बस हँसता ही जा रहा था। फिर उनके ऊपर कुछ असर नहीं। वे चुपचाप खड़े थे। बिल्कुल चुपचाप।

वह एक चार बाई तीन का टिन का टुकड़ा था। पहले उसे सफेद रंग से रंग दिया गया था। ठीक बीच में लाल पेंट से लॉटरी की टिकटें बनाने की कोशिश की गयी थीं। वे किसी तरह बन गयी थीं। उसके दायीं और बायीं ओर गाँधी छाप नोटों का ढेर बनाने की कोशिश थी...और कोशिश नाकाम नहीं थी। पीले रंग से एकदम नीचे छोटे-छोटे अक्षरों में लिखा हुआ था—अब मोर छाप खुशबूदार तेल की जगह यहाँ से लॉटरी की टिकटें खरीदें। सबसे ऊपर मेरी नजर सबसे बाद में गयी। वहाँ हरे रंग से साफ-साफ बड़े अक्षरों में लिखा था—'अल-फायदा लॉटरी सेंटर'।

रहमान भाई अभी भी चुपचाप खड़े थे। अचानक मुझे लगा जैसे उन्हें लम्बी-लम्बी दाढ़ी उग आयी है, वे पतले और लम्बे हो गये हैं...सिर पर पगड़ी...और कन्धे में ए के 47 टँग गयी है। मैंने उनके उसी कन्धे पर हाथ रखते हुए कहा—अच्छा बनाया है...पर इतनी मेहनत क्यों की...किसी पेंटर से बनवा लेते। वे मेरे हाथ को धीरे-से हटाते हुए बोले, साले तैयार ही नहीं हुए...तो खुद करना पड़ा...नाम कैसा है? मैं फिर हँसने लगा, मेरे मुँह से निकला, रहमान भाई, चीजों को हल्के-फुल्के ढंग से लेना छोड़िए। समय को देखिए...यह पैरोडी महँगी पड़ सकती है...सोच लीजिए।

मैं जानता था रहमान भाई जिस माटी के बने हैं वे अपने निर्णय पर अडिग

रहेंगे। जो ठान लिया सो करेंगे। कल जरूर यह बोर्ड उनके घर पर टँगा मिलेगा। मुझे यह भी पता था अगर रहमान भाई ने मेरी चेतावनी पर ध्यान न दिया तो मुश्किल में अवश्य पड़ जाएँगे। वही हुआ। ठीक वही। अल-फायदा लॉटरी सेंटर का बोर्ड रहमान भाई ने अपने घर पर टाँगा और दूसरे ही दिन सी.आई.डी. और एस.टी.एफ. के लोग उनके दरवाजे पर आ धमके। मुझे खबर मिली तो मैं भी घबराया हुआ वहाँ पहुँच गया। यद्यपि रहमान भाई ने कोई अच्छा काम नहीं किया था और मेरे सुझाव की अनदेखी करके उन्होंने और भी बुरा किया था, फिर भी मेरी सच्ची सहानुभूति उनके साथ थी। जब मैं पहुँचा तो बाहर से ही मामले की गम्भीरता का एहसास हो गया। मुहल्ले के लोग दर्शक बने कुछ फासले पर खड़े थे। पहले मैंने उन्हें ही देखा और पाया कि कई लोग पुलिसिया हरकत से नाखुश थे। रहमान भाई अपने ही बरामदे में जमीन पर बैठाये गये थे। एस.टी.एफ. और सी.आई.डी. वाले कुर्सियों पर विराजमान हो उनसे पूछताछ कर रहे थे। सिपाहियों को कुर्सी नहीं नसीब हुई थी और वे बन्दूकें लटकाये इधर-उधर टहल रहे थे। वह कसूरवार साइनबोर्ड नीचे कोने में पड़ा था। मैं चलता-चलता वहाँ तक चला गया जहाँ से मैं पुलिसवालों और रहमान भाई के सवाल-जवाब आसानी से सुन सकता था। मैं इस तरह खड़ा हुआ कि जमीन पर बैठे रहमान भाई मुझे न देख सकें।

"महीने भर जेल की हवा खाकर लौटा था...अब यह सब करने की क्या ज़रूरत थी बे?" पूछनेवाला सादी वर्दी में था।

"क्या किया?" रहमान भाई ने भी प्रश्न पूछा। स्वर कहीं से कमजोर नहीं था।

"यह बोर्ड घर पर क्यों टाँगा?"

"बिजनेस के लिए।"

"इस तरह का नाम क्यों रखा?"

"मुझे तो इसमें कोई बुराई नजर नहीं आती।"

"बुराई नजर नहीं आती?"

"जी नहीं।"

"तूने क्या नाम रखा है, पता है?"

"अल-फायदा लॉटरी सेंटर। मेरे यहाँ से जो टिकट खरीदे, उसका फायदा होगा।"

"तुझे और कोई नाम नहीं सूझा?"

"सूझा था लेकिन यही चुना।"

"क्यों?"

"देखने में, सुनने में, यह ध्यान खींचता है। बिजनेस के लिए यही जरूरी है।"

"साले, उच्चारण पर ध्यान दिया है, कितना मिलता-जुलता है?"

"वही तो कह रहे हैं, लोगों का ध्यान खींचेगा।"

"ठीक कहता है, हमारा भी ध्यान खिंच गया। अच्छा बोल, इसे हरे रंग से क्यों लिखा?"

"ध्यान खींचने के लिए।"

"तो बिजनेस के लिए तुम देशद्रोह का काम करोगे?"

"इसमें देशद्रोह कैसा?"

"अच्छा सुन, यह काला पेंट है। मिटा अपने हाथ से। छोड़ देंगे तुझे।"

"यह कोई गाली नहीं है, जो मिटा दूँ।"

"बहुत बड़ी गाली है बे।"

"आप बिना वजह भयभीत हो रहे हैं। यह बोर्ड किसी का कुछ नहीं बिगाड़ेगा। यह मेरी दुकान का नाम है बस।"

"अच्छा, चल मिटा, तेरा पाप धुल जाएगा।",

"बड़ी मेहनत से तैयार किये हैं इसे। यह कोई पाप नहीं है।"

"बड़े जिद्दी हो भाई।"

"आप सही फरमा रहे हैं।"

"अबे!"

"जी हाँ, मैं बड़ा जिद्दी हूँ। मेरा मानना है कि चिढ़ाना किसी को गाली बकने से अलग है। इसलिए यह मेरे फ्रीडम ऑफ एक्सप्रेशन के अधीन है।"

"अँग्रेजी मत बोल। और जिद के पेड़ से नीचे उतर। चला ब्रश।"

"हम जिद नहीं करेंगे तो मर जाएँगे। जिद हमारे लिए ऑक्सीजन है। ब्रश नहीं चला सकते।"

"देशहित में भी नहीं?"

"नहीं। मेरा भी कोई हित है। कोई सुन रहा है कि नहीं?"

"पूरे सनकी हो भाई।"

"आप बड़े लोग हैं कुछ भी कहें।"

"अबे तुझ जैसे सनकियों से हिन्दुस्तान को खाली कराना पड़ेगा।"

"तब हिन्दुस्तान सूना हो जाएगा।"

"अजीब आदमी है। पागल।"

"जी, मैं सही में अजीब आदमी हूँ। मेरे पूरे खानदान में सभी हैं।"

"तू सुधरेगा नहीं?"

''वह भी नहीं सुधरे थे।''

''कौन?''

''कोई नहीं।''

''तुम्हें हम अन्दर करके आजीवन सड़ा सकते हैं। यहाँ तक कि तुम्हारा एनकाउंटर भी हो सकता है।''

''किस जुर्म में?''

''तुम्हारे कारनामे से पूरी फाइल भरी पड़ी है। हमें पता है तुम्हारे तार कहाँ-कहाँ से जुड़े हैं।''

''यह आप कभी भी पता नहीं कर सकते।''

''जबान लड़ाता है। साले, दस साल से तुम लोग यही कर रहे हो। कहो तो बताएँ कहाँ-कहाँ से तुम्हारे तार जुड़े हैं?''

''इसके लिए आपको बहुत पीछे जाना होगा। बहुत पीछे। आप तो बस नाक की सीध पर देखते हैं।''

''बेसिर-पैर की बात मत कर, अच्छा बता, कहाँ से पढ़ा-लिखा है?''

''अलीगढ़।''

''और तुम्हारे बच्चे?''

''मदरसा दाख़िल ईमान में नाम लिखवाया है। मौलाना बनाना चाहते हैं।''

''हवलदार, इसे जीप में बैठाओ। साला पक्का आतंकवादी बन गया है। बैठाओ साले को गाड़ी में।''

सुनकर मैं काँप उठा। मेरे पाँव थरथराने लगे। वहाँ खड़ा होना दूभर हो गया। याद नहीं कैसे मैं घर पहुँचा। बाद में घर पर किसी ने बताया कि एस.टी.एफ. वाले रहमान भाई को साथ ले गये। मैं बेचैन हो उठा। क्या करूँ, किससे कहूँ। आखिर क्या जरूरत थी रहमान भाई को इतनी अकड़ दिखाने की? पहले ही समझाया था...लेकिन उनकी जिद के आगे कुछ न कर सका।

रात में बहुत देर तक करवट बदलते रहने के बाद नींद आयी तो सपने में रहमान भाई को देखा। उन्हें तीन गोलियाँ मारी गयी थीं। एक सिर में, एक सीने में और एक मुँह में। उनकी लाश जहाँ पड़ी थी वहीं मोर छाप तेल की असंख्य खाली शीशियाँ बिखरी पड़ी थीं और पुलिस वाले उन पर लाठियाँ बरसा रहे थे। मुझे डर है कि यह सपना कहीं सच न हो जाए। आखिर आजकल सपनों के सच होने में वक्त ही कितना लगता है।

□

# फुर्सत

दिल ढूँढ़ता है फिर वही फुर्सत के रात-दिन।
बैठे रहें तसव्वरे जाना किये हुए।

*—गालिब*

पिछले छह दिन काफी व्यस्त गुजरे थे। काफी दबावभरे और भारी। इसके पहले वाले छह दिन भी कुछ कम कहाँ रहे थे! उसके पहले वाला हफ्ता शायद अच्छा गया था। ऑफिस से लेकर घर तक ऊपर वाले की कृपा रही थी। महीने में चार हफ़्ते होते हैं तो एकाध हफ्ता ठीक-ठाक भी मिल जाता था। याद नहीं है कब से ये हफ्तेवार ज़िन्दगी जी रहा हूँ। जब हफ्तों में नहीं बँटा था तो तरसता था। वक्त इफरात था तो पढ़ने-घूमने-खेलने में मन नहीं रमता था। किसी तरह कहीं हाथ-पैर से लग जाएँ, हर वक्त यही सोचा करते थे। नौकरी से लगे तो धीरे-धीरे सारी किल्लतें और जिल्लतें खत्म हो गयीं पर किसी बड़ी ही खूबसूरत और कीमती चीज से महरूम भी होने लगे—बूँद-बूँद।

कब दोपहर के खाने की आदत छूटी, कब समोसे और चाय पर गुज़ारा करने लगे, कब शर्माजी, पाठकजी, यादवजी और मि. खान की चौकड़ी में जा फँसे, कब बाल सफेद हो गये, दाढ़ी पक गयी, कब श्रीमतीजी ने बच्चों को होमवर्क पूरा कराते-कराते स्कूल से कॉलेज पहुँचा दिया, पता ही नहीं चला। यहाँ तक कि एक-एक कर सारे दोस्त स्मृतियों में समा गये, सगे-सम्बन्धियों के चेहरे बस याद रहे। दूर के रिश्तेदारों के तो नाम तक भूल गये। शादी-ब्याहों में जाना कम हो गया। फिर बन्द हो गया। वक्त की तंगी इतनी बढ़ती गयी कि चिट्ठी-पत्री बीते दिनों की बात हो गयी।

नहीं पता चलता कब बेदी, चन्द्रशेखर, प्रसन्ना और गावस्कर मेरी दुनिया से विदा हो गये, कब राजेश खन्ना और मुमताज का जमाना गया, नहीं मालूम रफी साहब और मुकेश की जगह किसने ली, रेडियो सीलोन और विविध भारती

कहाँ गुम हो गये, 'धर्मयुग' और 'साप्ताहिक हिन्दुस्तान' का क्या हुआ।

पिछले छह दिन काफी व्यस्त गये थे। उसके बाद जो छुट्टी मिली—यानी कल का संडे बड़ा मजे का गुजरा। दिन भर सोते पड़े रहे। शाम को शर्माजी के यहाँ गये। देर रात लौटे। पर बिस्तर में जाने से पहले दबाव फिर बढ़ने लगा। बहरहाल सो गये। सुबह जल्दी उठना था। ऑफिस की महत्त्वपूर्ण चाभियाँ मेरे ही पास थीं। नौ पैंतालीस तक पहुँच जाना था।

स्कूटर पर पोंछा मारकर स्टार्ट करने ही वाले थे कि बेगम चिल्लायी—फोन है। शर्मा था। सलाम-दुआ के बाद फिर वही फुलझड़ी—मालती तिवारी कब आ रही हैं छुट्टी से?

मैंने कहा कि काम की बात करो शर्मा, बस ऑफिस के लिए निकल रहा हूँ। आना नहीं है क्या? शर्मा बोला—भैया, वही तो बता रहा हूँ। तिवारिन को फोन कर दीजिए कि एक दिन और रुक जाएँ पतिदेव के पास।

"क्यों, इसमें फोन क्या करना, तिवारीजी एक दिन एक्सट्रा तो रोक ही लेते हैं।"

"नहीं, नहीं भैया, कहिए सी.एल. नहीं लेना पड़ेगा। फ्री में एक दिन और तिवारीजी की सेवा कर दें। हम लोग उनके बिना एक दिन काट लेंगे किसी तरह।"

"क्या बात है शर्मा, सुबह नौ और दस के बीच इतने मूड में कभी नहीं लगे। भाभी बाथरूम में हैं क्या?"

"अरे गुरुजी, आज तो दिन भर नहाऊँगा। आप भी कपड़ा उतारकर नहाइए। बच्चे स्कूल गये या नहीं?"

"बच्चे तो स्कूल चले गये, पर बात क्या है शर्माजी। काहे इतना कुड़कुड़ा रहे हो? सासजी वापस चली गयीं क्या?"

"बुढ़िया अभी नहीं जाएगी, पर मैं दस मिनट के लिए ऑफिस जा रहा हूँ। सुखलाल जी के लिए दो मिनट का मौन धारण करके वापस आ जाऊँगा। उसके बाद भैया तेल लगाकर धूप में सोना है।"

"सुखलाल गया क्या? कब?"

सुखलाल की मौत का सुनकर बहुत ज़्यादा धक्का नहीं लगा मुझे। बुड्ढा काफी दिनों से बीमार था। कई बीमारियों से एक साथ लड़ रहा था। काम तो उसका हम सभी को पानी पिलाने का था, पर बन्दा अपने पंडित होने से इतना आतंकित था कि गिलास पकड़ने मात्र से उसका हाथ काँपता था। विशेषकर पासवानजी को पानी देना होता तो गिलास में उँगली डालकर ही ले जाता।

बहरहाल मुझे उसके चले जाने का कुछ अफसोस तो हुआ पर मैंने कंडोलेंस मीटिंग न अटेंड करने का फैसला किया। अगर छुट्टी मिली है तो उसमें मिलावट

क्यों करो! वैसे मंडे को ऑफिस जाना किसी और दिन से ज्यादा ही कष्टकारी होता है। संडे के बाद मंडे की छुट्टी! वह भी अचानक और बैठे-बिठाये! पूरी की पूरी कैश करूँगा। शर्मा से बोल दिया कि तबीयत ठीक नहीं लग रही है, सँभाल लेना। लगा जैसे कई मन का बोझ सिर से उतर गया हो।

मैंने स्कूटर अन्दर किया, कपड़े बदले और सोचने लगा अब क्या करूँ। श्रीमतीजी से पूछा कि क्या करूँ तो उन्होंने हँसते हुए गन्दे कपड़े धो डालने का न्योता दे डाला। मैं समझ गया मेरे अचानक रुक जाने से इनके किसी पूर्व निर्धारित कार्यक्रम में अड़चन आयी है। आखिर छुट्टी का मजा क्या जानें ये। ऑफिस में काम करती होतीं तो एहसास होता कि आसमान से उतरी इस प्रकार की छुट्टी क्या होती है।

मुझे लगा कुर्ते-पायजामे में कुछ फॉर्मल लग रहा हूँ...जैसे संडे की छुट्टी हो। मैंने कुर्ता उतार दिया। और खाली पैजामे में गुनगुनाते हुए नंगे पैर इधर-उधर डोलने लगा। श्रीमतीजी दाल बीन रही थीं...शायद लंच में पकाने के लिए।

हर मंडे को साढ़े दस बजे तुम यही करती हो क्या? मैंने किचन टेबुल पर बैठते हुए कहा।

श्रीमतीजी समझ गयीं मेरी बात में कोई दम नहीं है। मेरी तरफ घूरकर फिर अपना काम करने लगीं। मैंने दाल के दो-चार दाने मुँह में डाले और बॉक्सरूम की तरफ बढ़ गया। अरहर की कच्ची दाल का स्वाद कुछ अच्छा नहीं लगा। कुछ देर इधर-उधर करने के बाद मैं फिर श्रीमतीजी के पास आ पहुँचा।

"मुँह जाने कैसा हो गया! तुम चने की दाल क्यों नहीं पकातीं? और क्या-क्या है आज?"

वे चुप रहीं।

"अच्छा, चने की दाल में बथुआ का साग डालकर क्यों नहीं बनातीं? अम्मा बनाती थीं।"

उन्होंने मुझे फिर घूरा और दाल की थाली एक तरफ सरका के आलू छाँटने लगीं। मैं एक बार फिर से बॉक्सरूम की ओर चला गया। मुझे कुछ खटक रहा था—जाने क्यों कुछ बेकार की चीजें पड़ी हुई हैं। बॉक्सरूम में कब से। कितनी साँसत है इस कमरे में। ये अनीता भी...। मैं फिर से किचन में पहुँच गया।

"सोचता हूँ बॉक्सरूम की सफाई कर दूँ। अगर कुछ चीजें हटा दूँ...सुनो...जगह भी निकल आएगी और लाइट भी...और ये तुम्हारे किचन में देखो ऊपर कोने में...चूहे वहीं से आते हैं क्या?"

"सुनिए, बॉक्सरूम को आप टच मत करिए और मेरा कोई सामान नहीं निकलेगा। बहुत काम करने का मन है तो झाड़ू लेकर छत पर चले जाइए। सालों

से सफाई नहीं हुई है। अब तो जाड़े में दिन में बैठना और गर्मी में रात में सोना भी नहीं करते। झाड़ू ले लीजिए, ऊपर चले जाइए।''

मुझे लगा, सबसे अच्छा यही रहेगा। वहाँ मैं आराम से बिना टोका-टाकी के काम तो कर सकूँगा। न देखेंगी न मेरी सफाई में कमी निकालेंगी।

मैंने झाड़ू लिया और ऊपर की ओर जाने लगा। जाते-जाते मैंने कहा—''सुनो, खाना पकाकर छोटू वाला बैडमिंटन लेकर ऊपर आ जाना...थोड़ा खेलेंगे।''

उन्होंने गुस्साते हुए कुछ कहा। मैं साफ-साफ तो नहीं सुन सका पर उन्होंने बहुत धीरे से भी नहीं कहा था...इसलिए सीढ़ियों तक पहुँचते-पहुँचते साफ हो गया। शेख चिल्ली! हाँ, करीब-करीब यही कहा था मैडम ने।

ऊपर पहुँचकर मुझे लगा श्रीमतीजी कभी-कभार यहाँ चक्कर लगा जाती हैं, नहीं तो उन्हें कैसे मालूम होता कि छत इतनी गन्दी पड़ी है!

मैंने पूरी छत का जायजा लिया। गन्दगी कहीं कम थी तो कहीं ज्यादा। मैं झाड़ू हाथ में लिये कुछ देर सोचता रहा, फिर उत्तर की तरफ से साफ करना शुरू किया। दो-तीन मिनट झाड़ू चली थी कि एक कौआ उड़ता हुआ आया, रेलिंग पर बैठा और उसने ठीक उसी जगह बीट गिरा दिया जहाँ मैंने साफ किया था। मैंने झाड़ू से बीट को एक तरफ कर दिया पर बड़ा बेशरम और बेवकूफ कौआ था। उसने ठीक उसी पर फिर बीट कर दी। मुझे उसकी ढिठाई पर गुस्सा आया। सफाई और गन्दगी अगर इसी तरह चलती रहेगी तो इतनी बड़ी छत मैं क्या, कोई भी नहीं साफ कर सकता। मैं झाड़ू नचाता हुआ दूसरे छोर पर पहुँच गया जहाँ पुरानी फोल्डिंग पड़ी हुई थी। मुझे याद पड़ा। इस फोल्डिंग को हम लोगों ने शुरुआती दिनों में खरीदा था जब हमारे पास डबल बेड नहीं था। बड़े अच्छे दिन काटे थे हमने इस पर। पर श्रीमतीजी समझें तब न। छत साफ करने मुझे भेज दिया पर एक छोटी-सी चारपाई को साफ नहीं कर सकीं कभी। कितनी गन्दी हो रही है यह। मैंने उसे झाड़ा और उठाकर छत के बीचोबीच रख दिया।

अब क्या करें? छत साफ करने आये और अगर इतनी जल्दी फोल्डिंग पर सोते पाये गये तो खैर नहीं होगी। झाड़ू फोल्डिंग के नीचे रखकर छत की मुँडेरी से लगकर खड़े हो गये। बंसी बाबू के घर का पिछवाड़ा हमारी छत से लगा हुआ था। उनकी बिना प्लास्टर की पीछे वाली दीवार अभी भी वैसी ही थी। पन्द्रह साल पहले हमने इस मुहल्ले में घर बनाया था। जब आये थे तब से इस दीवार को ऐसे ही देख रहे हैं। पर इधर कई वर्षों से कहाँ देखे थे इस लाल दीवार को। फिर ध्यान नीचे की ओर गया। पहले एक नाली हुआ करती थी वहाँ, नाली का क्या हुआ? मैंने गर्दन टेढ़ी करके इधर-उधर देखा। नाली का कहीं अता-पता नहीं था। अपने घर के पीछे पैदल गये हुए सालों कैसे हो गये।

नाली तो ऐसी कोई महत्त्वपूर्ण चीज नहीं है जिसे देखा ही जाए। बंसी बाबू ने बन्द करवा दी होगी। सबके घर का पानी उनकी ही नाली से होकर जाता था। मैं चकराया। तो फिर मेरे घर का पानी कैसे बाहर जाता होगा? शायद बंसी बाबू ने दूसरी नाली खुदवायी हो। उधर दक्षिण की ओर।

उधर गया तो खयाल आया कि इधर नीचे तो पहले एक कबाड़ी वाला अपना सामान जमा करता था। टेढ़ा आदमी था। बंसी बाबू उधर से नाली बनाने की हिम्मत नहीं कर सकते थे। झाँककर देखा तो कबाड़ी वाले का लड़का कबाड़ पर बैठा सिगरेट फूँक रहा है। और नाली? उसी ओर बना दी गयी थी। गन्दा पानी निर्बाध गति से उसमें बह रहा था। सामने बंसी बाबू के बरामदे में धुनिया नयी रजाई पीट रहा था।

अब क्या करें? अच्छा तो यह क्या? इधर तो बेर की डाल होती थी। कटवा दिया न मेम साहब ने। कहा करती थीं न काँटेदार पेड़ घर के पास नहीं होने चाहिए...।

मैं वापस छत के बीचोबीच आ गया। कैसा सन्नाटा पसरा हुआ है! दिन के ग्यारह बज रहे हैं और पूरा मुहल्ला...बगल की सड़क...सब कुछ साँय-साँय कर रहा है। फिर ध्यान आया—ऑफिस तो सिर्फ हमारा बन्द है, बाकी लोग-बाग तो काम पर चले ही गये होंगे...और बच्चे स्कूल...शोर कहाँ से मचेगा। तो संडे को फिर इतना शोर कैसे मचता है?

मेरी नजर अगल-बगल की जिन-जिन छतों पर गयी, आदमी नाम का जीव कहीं भी नहीं दिखाई पड़ा वहाँ। खाली फैले कपड़े...और मुँडेरों पर बैठे कौए। कहाँ से आ जाते हैं ये इतने सारे कौए मंडे को ग्यारह बजे? संडे के दिन तो कभी दिखते नहीं..। कहाँ हैं बेगम? क्यों नहीं आती हैं ऊपर...कितना अच्छा लग रहा है अकेले छत पर घूमना दिन में। शेख चिल्ली...! मैंने बुलाना ठीक नहीं समझा।

फोल्डिंग बीच में खींच लाया और बैठ गया। नंगे बदन बड़ा अच्छा लग रहा था। अपने हाथ-पाँव-पेट को निहारता-रगड़ता बैठा रहा। पेट शायद कुछ निकल रहा था, पर पेट का गोरापन बरकरार था। सीने पर हाथ फेरा। अच्छा अनुभव हुआ। ऐसा कोई हड्डी का पंजर नहीं बन गया था मैं। फिर पायजामा जहाँ तक ऊपर गया चढ़ाकर जाँघों की खबर ली। बड़ी देर तक देखता रहा। हाथ से चम्पी करता रहा। पूरे शरीर में विचित्र-सी खूबसूरती बसी हुई लग रही थी। देखना और छूना बड़ा ही रोमांचक लग रहा था, जैसे बड़े दिनों बाद भेंट हुई हो अपने अंगों से। फिर पीठ पर जहाँ तक हाथ पहुँचा, सहलाता रहा। अचानक ध्यान आया पीठ में किसी जगह एक बड़ा-सा मस्सा हुआ करता था जो हाथ से आसानी

से पकड़ में आ जाता था। कहाँ खो गया है? ऊपर-नीचे, दायें-बायें जहाँ तक उँगलियाँ जा सकीं, भेजीं। पर मस्से का कुछ अता-पता नहीं चला। क्या मस्से समय के साथ अपने आप समाप्त हो जाते हैं?

चलकर नीचे उनसे पूछते हैं। नीचे तो किचन बन्द था। मैं धीरे-धीरे बाथरूम की ओर सरका। वहीं थीं। बाथरूम बन्द, पर कोई हरकत नहीं, कोई आवाज नहीं। फिर एक-दो मग पानी गिरने की आवाज़, और फिर सन्नाटा। मैंने सोचा पूछूँ क्या नहा रही हो? पर तभी वह खुद बोल पड़ीं।

"कौन है बाहर? आप हैं क्या?" उन्होंने इस तरह पूछा कि मैं चौंक पड़ा।

मुझे लगा जैसे मेरी चोरी पकड़ी गयी। मैं धीरे-धीरे दूसरे कमरे में चला गया। फिर जल्दी ही चप्पल बजाते हुए बाथरूम के पास आकर कहा—नहा रही हो क्या?

"अभी आप खड़े थे यहाँ?"

"नहीं भाई, मैं तो ऊपर से आ रहा हूँ। नहा रही हो क्या?"

"और क्या करूँगी बाथरूम में।"

"मैंने सोचा पानी की आवाज नहीं आ रही है।"

वह चुप हो गयीं। फिर मग से पानी गिरने से आवाज आने लगी। इस बार अवश्य पानी पीठ पर गिर रहा था। ऐसी आवाज एकदम अलग होती है। पानी की छलछलाहट से बता सकते हैं।

"तुम मंडे को रोज दोपहर में नहाती हो?"

वह चुप रहीं। अब पानी नहीं गिर रहा था। शायद फिर साबुन लगा रही थीं।

"सुनो, जल्दी नहाकर ऊपर आ जाओ, बड़ा मजा आ रहा है।"

"क्यों, सामने कोई खिड़की खुली है?" उन्होंने व्यंग्य किया।

"नहीं, सन्नाटा है, धूप है, खूब अच्छा लग रहा है। चलो न।" मैंने हँसते हुए कहा।

"ये चाँद कहाँ से निकल आया? फाइल और रजिस्टर का काम क्यों नहीं कर लेते सन्नाटे में बैठकर।"

औरतें हर बात टेढ़ी तरह क्यों लेती हैं? अगर एक-दो बार और कहेंगे कि चलो ऊपर बैठें, बातें करें तो बस शुरू हो जाएँगी। नहाने नहीं दे रहे हैं। इतना सारा काम पड़ा है—चादर बदलनी है, दाल छौंकनी है, छोटू आता होगा, कपड़े प्रेस करने हैं...और इन्हें छत पर बैठने की पड़ी है। जब बैठना था तो ऐसे बिदकते थे जैसे हल देखकर नया बैल। ऑफिस और फाइलों के अलावा कुछ सूझता ही नहीं था। न कभी सिनेमा दिखाने गये, न साथ बाजार गये। अब शौक

चर्राया है छत पर बैठकर बातें करने का। बात क्या करेंगे? कोई खिड़की खुली होगी कहीं या कोई नहाने के बाद बाल या कपड़े सुखा रही होगी। बात हमसे करेंगे और ताकेंगे उधर। बात भी क्या करेंगे? दस बात पूछो तो एक का जवाब देंगे। जाइए-जाइए...बैठिए। धूप का आनन्द लीजिए। मुझे ढेर सारे काम हैं।

मैंने ऊपर चलने के लिए जिद नहीं की। पर बेर के पेड़ के बारे में तो पूछना ही था।

''सुनो, वो बेर की डालियाँ तुमने कटवायीं?''

''हाँ, क्यों?''

''नहीं, मैंने उन्हें नहीं देखा सो पूछ रहा था।''

''छत पर कितने दिनों बाद गये आज?'' स्वर में व्यंग्य साफ था।

मैंने जवाब न देने में ही बुद्धिमानी समझी।

''उसे कटे दो साल हो गये।'' वह नहाते-नहाते बोलीं।

''मुझे नहीं बताया?''

मग पटकने की आवाज आयी।

मैं समझ गया। इस प्रश्न का उत्तर विस्तार में मिलने वाला है। मैं जल्दी ही सीढ़ियों की ओर बढ़ गया।

छत पर फिर कुछ देर यों ही पड़ा रहा। एक डेढ़ के आसपास हो रहे होंगे। मन में आया कुछ सफाई और कर लें। झाड़ू लेकर इधर-उधर करने लगा पर मन नहीं लगा। शायद नहा चुकी होंगी। एक बार और ट्राई कर लेते हैं। आया तो देखा चौकी पर बैठकर कोई धार्मिक पुस्तक जोर-जोर से पढ़ रही हैं। इस समय किसी तरह का मनुहार नहीं चलने वाला। बवाल हो जाएगा। फिर से ऊपर जाकर टहलने लगा। न जाने क्यों इतना अच्छा लग रहा था छत पर! फिर उतरा...अबकी बार उठाकर लाऊँगा। देखें कैसे नहीं आती हैं! देखा तो वामा से मुँह ढके सो रही हैं। मैं वहीं बेड में बैठ गया...हिलाते हुए।

''क्या हुआ छतबाजी कर आये?'' वह जागते हुए बोलीं।

''तुम तो आयीं नहीं...कितना अच्छा लगा।''

''क्या अच्छा लगा? उस गँदले छत पर क्या है? काहे इतना सठिया रहे हैं आप!''

''ये नाली कब से इस ओर खुद गयी? कबाड़ी तो बड़ी झंझट करता था।''

''बंसी बाबू उसी कबाड़ी के हाथ अपना मकान बेचकर चले गये। सारा झंझट खत्म हो गया।''

''बंसी बाबू चले गये? कब?''

''पिछले ही साल।''

''तो अब हमारा सबसे नजदीकी पड़ोसी ये कबाड़ी है! अच्छा छोड़ो, ये बताओ कि मेरे पीठ में एक बड़ा-सा काला मस्सा था न?''

''पीठ पर नहीं, गर्दन पर।'' कहते हुए उन्होंने उसी जगह पर जोर की चिकोटी काट ली।

''मैंने सोचा पीठ में कहीं है।'' मैंने मस्से को सहलाते हुए कहा।

''अम्मा जी कह रही थीं आपके बाबूजी के भी ठीक गर्दन के पीछे मस्सा था।''

''छोटू के है?'' मैंने उत्सुकता से पूछा।

''हाँ, ठीक वहीं जहाँ आपके है।''

''आने दो उसको, देखता हूँ कि तुम सही बोल रही हो। अच्छा तुम्हारे कहीं मस्सा है?''

''कमर में तो है। अभी तक देखा नहीं क्या?''

''दिखाओ, दिखाओ।'' मैंने दुलार बघारते हुए कहा। डर था कहीं फिर से शेखचिल्ली कहकर मुझे हतोत्साहित न कर दें। अब तक नहीं नजर पड़ी तो अब क्या देखेंगे! छोड़िए भागिए। दिखावटी प्रेम मुझे नहीं अच्छा लगता।

उन्होंने ऐसा कुछ नहीं कहा। साड़ी को कमर से हटाने लगीं। फिर धीरे से पेटीकोट को ढीला करके तनिक नीचे की ओर खींच दिया। मैं साँस थामे देख रहा था।

''दिखाई पड़ा?'' उन्होंने बेतकल्लुफी से कहा। वे मस्सा पर उँगली फेर रही थीं। कितनी सुन्दर कमर थी अनीता की! और ये मस्सा कैसे बचा रह गया था मुझसे? मैं टकटकी बाँधे देख रहा था अपनी पत्नी की अधखुली कमर को।

''देखा कि नहीं? छूकर देख लीजिए। और अब कभी न भूलिएगा।''

''नहीं भूलूँगा।'' मेरे मुँह से बहुत धीमे से निकला।

फिर मैं उन्हीं के बगल में लेट गया। उनके बालों से खेलने लगा। शैम्पू की गमक नाकों में झर रही थी। मैं उनके और करीब सट आया।

''तुम्हारे बाल कितने सुन्दर हैं। मुलायम भी। एक भी नहीं पका।''

''क्या बात है? सूरज किधर से निकला है। मेरी इतनी फिकर क्यों हो रही है! मालती तिवारी के पकने शुरू हो गये क्या?'' उन्होंने बड़ी निर्दयता से कहा।

मैं चुप हो गया।

''अनीता!''

''क्या है?''

''सुनो।''

"बोलिए।"

"सोचते हैं कि...।" मैं बात पूरी नहीं कर सका।

"क्या हुआ मानिक बाबू?" उन्होंने मेरी भावुकता की हवा निकालने की कोशिश की। वे कभी-कभी ऐसा ही करती हैं। मैं चुप हो गया।

"नाराज हो गये क्या? बोलिए न। आपको हमारी कसम...कहिए।"

मैं सोचने लगा था कैसे कहूँ।

"गुस्सा हो गये न। यही बात आपकी अच्छी नहीं लगती। बोलिए न क्या कह रहे थे।"

"सोच रहा था..."

"क्या..."

"अनीता, सोच रहा था कि हम लोग एक दिन फुर्सत से चलकर छत पर बैठेंगे। उस दिन किसी से नहीं मिलेंगे। किसी को मिलने के लिए नहीं बुलाएँगे। छत पर छुपे बैठे रहेंगे। फिर मुँडेर के पास खड़े होकर पड़ोसियों के घरों को ताकेंगे। अपने पीछे की दीवार को देखेंगे। नाली को देखेंगे। कबाड़ी के लड़के को सिगरेट पीते हुए देखेंगे। और धुनिया को रजाई धुनते हुए देखेंगे।

"उस दिन इबादत नहीं करेंगे। चन्दा नहीं बाँटेंगे। छोटू को दुलार नहीं करेंगे। कौआ काँव-काँव करेगा तो उसे उड़ाएँगे नहीं। जहाज जाएगा तो उसकी आवाज नहीं सुनेंगे। तुम स्वेटर नहीं बुनोगी। मैं किताब नहीं पढ़ूँगा। बैठे-बैठे बादलों में जानवरों और बूढ़े आदमियों को ढूँढ़ेंगे। भूले-बिसरे नामों की अन्ताक्षरी खेलेंगे। उनके चेहरों को आँखों के सामने लाएँगे। फिर तुम मेरी प्रेमिकाओं के बारे कुरेदोगी, मैं तुम्हें उनकी कहानियाँ सुनाऊँगा।

"तुम कहोगी अच्छा ऐसा था तो आपने मुझसे शादी क्यों की! मैं कुछ बोलना चाहूँगा, तुम बीच में ही अपना कैलेंडर खोलकर बैठ जाओगी।...तुम पूछोगी अच्छा बताइए फलाँ सन् में क्या हुआ था। मैं कहूँगा हमारी शादी। तुम कहोगी नहीं, बड़ा बेटा हुआ था। शादी तो दो साल पहले हुई थी। तुम फिर पूछोगी फलाँ सन् से फलाँ सन् तक हमने क्या किया! मैं कहूँगा शादी के बाद क्या करते हैं, मौजमस्ती, घूमना-फिरना। तुम कहोगी नहीं, ये आपकी बेकारी के दिन थे और हमारी परेशानी के। तुम पूछोगी उसके बाद क्या हुआ! मैं कहूँगा मुझे नौकरी मिली। तुम कहोगी ठीक, फिर उसके बाद। मैं कहूँगा एक साल के बाद मेरी तनख्वाह दो बार बढ़ी और जल्दी ही मेरा प्रोमोशन हो गया? तुम कहोगी छोटू का आना भूल गये क्या? इसके बाद ही तो प्रोमोशन हुआ था। छोटू लकी है न...। अच्छा उसके बाद। मैं कहूँगा...उसके बाद क्या? उसके बाद पहला ट्रांसफर हुआ था। तुम कहोगी नहीं...आप बहुत भूलते हैं। उसके बाद हम लोगों ने अपनी शादी

की दसवीं साल-गिरह मनायी थी। आपने अपने दोस्तों को बुलाया था। हमारे-आपके लिए खाना कहाँ बचा था! फिर आपने ऑमलेट बनाया था। पर ब्रेड ही नहीं थी। तो हम लोग खूब हँसे थे और फिर खाली ऑमलेट खाकर सो गये थे।

''मैं कहूँगा मुझे छोटी-छोटी बातें याद नहीं रहतीं। तुम नाराज होकर कहोगी, जाइए एक दिन आप मुझे भी भूल जाएँगे। मैं कहूँगा अच्छा और कुछ पूछो। तुम कहोगी अच्छा बताइए आप मुझे प्यार करते हैं। मैं कहूँगा देखो अब ये कौन-सी बात हुई। वही बचकानी बातें। तुम कहोगी, नहीं-नहीं बताइए न...यह मेरे लिए बड़ी बात है। बताइए आप मुझे पहले की ही तरह चाहते हैं न। मैं कहूँगा अब नीचे चलें, बहुत देर से छत पर बैठे हैं। तुम कहोगी नीचे नहीं जाएँगे। यहीं बैठेंगे। यहाँ अच्छा लग रहा है। बहुत दिनों बाद ऐसे बैठे हैं। नहीं बताना चाहते हैं तो कोई और बात करिए। मुझे लगेगा कि मैं बताना चाहता हूँ लेकिन गले में कुछ अटक रहा है...लगेगा तुमने ऐसी चीज करने के लिए कह दिया है जिसकी प्रैक्टिस छूटे अरसा गुजर गया है।

''तुम फिर कहोगी कि अच्छा पूछिए कि मैं आपको कितना चाहती हूँ। मैं पूछूँगा तुम छोटू को कितना चाहती हो। तुम कहोगी मैं छोटू-मोटू के बारे में नहीं पूछ रही हूँ। आपके बारे में पूछ रही हूँ। मैं कहूँगा अच्छा बताओ तुम्हें कौन-सा परफ्यूम पसन्द है। तुम कहोगी वो वाला। मैं कहूँगा ये लो। पहले से ही लेकर आया हूँ। तुम खुश हो जाओगी। एकदम गद्‌गद। तुम अपना प्रश्न भूल जाओगी। मैं परफ्यूम की शीशी तुम्हारे हाथ से लेकर तुम्हारी पीठ पर स्प्रे कर दूँगा। तुम कहोगी अब आप बुद्धू हो गये हैं। ये भी कोई जगह है परफ्यूम छिड़कने की। मैं तुम्हारा इशारा समझ जाऊँगा और तुम्हारे सीने पर आधी शीशी खाली कर दूँगा। तुम हँसने लगोगी। खूब हँसोगी...खूब हँसोगी...मैं भी हँसने लगूँगा। हम दोनों हँसने लगेंगे। हँसते-हँसते हम लोग एक-दूसरे से सट जाएँगे...एक-दूसरे का हाथ पकड़ लेंगे। हाथ पकड़े हँसते रहेंगे। तुम कहोगी हाथ ऐसे क्यों पकड़े हैं! मैं सोचूँगा कह दूँ...कितने दिनों बाद तुम्हारा हाथ पकड़ा है...नया लग रहा है...अच्छा लग रहा है। पर मेरे मुँह से कुछ नहीं निकलेगा। हाथ पकड़े बैठा रहूँगा।

''किसी बात पर हम फिर हँसने लगेंगे। कितना अच्छा लगेगा जब अकेले एक साथ छत पर बैठकर दोनों इतना हँसेंगे। लगेगा जितना नहीं हँसे हैं अब तक, उतना हँस लें। हँसते-हँसते थक जाएँगे। थक जाएँगे तो वहीं सटकर लेट जाएँगे छत पर...हाथ पकड़े हुए। चुप...चाप। आसमान को ताकते लेटे रहेंगे।

''उस दिन सब उल्टा होगा। तुम्हारी चुप्पी मुझे अच्छी नहीं लगेगी। मैं

कहूँगा गूँगी हो गयी हो क्या। तुम कहोगी हाँ। मैं कहूँगा तो हाँ कौन बोला! तुम कहोगी आपकी गूँगी। मैं कहूँगा मैं कुछ कहना चाहता हूँ मेरी ओर देखो भी। तुम कहोगी क्या है बोलो न! मैं कहूँगा सुनो। तुम कहोगी सुन तो रही हूँ, कहो। मैं कहूँगा बहुत दिनों से नहीं कहा है...हिचकिचा रहा हूँ। तुम कहोगी क्या है बोलो न...बोलो। मैं कहूँगा आई लव यू। तुम चुप रहोगी। मैं कहूँगा आई लव यू रियली। तुम फिर भी चुप रहोगी। मैं कहूँगा क्या सचमुच गूँगी हो गयी हो?... गूँगी कहीं की। तुम कहोगी नहीं मानिक...वो बात नहीं। पता नहीं क्यों मुझे रुलाई आ गयी।''

□

# मौसम

मौसमे बहार और अब्बू। और अम्मी। मैं। इकबाल और राशिदा भी। मुझे मालूम है अब्बू आजकल एक नॉविल लिख रहे हैं—उर्दू में। नाम रखा है बहारों का मौसम। नाम कुछ अजीब लगता है, पर अब्बू का मामला है कौन बोले। मुझे उर्दू कुछ खास आती नहीं। इकबाल को तो एकदम नहीं। इकबाल मेरा भाई है। पर राशिदा के मजे हैं। उर्दू में माहिर और अब्बू की चीफ एडीटर। कभी नॉविल की कहानी बताती है तो लगता है अब्बू अपने बारे में लिख रहे हैं। राशिदा मेरी बहन है।

अब्बू के इस फन का पता सिर्फ राशिदा को था। हम तो उन्हें एमएससी फिजिक्स ही मानकर चलते थे। साइंस और अफसानानिगारी को आमतौर पर एक साथ नहीं देखा जाता। जो भी हो, लिखना अब्बू ने हाल-फिलहाल में शुरू किया होगा। नहीं तो अब्बू की दुलारी राशिदा ने पहले ही चुगली की होती। मैंने राशिदा से कहा कि अब्बू को अपने नॉविल का नाम बदलकर 'दुश्वारियों का मौसम' रखना चाहिए। अब्बू ने कहला भेजा कि उसे अदब की समझ नहीं है। खास तौर से उर्दू अदब की तो बिल्कुल नहीं। अपनी टाइटिल अपने पास रखे। मैं और राशिदा खूब हँसे।

हमारा घर बड़ा दोस्ताना है। इस मामले में कि हम लोग हँसने का बहाना ढूँढ़ ही लेते हैं और इस मामले में भी कि राशिदा और अम्मी जब सलवार-सूट पहनकर कहीं शादी ब्याह में निकलती हैं तो दोनों छोटी-बड़ी बहनें लगती हैं और वही हाल हम दोनों भाइयों और अब्बू का। एक सफारी सूट तीनों पहन सकते हैं। तीनों खड़े हो जाएँ तो कहें—वालिद फर्जद कम, भाई-भाई ज्यादा। इकबाल जो हमारे और राशिदा के बीच का है, अब्बू से भी दो इंच ऊपर हो गया है।

हम एक-दूसरे से बहुत खुले हुए भी हैं। खूब बातें होती हैं। एक-दूसरे की खिंचाई-सिंचाई भी। बस अब्बू ही ज्यादातर संजीदा बने रहते हैं। अब्बू को

हँसते हुए बहुत कम देखा है। अब्बू तो शायद अम्मी से भी छेड़छाड़ नहीं करते हैं। हाँ, राशिदा जरूर अपवाद है। उसके साथ उनके चोंचले चलते ही रहते हैं। पर जल्दी ही वे फिर से अपनी बनायी हुई गुफा में दाखिल हो जाते हैं। उनकी संजीदगी के बारे में हमारे घर में दो राय हैं। अम्मी और राशिदा मानती हैं कि अब्बू कुदरतन संजीदा हैं। मेरा और इकबाल का खयाल है कि अब्बू की गम्भीरता उनके स्वभाव का हिस्सा नहीं है, बल्कि इसे उन्होंने ओढ़ रखा है। यों तो वाल्दैन के बारे में कोई ऐसी-वैसी टिप्पणी करना अच्छा नहीं माना जाता, पर मैं एक बात जरूर कहूँगा—अब्बू के बारे में। गुस्ताखी माफ, उनके अन्दर एक अजीब-सी हेकड़ी है। वह झूठे स्वाभिमान के शिकार हैं और ट्रेजडी यह है कि उन्हें इन बातों का पता नहीं है। वे आदतन दूसरे की बुराई कर बैठते हैं। खुद तो कुछ नहीं बने, पर दूसरे की नौकरी चाहे कितनी ही बड़ी क्यों न हो, भाव नहीं देते। मुँह पर ही बोल देते हैं। उनकी इन बातों से मुझे तो बहुत कोफ्त होती है, पर लिहाज में कुछ कहता नहीं। पीठ पीछे अम्मी हम लोगों से शिकायतें तो करती हैं पर खुद उन्हें रोक नहीं पाती हैं।

पर हम चारों मतलब कि अम्मी भी—उनकी बड़ी इज्जत करते हैं। अब्बू के लिए हमारे दिलों में इज्जत ही नहीं प्यार भी है। अम्मी से ज्यादा अब्बू हमारी एजूकेशन के लिए जिम्मेदार हैं। हमेशा लगे रहे कि तीनों बच्चे पढ़-लिख जाएँ ऊँची तालीम हासिल करें और ऊँचे ओहदों पर पहुँचें। पर इज्जत और प्यार है तो सिर्फ इसलिए नहीं कि उन्होंने हमें ऊँची तालीम हासिल करने में मदद की। वैसे तो इज्जत और प्यार के हकदार वे तभी हो गये जब वे हमारी वजूद की वजह बने। असल में, इन सबसे बढ़कर हम उनकी मेरिट के कायल हैं। हर क्षेत्र में उनका ज्ञान और उनका दखल काबिले तारीफ है। जो कुछ उन्होंने स्टूडेंट लाइफ में पढ़ा था और कैरियर परीक्षाओं के लिए याद किया होगा, कुछ भी नहीं भूले हैं। हमें कई बार फख्र होता है कि हमारे अब्बू कितना कुछ जानते हैं। कितने बौद्धिक हैं, कितने वेल इनफार्म्ड और अप-टू-डेट हैं।

एक बात और। मेरे अब्बू दूसरे अब्बुओं की तरह बूढ़े और रिटायर्ड कभी नहीं लगे। गोरे, नौजवान, स्मार्ट और हमेशा फिटफाट। इस मामले में अपने तीनों बच्चों के आदर्श। पर हमें खीझ और शर्म तब आती है जब वे हर किसी में लूपहोल ढूँढ़ने लगते हैं, हर किसी के पेशे और नौकरी को तुच्छ बताने लगते हैं। अक्सर मैं अपने दोस्तों के घर जाता हूँ लेकिन अपने दोस्तों के पिताओं को अब्बू की तरह बिहैव करते कभी नहीं देखा। अब्बू के एक खास दोस्त प्राइमरी स्कूल के टीचर हैं। उनके बारे में हमसे ऐसे बात करते हैं जैसे उनके दोस्त पान की दुकान चला रहे हों। अब्बू का हमारी जिन्दगी में होना एक अजीब-सा भाव जगाता है। कैसे

बताऊँ।

बकौल अम्मी, अब्बू अखबार से ऐसा इश्क फरमाते हैं कि कोई मियाँ अपनी नयी-नवेली बीवी से क्या फरमाएगा। अब्बू कहते हैं, अखबार उनकी ताकत है। मुझे याद आ रहा है कि जब मैं छोटा था तो अब्बू कहीं बाहर रहकर पढ़ते थे। शायद एमएससी कर रहे थे। महीने में एकाध बार घर आते थे। मुझे यह भी याद आ रहा है कि अम्मी कभी-कभी ऐसी बात बोलती थीं—शायद उन्होंने एक जुमला गढ़ रखा था—जिसका अर्थ होता था भला ये भी कोई बात हुई। बाप-बेटे एक साथ पढ़ाई पूरी कर रहे हैं।

राशिदा ने अब्बू की स्टूडेंट लाइफ नहीं देखी है। मैंने देखी है। तभी तो वह कभी-कभी पुरानी फिल्मों की हिरोइनों की तरह आँखें मटकाते हुए बोलती है—अब्बू और भाईजान क्लासफेलो हैं। राशिदा की बच्ची!

मुझे अच्छी और ऊँची तालीम के लिए जब ननिहाल भेजे जाने की बात हुई तो अब्बू ऐसे गरजे कि पूछिए मत। पर अम्मी सब जानती थीं। यहाँ मैं यह कहना चाह रहा हूँ कि वह जानती थीं कि गरजने और बरसने में क्या रिश्ता है। नाना पेशकार थे। अम्मी को बहुत चाहते थे। अब्बू भुनभुनाते रहे पर वे मुझे ले गये। अम्मी ने चैन की साँस ली। असल में, अम्मी ने अब्बू की मदद की।

एमएससी करने के बाद मैं वहीं फैजाबाद में एक प्राइवेट स्कूल में पढ़ाने लगा। अब्बू मुझे हिकारत से देखते, जैसे मैंने कोई पाप किया हो। किसी सरकारी नौकरी के लिए ट्राई करने के लिए बड़बड़ाने लगे। घंटों लेक्चर दिया।

फिर ठंडे हुए तो पूछा—अच्छा बताइए क्या पढ़ाते हैं? मेरे यह कहने पर कि साइन्स, मुझसे साइन्स पर सवाल पूछे और मुझे गलत साबित किया। इनकी यही आदत है। अपने बच्चों के साथ कम्पटीशन पर उतर आते हैं। जीतने की कोशिश करते हैं। अपने एमएससी फर्स्ट क्लास पर इतना गुमान कि मौके-बेमौके अपने बच्चों को ही शर्मिन्दा करने पर आमादा हो जाते हैं। अजीब कैफियत हो जाती है इनकी। खयाल नहीं रखते कि वे बीस पार लड़कों और शादी लायक लड़की के बाप हैं। कैसी कुंठा, कैसी नादानी, कैसी नासमझी में जिन्दगी गुजार रहे हैं अब्बू। मेरे दोस्तों तक से अपना ज्ञान बघारने लगते हैं और उनसे मुकाबला करते हैं। ऐसे मौकों पर वे मुझे बेहद कॉमिक लगते हैं।

मैं ननिहाल में रह रहा हूँ। इकबाल ने घर पर ही रहकर अपना ट्यूशन जमा लिया है। राशिदा भी ट्यूशन के साथ कपड़े सिलती है। अम्मी कपड़े सिलने के अलावा आँगनबाड़ी में पढ़ाती हैं। माशाअल्लाह कोई दुश्वारी नहीं है। सब अच्छा चल रहा है। पर अब्बू बेकार हैं। लेकिन ऐसा वे नहीं चाहते हैं। वे चाहते

हैं कहीं लगना। जल्द से जल्द घर में अपनी कमाई देना चाहते हैं। टीचर, क्लर्क या...अल्लाह माफ करे..चपरासी ही बनकर...। बेकारी उन्हें काटती है। खा रही है उन्हें घुन की तरह। पर दिखाते हैं ऐसा जैसे उन्हें बेरोजगारी का गम न हो। कुछ नौकरियों के लायक वे अभी भी होंगे। कुल उम्र सैंतालीस की है। हाईस्कूल सर्टीफिकेट के अनुसार पैंतालीस ही ठहरते हैं।

इस बार ईद में अब्बू को मैंने सफारी सूट दिया। अब्बू जवान तो हैं ही, अच्छे दिखने लगे। मेरे, इकबाल, राशिदा और अम्मी के पैसों से खूब ईद मनी। मैं वापस जाने को हुआ तो मुझे पास बुलाकर बोले, ''पता करना तुम्हारे यहाँ कोई जगह हो तो दो-चार घंटे वक्त दे सकता हूँ। पैसे के लिए नहीं भाई।'' मैंने अम्मी की ओर देखा। लगा जैसे उनके ऊपर घड़ों पानी पड़ गया है। फिर बोले, ''मेरा ईद वाला जूता लेते जाओ।'' मुझे पता था अम्मी के पैसों का है। क्यों दे रहे हैं, क्यों लेने के लिए जिद कर रहे हैं अब्बू। मेरे सूट के बदले में तो कुछ न कुछ करना ही था। सो जूते पर अड़ गये। मैं क्या करता। बाटा का सॉफ्ट लेदर मेरे पैरों में जम गया।

इकबाल को कोई क्या कहे। बचपन का कोलम्बस। पूरा उस्ताद। खोजता फिरेगा...बस। कभी लकड़ी के बक्से में दादा की रौबदार मूँछों वाली तस्वीर तो कभी अब्बू के बचपन की गेटिस वाली पैंट। और कभी अब्बू-अम्मी की अलमारी से उनकी शादी का बित्ते भर का अलबम। अम्मी तो कुछ खास नहीं...पर अब्बू...हाय हाय...कानों के ऊपर तक फैले बाल और चौड़े बॉटम वाली पैंट। मैं तो चुप रहता पर राशिदा और इकबाल बाज आएँ तब न।

मेरा ख्याल है, हमारी कुछ दोपहरियाँ तो यही सब खोजबीन करते कटी होंगी। फिर जब मैं फैजाबाद शिफ्ट हो गया तो भी इकबाल की कोलम्बसगिरी जारी रही। गर्मियों में मैं घर आया था। तभी इकबाल ने अब्बू वाली फाइल दिखायी। उनकी रिकॉर्ड फाइल। इकबाल पढ़ता जाता और राशिदा आहें भरती। एमएससी फिजिक्स, फर्स्ट क्लास फर्स्ट। बीसएससी गुड सेकेंड डिवीजन। लेकिन फिर इंटर और हाईस्कूल दोनों ही प्रथम श्रेणी में। और सबसे नीचे रखी थी उनकी बीएड की डिग्री जिसके बारे में उन्होंने कभी बताया ही नहीं था। अपने आपको कभी एमएससी बीएड नहीं कहा। हमेशा कहते एमएससी फिजिक्स, फर्स्ट क्लास फर्स्ट।

उस फाइल में कुछ और सबूत थे। तमाम काल लेटर्स, जहाँ फिजूल में अब्बू ने इंटरव्यू दिये होंगे। अखबारों की कतरनें जिनमें नौकरियाँ थीं, पर अब्बू के लिए नहीं। मास्टरगीरी से लेकर प्राइवेट कम्पनियों में दर्जनों अर्जियों के सबूत।

एक मशीन बनाने वाली कम्पनी का लेटर भी मौजूद था। 550 रुपये प्रतिमाह तनख्वाह पर उन्हें नौकरी का ऑफर था। गुस्सा गये होंगे सैलरी देखकर। तभी तो लाल स्याही से उसी लेटर पर लिख मारा था—उर्दू में।

राशिदा ने उस इबारत को चटखारे लेकर पढ़ा—1100 पर तुझे मैं खुद रख लूँ मरदूद।

अब्बू की शेखीखोरी, उनका बड़बोलापन और जॉब मार्केट में हम दोनों भाइयों की नाकामयाबियाँ—कई बार राशिदा को अपनी फुलझड़ियाँ छोड़ने के आसान मौके मुहैया करा देतीं।

ऐ जी सुनो इकबाल, अब्बू की तर्ज पर भाई जान भी इंडियन एडमिनिस्ट्रेटिव सर्विस से नीचे की नौकरियों को लात मारते फिर रहे हैं...तू क्यों नहीं कहीं हेडक्लर्क बन जाता। अबकी ईद में सिल्क का सूट बनवा दे मेरे भाई...।

इकबाल चुप रहने वाला बड़ा भाई नहीं था। उसने भी राशिदा को छेड़ दिया, ''तू तो हर हफ्ते नये सूट पहनती है राशिदा। सिलाने वालों को क्या मालूम कि राशिदा की उतरन ही पहनते हैं नये सूट के नाम पर।'' अब मेरी बारी थी। मुझे मालूम था राशिदा ऐसा करती है। पर मैं इकबाल जैसा ब्लंट नहीं हूँ। मैंने कहा, ''राशिदा, दरवाजे पर छोटा-सा बोर्ड जो तुमने टाँग रखा है न सिलाई केन्द्र का, उसमें एक बच्चे का नाम लिखवा दो—इकबाल टेलर मास्टर। इसका भी काम बन जाएगा।'' राशिदा जो हँसी तो हँसती ही चली जाती थी।

फिर मैंने सोचा, अच्छा मौका है कुछ डॉयलाग-वायलॉग हो जाए। मैंने सीरियस लहजे में शुरू किया, ''इस घर में दो-दो पोस्ट ग्रेजुएट हैं...।'' मेरी बात बीच में काटते हुए राशिदा ने जोड़ दिया, ''दोनों में एक फर्स्ट क्लास फर्स्ट और दूसरा सेकेंड क्लास सेकेंड।'' मैंने बिना हँसे अपनी बात पूरी की...''और दो-दो ग्रेजुएट हैं और एक इंटरमीडियेट...कुल पाँच...पर सबके बीच में एक भी नौकरी नहीं है।''

अब इकबाल की बारी। नहीं चूका मेरा छोटा भाई। बोला, ''सच कहूँगा तो भाईजान नाक-भौं सिकोड़ लेंगे।'' मैंने डाँटा, ''बोल बे, भाईजान को इतना भाव कब से देने लग गया।'' और इकबाल बोल गया, ''सारा दोष हमारे-आपके नाम में है बड़े भाई। पाँचों पढ़े-लिखे, लेकिन पाँचों बेकार। क्या यह महज इत्तेफाक है, या फिर इसे बैडलक कहकर हवा में उड़ा दें?'' मैंने उसका कान पकड़ते हुए कहा, ''मुझे तो अपने नाम में कोई बुराई नजर नहीं आती...पर तू अपना नाम इकबाल सिंह कर ले। लग जाएगा कहीं काम से।''

अब राशिदा की बारी थी, ''मैं तो सोचती हूँ...इकबाल सिंह तुम बताना तुम्हारी क्या राय है...क्यूँ नहीं अब्बू अपनी नॉविल का नाम बदलकर 'बेरोजगारी

का मौसम' रख देते।"

फिर हम तीनों ऐसा दिल खोलकर हँसे कि अम्मी किचन से बाहर निकल आयीं। और राशिदा का गाल नोंचते हुए खुद भी लतीफे में शामिल हो गयीं।

अब्बू ऐसे हल्के-फुल्के मौकों पर हम सभी से दूर ही रहते।

अम्मी किचेन में वापस चली गयीं। राशिदा की हँसी बन्द होने को नहीं आ रही थी। बोली, "खबरदार, अगर किसी ने नौकरी की बात की, अभी सब लोग और पढ़ेंगे। बस एक-एक डिग्री और, अजी इकबाल अब्बू से कहो पीएचडी पूरी करें। पीछे-पीछे हम लोग हैं।"

हँसी का फव्वारा फिर...हम तीनों का।

इस बार अम्मी किचन से बाहर नहीं निकलीं। वहीं से बोलीं, "और लिस्ट से मेरा नाम काट देना। मुझे नहीं पढ़ना-वढ़ना। तुम्हारे अब्बू बहुत पढ़े हैं।"

अम्मी को वाकई पढ़ने की ज़रूरत क्यों पड़ने लगी। आज तो बिल्कुल नहीं। आज जामिया अंजुमन के कुल पचास बच्चों का कपड़ा सिलने का ऑर्डर जो हाथ आ गया था। अब राशिदा को लेकर जुटेंगी और बस हफ्ते भर में पूरे तीन हजार की जुगत। कौन पढ़ता है। बहुत पढ़ लिया।

और चटोरी राशिदा। राशिदा को तो मिल गया लहलहाने का बहाना। हम सभी के लिए खुशियों का मौसम।

ऐसा नहीं कि अब्बू कुछ नहीं करते हैं तो हमारे घर में गोश्त नहीं बनता है। सबकी तरह हफ्ते में दो दिन तो जरूर। पर अब राशिदा की बच्ची इस हफ्ते पाँच दिन पकाएगी।

तो इसी तरह खाते-पकाते, हँसते-गाते चुनाव सिर पर आ गये। गोया कि वादों का मौसम और नौकरियों का मौसम अपने उफान पर।

सरकार को आनन-फानन में हजारों की तादाद में प्राइमरी स्कूलों के लिए मास्टर चाहिए। इश्तहार छपे तो दिल बल्लियों उछलने लगा। कुछ ज्यादा पेंच नहीं था। दरियादिली का आलम यह था कि इक्कीस से पैंतालीस वर्ष उम्र तक का तो कोई भी ग्रेजुएट मास्टर बन सकता है। बीस तारीख को अपनी डिग्रियों के साथ लखनऊ पहुँचो, रजिस्ट्रेशन कराओ, इंटरव्यू दो और कॉल लेटर हाथोंहाथ। पहली बार ग्रेजुएट होने के फायदे बड़े साफ-सुथरे ढंग से मुँह बाये खड़े थे।

मैं उस मौसम में फैजाबाद था। मुझे इकबाल और राशिदा की फिकर लगी। मैं खुद भी एक उम्मीदवार था। मैंने चुपके से अपने भाई इकबाल और बहन राशिदा के नाम खत डाल दिया। मैं छब्बीस साल का। मेरा भाई इकबाल चौबीस का। मेरी बहन राशिदा तेईस की। सबकी बेकारी कटने वाली है।

उम्मीद तो न के बराबर थी। पर ऐसा भी होता होगा कि एक ही वक्त में एक ही घर में तीन-तीन लोगों को सरकारी नौकरी मिल जाए। कहीं-न-कहीं तो जरूर होता होगा। इस बार शायद अब्बू के घर में।

मैं बीस को अपनी रिकॉर्ड फाइल लिये ठीक वक्त पर लखनऊ पहुँच गया। इकबाल और राशिदा भी लाइन में लगे होंगे। देखा पर दिखाई नहीं पड़े। भीड़ थी। बेशुमार लोग लाइनों में खड़े थे। अरे भाई इकबाल टीचर, कहाँ हो तुम...राशिदा टीचर...मेरी बहन, लड़कियों वाली लाइन में तुम भी नहीं दिखाई पड़ रही हो। जनाब मोहम्मद राशिद एमएससी फर्स्ट क्लास फर्स्ट की औलादो, कहाँ हो तुम लोग? मेरा खत नहीं मिला क्या?

खत तो वक्त पर मिल गया था। पर अब्बू ने अब्बूगीरी दिखा दी थी। अपने दोनों बच्चों से धोखा किया था उन्होंने। इकबाल और राशिदा को महक तक नहीं लगने दी थी मेरे खत की। खुद चले आये थे इंटरव्यू देने। अब्बू मुझसे तीन चार कदम आगे ही उसी कतार में लगे थे। ईद वाला सफारी सूट पहने, हाथ में अपनी रिकॉर्ड फाइल लिये एक-एक कदम काउंटर की ओर खिसक रहे थे।

उनको देखते ही मुझे लगा मेरे तलवों में छोटे-छोटे छेद हो गये हैं। मेरे शरीर का सारा लहू मेरे पैरों से सरसराकर निकल रहा है।

पर बात यहीं से खत्म हो जाती तो बात ही क्या थी। बात बढ़ गयी। कोई शक नहीं कि अब्बू लगे तो कतार में थे पर मन कहीं भटक रहा था। शायद हम भाई-बहनों के बारे में सोच रहे थे। फाइल पर पकड़ ढीली पड़ी और फर्स्ट क्लास फर्स्ट के कागजात सरक गये नीचे। लहराते हुए उड़ चले...पीछे की ओर। अब्बू ने झपट्टा मारा। एक को धर दबोचा। एक मेरे आगे वाले नौजवान के सीने से जा चिपका। और...ऊपर वाले यह क्या कर दिया तूने...एक मेरे पैरों के पास फड़फड़ा रहा था। ओय मेरे बाप ओय इधर मत आना। प्लीज। इधर नहीं। मैं पैर से सरका देता हूँ तुम्हारा पेपर...

यह भी तो हो सकता है कि मैं उनका कागज अपने पैरों से कहीं और सरका दूँ या उठाकर हजम कर लूँ। कुछ देर ढूँढ़ेंगे फिर खुद ब खुद लाइन से हट जाएँगे पर अब्बू हैं बड़े चिपकू। अब नहीं हटेंगे। लग गये हैं तो लगे ही रहेंगे।

वे देख रहे थे पीछे मुड़कर। उनके कागजात जिसके पास हैं दे दे उन्हें। शायद माँगने या उठाने में उम्र और हेकड़ी आड़े आ रही थी। कल-कल के लौंडों के साथ लाइन में लगिएगा तो यही होगा न भाई।

सामने वाला लड़का शरीफ था, उसने बढ़ा दिया। अब मैं क्या करूँ। क्या

चिल्ला पड़ूँ कि जनाब राशिद साहब, क्या करने आये हैं आप? इकबाल और राशिदा को क्यों नहीं भेजा?

अब्बू ने पीछे को रुख किया। मर गये। उठाना चाहते हैं अपना प्रमाणपत्र। अब वे आएँगे और मेरे पैरों पर झुककर उठा लेंगे उस सरकारी कागज को।

लेकिन भैया जूता तो उन्हीं का है। मुझे पहचान गये तो? मैंने जल्दी से दोनों पैरों को एक-दूसरे पर रखकर जूतों को गन्दा कर दिया। अब पहचानें!

वे झुक रहे थे। अब यह भी होना था मेरे खुदा! मैंने अपनी गर्दन कतार में ठीक सामने खड़े नौजवान की पीठ में गड़ा दी। कहीं अब्बू मुझे देख न लें। कहीं मैं अब्बू को न देख लूँ। कहीं हम दोनों एक-दूसरे को देख न लें। कहीं कोई और मुझे और अब्बू को एक ही कतार में लगा देख न ले।

जो मैंने देखा, वह मैंने नहीं देखा। जहाँ मैंने अब देखा, वह जगह खाली थी। वहाँ अब्बू नहीं थे। मेरी आँखें अब्बू को नहीं देख पा रही थीं। मेरे दो कदम आगे एक खाली जगह थी। अब्बू की खाली जगह। जिसे वे मेरे साथ भरने आये थे। अपनी मेरिट को एक आखिरी मौका देने आये थे। मेरे, इकबाल और राशिदा के मुकाबले में मेरे अब्बू खड़े थे। किसने खड़ा किया था उन्हें? बोलिए। मेरा खून गुनगुना होने लगा। फिर गरम हो गया और फिर उबलने लगा। किसने खड़ा किया था उन्हें? किसने खड़ा किया था हम दोनों को एक ही कतार में साथ-साथ?

तो अब्बू को मैंने नहीं देखा। नहीं देखा तो बताना कैसा? किसी को भी नहीं। इकबाल और राशिदा को भी नहीं। अम्मी को तो कभी नहीं।

मैं कतार से हट गया। फैजाबाद? ऐसे में और कहाँ? मैंने टिकट खरीदा। मैं बस पर बैठा। हँसी मुझे तब तक नहीं आयी जब तक कि बस चल नहीं पड़ी। अब मैं हँसने लगा था। मैं खूब हँस रहा था। इतना कि बयान नहीं कर सकता।

अब सुनिए कि मेरी बगल वाली सीट पर बैठे सज्जन ने क्या कहा। वे बोले, "भाई, आपको क्या हो गया है, रोते ही जा रहे हैं।" मैंने जवाब दिया, "भाई, मैं रोने के लिए इस बस पर नहीं चढ़ा हूँ।" वे मुझे घूरकर चुप हो गये। मेरी हँसी चुप होने का नाम नहीं ले रही थी। मैं अपनी हँसी लिये बस पर चला जा रहा था। और अब्बू?

फैजाबाद पहुँचे न पहुँचे कि नाना ने खत थमा दिया। घर से आया था। उसे उन्नीस तक मिल जाना था। पर नामुराद मिला देर से। अब्बू ने होशियार करते हुए लिखा था—"बरखुर्दार, आप तीनों से बड़ी उम्मीदें हैं। ऐसी फीकी नौकरियाँ मेरे मयार पर खरी नहीं उतरती हैं। मैंने कभी...फार्म तक नहीं भरा इनका।

मैंने कभी देखा तक नहीं इनकी ओर। ये आप क्या करने जा रहे हैं।''

खत में आगे भी कुछ लिखा था। उसे पढ़ने से पहले एक फैमिली सीक्रेट—मेरे यहाँ सभी की आदत है कि किसी भी बात को समझने के लिए बार-बार दुहराते हैं। उसी को इतनी बार कहेंगे कि बस समझ में आ जाए।

खत में आगे था। ताकीद है कि बीस को लखनऊ न जाकर घर तशरीफ लाएँ। मुझे खुद बीस तारीख को एक जरूरी काम से बाराबंकी जाना है। शाम को लौटकर आपसे कुछ जरूरी बातें करनी हैं, राशिदा के बारे में? आप लखनऊ कतई न जाइएगा। इसे जरूरी समझें। सुबह बस पकड़कर घर पहुँच जाइएगा। शाम तक मैं वापस आ जाऊँगा। लखनऊ जाने की कोई जरूरत नहीं है। खुदा हाफिज। अब्बू।

□

# आग

पिता की मृत्यु के लगभग डेढ़ महीने बाद हमें पता चला कि वे नहीं रहे। चारबाग स्टेशन पर चाचा यों ही नहीं टकरा गये होते तो शायद वह भी न मालूम होता। चाचा को पहचानने में बिल्कुल भी समय नहीं लगा। वे भले मुझे बड़ी देर तक देखते रहे थे! उनके दोनों बच्चे और चाची बड़ी उत्सुकता से मुझे निहार रहे थे। उन्हें तो मैं पहली बार देख रहा था। उस भीड़ भरे प्लेटफार्म पर चाचा को मैं इसलिए पहचान सका था कि वे एकदम पिता जैसे थे। जब हम अघौली में एक साथ थे तो उनकी शादी नहीं हुई थी। वह हमारे चाचू थे और हमारे साथ खेलते थे। वे पिताजी से बहुत डरते थे और उनसे आँख बचाकर ही घर के अन्दर आते-जाते थे।

उन्हें देखते ही मैं पहचान गया। और एक-दो चक्कर उनके इर्द-गिर्द लगाने के बाद ठीक उनके सामने जा खड़ा हुआ। पहले तो वे अचकचा गये। मेरी ढिठाई पर अविश्वास करते मुझे घूरने लगे। मैं धीरे से बुदबुदाया—चाचू! उनके चेहरे की रंगत झट बदल गयी...आँखें परिचय-अपरिचय के संघात से झट उबर आयीं। वे नजदीक आ गये। हाथ मेरी ओर बढ़ आये और उनके मुँह से निकला, "अरे कैसे...!" मैंने कहा, "चाचू, मैं रवि हूँ, पहचाने?"

चाचू पहचान गये थे। उन्होंने मुझे लिपटा लिया। फिर अलग करते हुए बोले, बड़े हो गये...बहुत बड़े हो गये हो! मुन्ना कैसा है? मैं चुप रहा। वे भी बिना कुछ और आगे पूछे मुस्कुराये जा रहे थे। फिर बोले—कहाँ जा रहे हो। मैंने बताया तो बोले, मैं तो अहमदाबाद जा रहा हूँ। भैया की डेथ में आया था तो बस रुक जाना पड़ा। अब लौट रहा हूँ।

उनकी गाड़ी लग चुकी थी और उनकी पत्नी और बच्चे कुली के साथ आगे बढ़ गये थे। चाचू बोले, कभी अहमदाबाद आओ। भैया की डेथ! मैं अभी यही सोच रहा था। चाचू के एक ही भैया थे जिनसे वे बहुत डरते थे। मेरे मुँह

से निकला—क्या हुआ था? वे जाते-जाते बोले—हाथ-पैर में लकवा मार गया था। सालों से बिस्तर पर पड़े थे। पिछले माह की तीन तारीख को चल बसे। फिर चाचू मेरी पीठ को थपथपाते हुए आगे बढ़ गये।

मुझे बुलन्दशहर लौटना था। लौटते वक्त मैं पिताजी के बारे में ही सोचता रहा। पिताजी की जिस विशेषता से उनकी सबसे प्रारम्भिक और स्थायी छवि मन में बनी थी, वह था उनका शरीर-सौष्ठव, सुन्दर मूँछदार चेहरा, बलिष्ठ भुजाएँ, चौड़ी कलाई, लम्बे बालदार पैर, मोटी-मोटी उँगलियाँ जिनमें वे चाँदी की अँगूठी पहनते थे। वही पिता अब नहीं रहे थे। हमारे लिए तो वे बहुत पहले ही नहीं रहे थे। हम तीनों के लिए ही। और शायद उनके लिए हम नहीं थे। बुलन्दशहर की ओर लौटते हुए ट्रेन में अपने पिता के बारे में नहीं, भैया की डेथ के बारे में सोच रहा था। मैं सोच रहा था, कैसे हो गये होंगे चाचू के भैया बिस्तर पर पड़े-पड़े। लकवा मार देने के बाद क्या हो गया होगा उनकी भुजाओं को, उनके पैरों को, उनकी उँगलियों को, उनके मुखमंडल को। असहाय और अकेले पड़े-पड़े एक-एक दिन काटे होंगे। चाचू न मिलते तो हमें पता ही न चलता कि हमारे चले आने के बाद उनका क्या हुआ।

सबसे पहले मैंने मुन्ना को बताया। मुन्ना बोला माँ को भी बता दो। मैंने रात में मौका देखकर माँ को पहले चाचा के स्टेशन पर मिलने की बात बतायी। वह कुछ नहीं बोलीं। गुस्साईं नहीं...बिगड़ीं नहीं। सामान्यत: अघौली वाले दिनों की बात चलने पर वे फट पड़तीं। वहाँ के लोगों का जिक्र आता तो हम दोनों को चुप करा देतीं...गालियों से काम लेतीं। चाचू की बात पर जब वह कुछ नहीं बोलीं तो मैंने बता दिया—चाचू कह रहे थे...उनके भैया की डेथ हो गयी। पूरे शरीर में लकवा मार गया था। माँ चुप रहीं। पूरी तरह चुप्पी साधे रहीं। मैं उठने को हुआ तो धीरे से बोलीं, कब हुआ यह? मैं जाने के लिए उठ खड़ा हुआ था। खड़े-खड़े ही मैंने उत्तर दिया, कह रहे थे कोई डेढ़ महीने हुए। वे फिर चुप रहीं। पूरी तरह चुप्पी साधे रहीं। मैंने सोचा शायद वे कुछ आगे बोलेंगी, कुछ पूछेंगी। लेकिन उन्होंने कुछ नहीं कहा। मैं ही कह पड़ा, कोई जाएगा यहाँ से? वह जाने कहाँ घूर रही थीं, उसी मुद्रा में बोलीं, "कोई नहीं...कोई कहीं नहीं जाएगा।"

चलते-चलते मैंने कहा अंकल से राय ले लीजिए। वह जैसा कहें...।

अब तक हमारे घर शर्मा अंकल का आना-जाना रेगुलर हो गया था। लगभग हर दूसरे दिन वे आते और घंटों बैठते। माँ उनसे राय लेकर बहुत सारे काम करतीं। मेरे मुँह से अंकल का नाम सुनकर वे कुछ असहज हो गयीं। फिर मेरी ओर पलटते

हुए बोलीं, मुझे किसी की राय, सलाह की ज़रूरत नहीं...तुम जाओ अपना काम करो।

वह बड़ी कठिन रात थी। माँ अस्पताल में थीं अधजले शरीर के साथ...मृत्यु से संघर्ष करतीं। पिता, चाचा, दोनों बुआ और दादी जमानत पर छूटकर जेल से बाहर आये थे। दो दिन बाद कोर्ट में पेशी थी। पुलिस वाले बार-बार घर पर धावा बोल रहे थे। मैं तो बहुत छोटा था, और मुन्ना मुझसे भी छोटा। पुलिस वालों ने हमसे भी कई बार माँ के बारे में पूछताछ की थी। पर असली पूछताछ तो कोर्ट में दो दिन बाद होनी थी। दादी और बुआ मुझे सिखाती रहीं कि कोर्ट में मुझे क्या बोलना है। वैसा न बोलने पर पिता को फाँसी हो जाएगी और वे मर जाएँगे। मुझे कहना था कि मैं, मुन्ना, पिता और माँ एक ही कमरे में सो रहे थे। माँ ने अचानक उठकर खुद से आग लगा लिया। पिता ने उन्हें बचाने की बहुत कोशिश की। पानी लेकर दौड़े...कम्बल लेकर दौड़े...माँ से लिपट गये...खुद जलते-जलते बचे। यह भी कहना था कि इस तरह के आत्मघाती प्रयास माँ पहले भी कर चुकी थीं...उनकी मानसिक स्थिति ठीक नहीं थी, वह पागलों जैसा व्यवहार करती थीं। और यह भी कि चाचा, बुआ, दादी सभी ने उन्हें बचाने की कोशिश की थी।

जितनी देर तक मुझे यह सब सिखाया जाता रहा, मुन्ना का टेप रिकॉर्डर ऑन था। मैं तो हू-ब-हू बोलने में कई बार अटका लेकिन मुन्ना ने सरपट सबकुछ बोल दिया। बुआ फुसफुसायीं कि मुन्ना ही ठीक रहेगा। जब उसे अन्तिम बार रिहर्सल के लिए बुलाया गया तो बस चूक कर बैठा। कुछ भूला और एकदम से पूछ बैठा, दादी, अब क्या बोलना है? दादी बुआ और पिताजी के पसीने छूट गये। तो मेरा ही चुनाव हुआ।

जज साहब ने पूछा, तुम कहाँ सो रहे थे उस रात। क्या देखा उस रात। आग कैसे लगी। तुम्हारी मम्मी कैसे जलीं। वहाँ कौन-कौन था। किसने मिट्टी का तेल उड़ेला। मम्मी ने या किसी और ने। किसी ने बचाने की कोशिश की या नहीं। और सबसे अन्त में जज साहब ने पूछा कि जब तुम्हारी माँ जल रही थीं तो तुम्हारे पिताजी कहाँ थे।

मुझे जो बोलना था मुझे पता था। मैं पूरी तरह तैयार था। मैं वही बोलने जा रहा था जो मुझे सिखाया गया था। जज साहब ने फिर पूछा वही प्रश्न। पिताजी के बारे में कि वह कहाँ थे, जब तुम्हारी माँ जल रही थीं। मुन्ना मेरी बगल में बैठा हँसते हुए मुझे देखे जा रहा था। वह बोलने के लिए उतावला हो रहा था कि पापा वहीं थे। पानी लेकर दौड़े, कम्बल लेकर दौड़े, मम्मी से लिपट गये। पर उस प्रश्न से मैं गड़बड़ा गया। मैं सोचने लगा। पानी कम्बल और लिपटने

वाली बात तो मैं भूल ही गया था। जज साहब पूछे और मैं चुप। कंठ से कुछ न फूटा। जज साहब ने मेरा विशेष ध्यान रखते हुए मुझे जाने दिया। बहुत अच्छे जज साहब थे। बोले बाहर जाकर खेलो। पिताजी ने मुन्ना को गोद में लिया, मेरी उँगली पकड़े और सिर नीचे किये बाहर आ गये।

बाद में घर पर सभी बात कर रहे थे कि जब पिताजी अपने दोनों बच्चों को लेकर बाहर निकल रहे थे, जज साहब की आँखें भींग गयी थीं। केस पर जरूर इस बात का असर पड़ेगा।

रात को हम दोनों भाई रोने लगे। एक स्वर से हमने कहा कि मम्मी के पास जाएँगे। मम्मी के पास रहेंगे। हमारे मामा-मामी घटना के दूसरे दिन से ही माँ के साथ अस्पताल में रुके हुए थे। रात को चाचा और पिताजी वहाँ जाते। कभी-कभी बुआजी भी वहाँ जातीं। दादी भी। पिताजी दिन में भी कई बार जाते। वे डॉक्टर को डाँटते। कम्पाउंडर और नर्स उनको देखकर डर जाते। माँ की पट्टी जल्दी-जल्दी बदलते और दवा देते। माँ के पूरे शरीर में पट्टी बँधी थी। आँख बन्द रहती और दोनों हाथ लटके रहते। हम दिन में जाते, रात में वापस आ जाते। हमें बुआ खाना खिलातीं और अपने पास सुलातीं। दादी कहानी सुनातीं और चाचू बाजार ले जाते। लेकिन पता नहीं क्यों हम दोनों भाई रोने लगे कि आज रात माँ के पास रहेंगे अस्पताल में। जिस दिन जज साहब के कोर्ट में गये थे और बोल नहीं पाये थे, उसी दिन की बात है।

पिताजी हमें अस्पताल में मामा-मामी के पास छोड़ आये। बाद में बुआ खाना लेकर आयीं और हमें खाना खिलाकर लौट गयीं। बुआ ने ही माँ के बेड के बगल में फर्श पर हमारा बिस्तर लगा दिया था। मामा-मामी थककर बाहर बेंच पर बैठे थे। कभी मामी तो कभी मामा अन्दर आते, माँ को देखते और खड़े-खड़े रोते। नर्स डाँटती तो बाहर चले जाते। मुन्ना और मैं जग रहे थे। माँ वैसे ही पड़ी थीं—सफेद पट्टी में। जैसे बेसुध! जैसे बेहोश! जैसे लाश!

फिर मुन्ना मेरे कान में कुछ बोला। वह धीरे से बोला कि मम्मी को क्या हुआ है? फिर वह रोने लगा और बोला, तुम्हें पता है कि मम्मी कैसे घायल हुईं। वह बोला कि बताओ, बताओ। मम्मी कैसे जलीं। मैं उससे दो साल बड़ा था, लेकिन था तो छोटा ही। मैं भी मुन्ना के साथ रोने लगा। फिर मुन्ना बोला, तुम जज साहब को बताने जा रहे थे लेकिन चुप हो गये। तुम चुप क्यों हो गये थे। अब याद करके बताओ मम्मी को चोट कैसे लगी। कैसे जलीं मेरी मम्मी। पापा कहाँ थे जब मम्मी जल रही थीं। याद करके मुझे बताओ। पापा क्यों नहीं बचाए मम्मी को। बोलते-बोलते मुन्ना रोना बन्द कर चुका था। मैं सोचता था कि मुन्ना रोना छोड़ दे ताकि मैं भी न रोऊँ। क्योंकि मामा-मामी आ सकते थे। फिर

वे भी रोने लगते।

मैंने रोने से उसका ध्यान हटाने के लिए कहा—मुन्ना, तुम जज साहब बनोगे, तब मैं तुम्हें बताऊँगा। वह हँसने लगा। मैं यही चाहता था। मैं चाहता था वह हँसे। उसने कहा—ठीक है, मैं जज साहब बन जाता हूँ। फिर मुन्ना ने आवाज बदलते हुए कहा—बोलो बेटा, बोलो, तुम्हारी माँ कैसे जलीं। तुम्हारे पापा कहाँ थे, जब तुम्हारी मम्मी जल रही थीं। बोलो बेटा।

मुझे भाई पर हँसी आनी थी। लेकिन हँसी आयी ही नहीं। मैं अपने भाई को जज मानकर धीरे-धीरे उसके कान में बोलने लगा।

जज साहब,

उस रात माँ के चीखने से मैं जाग गया। माँ मेरे पास नहीं थी। उसकी आवाज आँगन से आ रही थी, आँगन वहाँ से दूर नहीं है जज साहब। वहीं है। बिल्कुल नजदीक ही। मुन्ना की आँख नहीं खुली लेकिन मैं उठ बैठा। मैंने कहा, मम्मी-मम्मी, कहाँ हो तुम? क्या हुआ तुमको? पिताजी ने डाँटते हुए कहा—कुछ नहीं, लेटे रहो। मैंने कहा—मम्मी क्यों चिल्ला रही हैं। अरे मुन्ना जाग, मम्मी को कुछ हुआ है, क्यों रोती हैं मम्मी जोर-जोर। पिताजी ने खींचकर मुझे लिटा दिया। वे बहुत बलिष्ठ हैं जज साहब। उनके हाथ लम्बे और मोटे हैं। उन्हीं से पकड़कर उन्होंने मुझे लिटा दिया। मम्मी की आवाज आती जा रही थी। फिर पिताजी ने अपनी दोनों हथेलियों से मेरे दोनों कानों को दबा दिया। अब मम्मी की आवाज आनी बन्द हो गयी। उनके पैर भी बहुत लम्बे और मोटे हैं। उन्होंने अपने एक पैर को मोड़कर मेरे दोनों पैरों पर रख दिया। अब न ही सुन पा रहा था न ही उठ पा रहा था। मैं कभी मम्मी तो कभी मुन्ना कहकर चिल्ला पड़ता। पिताजी ने कान से एक हाथ हटाकर मेरे मुँह पर रख दिया। आवाज़ तो बन्द हो गयी लेकिन अब कान से फिर सुनाई पड़ने लगा। मम्मी चिल्लाये जा रही थीं। किसी ने कहा डालो। किसी ने कहा माचिस ही नहीं मिल रही है। फिर गड़ गड़ गड़ डब डब डब की आवाज। जैसे पीपे से पानी गिरता हो। मैंने अपने पैर को मुक्त करके मुन्ना को ढकेलकर जगाना चाहा। वह जाग जाता तो हम दोनों मिलकर पिताजी का मुकाबला करते। मैंने किसी तरह एक पैर खींचकर मुन्ना को मारा लेकिन वह मार खाकर फिर सो गया। पिताजी ने झट मेरे पैरों को कसकर दबा लिया। फिर आँगन में एकदम से तेज रोशनी हुई। उसकी लपक हमारे कमरे तक आयी। मैंने उसी लपक में पिताजी की ओर देखा। वह मुझे दबाये लेटे थे। वह बड़े डरावने लग रहे थे। फिर मम्मी की चीत्कार सुनाई पड़ी। मम्मी युद्धरत थीं अपनी जान के लिए। मैं और पिताजी उनकी चीख सुन रहे थे। मुन्ना तो खाली सोये जा रहा था। फिर किसी ने कहा, अन्दर ढकेलकर कुंडी लगा दो। उसके

बाद मम्मी की आवाज नहीं सुनाई पड़ी जज साहब।

लेकिन बड़े जीवट की महिला थीं हमारी माँ। वह मरना नहीं, जीना चाहती थीं। अपने बच्चों के लिए, अपने लिए। जाने कब तक बन्द कमरे में वह अकेले आग से जंग करती रहीं। और जीत गयीं। सुबह बेहोशी की हालत में फिफ्टी परसेंट बर्न इंजरी के साथ उन्हें अस्पताल में भर्ती किया गया। शरीर का बहुत-सा भाग जल गया था लेकिन चेहरा साफ बच गया था। हम माँ को पहचान सकते थे। मामा-मामी उसी दिन पहुँचे और माँ को पहचान गये।

मुझे याद पड़ रहा है कि मैं पिताजी की बलिष्ठ भुजाओं और बालदार पैरों के नीचे दबा पड़ा रहा था—बिना सोये। सुबह जब मैं मुक्त हुआ तो सबसे पहले उस कमरे की ओर भागा जिसमें माँ बन्द थीं। मिट्टी के तेल का गैलन औंधा पड़ा था। माचिस की तीलियाँ इधर-उधर बिखरी थीं। दीवार काली पड़ गयी थी। माँ नंगी थीं। उनके शरीर की चमड़ी दूर तक जल गयी थी। वह कराह रही थीं।

उसके बाद की कहानी संक्षेप में यह है कि इस घटना के लगभग दो महीने बाद माँ चलने लायक हो गयीं। लेकिन वह अस्पताल से चलकर पिताजी के घर नहीं गयीं। मामा-मामी ने कहा हमारे साथ चलो...वहीं ठीक रहेगा। मुन्ना का नहीं कह सकता लेकिन मैं भी चाहता था कि माँ पिता के साथ न जाएँ। वह नहीं गयीं। उसके बाद कभी वह पिताजी के घर नहीं गयीं। हम दोनों भाई भी नहीं गये। पिताजी और उनके परिवारवाले शायद यही चाहते थे। उन्होंने कभी बुलाया भी नहीं। अघौली हमारे लिए परदेस हो गया।

ऐसे तो यह कहानी यहीं समाप्त होकर एक सीधी-सादी कहानी में बदल जानी चाहिए थी जिसमें एक औरत अपने पति से दूर...अपने सम्बन्धियों से दूर अकेले...दुनिया से लड़ते हुए...परिस्थितियों से जूझते हुए अपने बच्चों को बड़ा करती है और सफल होती है। मेरे और मुन्ना के लिए शायद ऐसी ही कहानी ठीक रहती। पर कहानियाँ अपने चाहने से और अपनी सोची हुई दिशा में ही आगे नहीं बढ़तीं। शायद कहानियों के होने का यही औचित्य है।

शुरुआती वर्ष हमने मामा-मामी के साथ बिताये। ऐसे कठिन समय में वे हमारे लिए देवदूत जैसे थे। लेकिन यह सब अधिक दिनों तक नहीं चल सका। शायद तीन वर्ष हम उनके साथ रहे। पहले मामा ऐक्सीडेंट में मारे गये...और फिर जल्दी ही मामी कैंसर की शिकार हो गयीं।

माँ हम लोगों को लेकर बुलन्दशहर चली गयीं। वहाँ हमारे चचेरे मामा थे और उन्होंने माँ को बच्चों के एक स्कूल में नौकरी दिलवा दी। माँ का जिस एक बात के लिए मैं बहुत सम्मान करता हूँ वह है उनकी जिजीविषा। वह ज्यादा

पढ़ी-लिखी नहीं थीं—बस मैट्रिक पास, लेकिन प्रारम्भिक असहजता के बाद जिस तरह उन्होंने अपने आपको नये वातावरण में ढाला, वह आश्चर्यजनक था। उस घटना के बाद उन्हें जो आघात लगा था उसे उन्होंने अपने रास्ते का पत्थर नहीं बनने दिया। अघौली में उनका जीवन मैंने देखा था और अब स्कूल टीचर के रूप में देख रहा था। हम दोनों भाई माँ को स्कूल के लिए तैयार होते देख अजीब से भाव से भर जाते। अच्छा भी लगता, खराब भी लगता। खराब इसलिए कि हमें पता था कि वे टीचर नहीं थीं—टीचर जैसी तो कतई नहीं थीं, फिर भी वे टीचर जैसी भाव-भंगिमा दिखाने की कोशिश करतीं। हम छोटे जरूर थे लेकिन हम उनके अल्प ज्ञान और उनकी अल्प शिक्षा से वाकिफ थे। उनके साथ स्कूल जाने में हम हिचकते, स्कूल में उन्हें मम्मी कहने में हम शरमाते। दूसरे बच्चे जब माँ को मिस या मैम कहते तो हमें लगता कि किसी और को कह रहे हैं। उनकी हैंडराइटिंग अच्छी नहीं थी और जब वे हमारी क्लास में आतीं तो हम मनाते कि वे ब्लैक बोर्ड का प्रयोग न करें। उन्हें हिन्दी पढ़ाने को दी गयी थी लेकिन वे इसमें भी गलतियाँ करतीं। पर माँ हार न मानतीं। वे स्कूल में खूब मेहनत करतीं। कभी छुट्टी पर न जातीं।

स्कूल जाने से पहले वह सारे काम खुद निपटातीं। हमारे यहाँ कोई काम वाली नहीं थी। माँ कहाँ से रखतीं। उन्हें सिर्फ सात सौ रुपये मिलते थे। वह कपड़े पहनने में काफी समय लेतीं और काफी सावधानी बरततीं। उनके जले हुए हिस्से को कभी किसी ने नहीं देखा। वे रोज कुछ न कुछ स्कूल में नया सीखतीं—कोई नया शब्द या कोई नया वाक्य या फिर कोई ऐसी ही बात। धीरे-धीरे उनका उच्चारण दूसरी टीचरों की तरह होने लगा, उनकी हैंडराइटिंग बदलने लगी। बोलचाल में अँग्रेजी शब्दों का इस्तेमाल भी करने लगीं। वह घर पर हमें पढ़ातीं और हमारी कमियाँ निकालतीं। कई बार वे सही होतीं। फिर वे हमेशा ही सही होने लगीं। अब वे हमारी माँ थीं और हमारी टीचर भी। हम उनके साथ स्कूल जाते, उनके साथ वापस आते और बिल्कुल भी न शरमाते। जैसे-जैसे वे अच्छी टीचर बनती गयीं, हम उनसे डरने भी लगे। वह हमें डराने और उपदेश देने का कोई मौका न छोड़तीं। वे कम हँसतीं और कम ही बोलतीं। अब हमारे सामने सिर्फ वह थीं। हम पिता को भूलने लगे और फिर भूल ही गये।

और हम बड़े भी हो रहे थे। जैसे-जैसे हम बड़े हो रहे थे, माँ का पिता वाला रूप निखर रहा था। उन्हें माँ बने रहने के साथ-साथ पिता बनने की धुन सवार थी और वह हम पर धीरे-धीरे हावी होने लगीं। हम इस अनुशासन से बाहर आने का प्रयास करते तो वह हमें पीटतीं। हम पढ़ाई में ढीले पड़ते तो वह हमारा खाना खराब कर देतीं। अगर हमारे कपड़े फट जाते तो वह हमें ही दोष

देतीं। किताब-कॉपी गुम हो जातीं तो हम काँप जाते। संसाधनों की कमी तो थी ही लेकिन शायद उन्हें हमारे रास्ते से भटक जाने का डर सताता होगा। वह हमारा जीवन बनाने पर तुली थीं और छोटी-सी छोटी बात पर हमें उँगली दिखाना उनकी उसी रणनीति का हिस्सा था। मैं और मुन्ना प्रायः इस बात को समझते थे। बच्चे स्कूल में कहते, तुम्हारी मम्मी तो हिटलर हैं। इस पर हम कहते मेरी मम्मी नहीं, तुम्हारी मम्मी हिटलर हैं। हमारे सामने उन्हें कोई कुछ नहीं कह सकता था।

लगभग इसी समय हमारे परिवार में शर्मा अंकल का प्रवेश हुआ। वह व्यक्ति जिसे माँ के निर्देशानुसार हम अंकल कहते, निहायत शरीफ इन्सान प्रतीत होता था। कुछ लोग ऐसे होते हैं जिन्हें देखते ही आपको लगता है यह व्यक्ति अच्छा तो है...लेकिन दूर ही रहे। आप उसे स्वीकार नहीं करना चाहते हैं। हमारे और मुन्ना के लिए उन शुरुआती दिनों में अंकल के होने या न होने से कोई अन्तर नहीं पड़ता। लेकिन माँ की बात अलग थी। हमारे परिवार से या यों कहें कि माँ से उनका परिचय कब और कैसे हुआ होगा, नहीं कह सकते। उनका नियत समय था—शाम को जब वे आते और नियत स्थान था—बरामदे में—जहाँ वे आराम कुर्सी पर पैर पर पैर रखकर बैठते। माँ अन्दर होतीं या व्यस्त होतीं तब भी वे वहीं बैठते...कोई अखबार या पत्रिका पढ़ते बैठे रहते। माँ उनसे कहतीं इससे कोई प्रश्न पूछिए, कोई सवाल करिए, किसी वर्ड की मीनिंग पूछिए। उन्हें यह बहुत अच्छा लगता। वे प्रश्नों के भंडार थे। पर हम गुस्साते। उनसे चिढ़ते। माँ से कुढ़ते। यह आदमी क्यों आता है हमारे घर। माँ उसे क्यों चाय पिलाती हैं। क्यों उसे प्रश्न पूछने के लिए उकसाती हैं।

अंकल हमसे दोस्ती की ताक में हमेशा रहते। हमसे बातें करने की कोशिश करते। पर हम दोनों भाइयों को उनका चेहरा ही नहीं पसन्द था। वे प्रश्न पूछते तो हम जान-बूझकर गलत जवाब दे देते। माँ के बहुत कहने पर चाय देते तो जान-बूझकर छलका देते। कभी बाहर से ही झूठ बोल देते—माँ नहीं है। लेकिन वे थोड़ी देर में घूमकर फिर आ जाते। मुन्ना उन्हें उनके पीछे साधु-सन्त कहता क्योंकि वह हम लोगों से हमेशा नैतिकता-अनैतिकता की बातें करते, अच्छे-बुरे में अन्तर समझाते। पर हमें कुछ भी न सुहाता। मुन्ना तो उनके मुँह पर ही बोल देता—शाम को अच्छे लोग दूसरे के घर बिना बुलाये नहीं जाते हैं। वह सूखी हँसी हँसने लगते। दूसरे दिन वे फिर आ जाते और हमारे लिए टॉफी या खिलौना लाना न भूलते। लेकिन उनके लाये खिलौनों से हम कभी नहीं खेले। हम वे खिलौने उनके जाते ही माँ के सामने तोड़ डालते थे।

हम नहीं चाहते थे कि अंकल के आने पर माँ अच्छे कपड़े पहनें। जिस दिन वे अच्छे कपड़े पहने होतीं और अंकल आ जाते तो हम उनसे अघौली वापस

चलने की खूब जिद करते। वैसे तो माँ हमेशा ही दादी, चाचा, बुआ और पिताजी को कोसतीं, उन्हें लालची, अपराधी, नीच और राक्षस कहतीं। लेकिन अगर अंकल के जाने के बाद वह ऐसा वातावरण बनातीं तो हम अपने पिता और उनके परिवार की ओर से खड़े होकर उनसे लड़ते। आपको अंकल ने सिखाया है...आप हमारे पिता को कुछ नहीं कह सकतीं। अंकल के साथ क्यों बैठती हैं। आपने अपने आग में जलने की बात अंकल को क्यों बतायी। हम खाना न खाते, हँसना छोड़ देते। फिर माँ भी खाना न खातीं, गुमसुम हो जातीं। अक्सर ही अंकल के जाने के बाद घर का माहौल कसैला हो जाता।

पर वे हमारी मदद भी करते। घर का छोटा-मोटा काम जिसे हम न कर पाते, अंकल ही करते थे। पड़ोसियों से तनाव होने पर हमारी ओर खड़े हो जाते। जब हम दूसरे स्कूल में पढ़ने लगे, तो कभी-कभी वह हमारी फीस जमा करने आते। स्कूल में उनका आना हमें अच्छा न लगता। स्कूल में उन्हें देखते ही हम छुप जाते...कहीं वह हमसे बात न करने लगें। माँ से खूब लड़ते...क्यों भेजा उन्हें। माँ की तनख्वाह कम थी तो शायद अंकल माँ की आर्थिक मदद भी करते हों। कह नहीं सकता। अंकल हमारे शरीर से आवश्यक बुराई की माफिक चिपके थे। हम उनसे जलते, उनसे खार खाते, उन्हें शत्रु मानते, पर उनके होने को नहीं टाल सके।

मुझे दो छोटी-छोटी घटनाएँ याद हो आयी हैं। एक बार हम माँ के साथ सिनेमा जाने को तैयार थे कि अंकल आ गये। वह कभी-कभी, विशेषकर रविवार को, सुबह दस बजे आ धमकते और चार बजे तक जमे रहते और माँ को भी उलझाये रहते। यह हमारे लिए बड़ा कष्टकारी होता। मन करता कि उनकी कुर्सी उलट दें और माँ की साड़ी फाड़ दें। तो हम बहुत दिनों के बाद माँ के साथ सिनेमा जा रहे थे कि अंकल आ गये। माँ सिनेमा कार्यक्रम स्थगित कर अंकल के साथ बैठ गयीं। माँ को हमारी खुशी और सिनेमा जाने की उत्सुकता का जरा भी ध्यान न रहा। बोलीं—जाओ तुम लोग खेलो और खुद अंकल के साथ बातें करने लगीं। वह हँस-हँसकर बातें किये जा रही थीं। यह एक अजीब-सा क्षण था। यह देखकर मुझे पिता याद आ गये। पिता पर गुस्सा आया। बहुत गुस्सा आया उस आदमी पर। लोभी! दैत्य! मैंने मुन्ना से कहा अपनी गन लाओ, और मेरी भी। फिर हम ठाँय-ठाँय खेलने लगे। दरअसल हम खेल नहीं रहे थे। हम माँ और अंकल को डिस्टर्ब भर करना चाहते थे। उन्हें शान्ति से बैठने नहीं देना चाहते थे। उनका ध्यान भंग करना चाहते थे। असली बन्दूक होती तो कुछ भी हो सकता था। कुछ भी। मुन्ना ने कहा, मैं अंकल हूँ, तुम मुझ पर गोली चलाओ। मैंने कहा नहीं, मैं पापा हूँ, तुम मुझ पर गोली चलाओ।

फिर बन्दूकों का खेल कारगर न होते देख हम और चिढ़ गये। अब हम उन्हें चिढ़ाना चाहते थे...उन्हें शर्मसार कर देना चाहते थे। अंकल से अधिक माँ को। अब हम पिचकारी का खेल खेलने लगे। खेल शुरू करने से पहले हम बरामदे के निकट आ गये ताकि वे हमें साफ-साफ देख सकें। पिचकारी खेल के नियमानुसार हमने अपने जननांग हाफपैंट से बाहर निकाले और पेशाब की धार एक-दूसरे के ऊपर फेंकने लगे। ऐसा करते हुए हम शोर भी मचा रहे थे। पेशाब खत्म हो जाने के बाद भी हम एक-दूसरे के ऊपर निशाना साधे आगे-पीछे दौड़ते रहे। अंकल लाचार-से हमें निहार रहे थे। उनका चेहरा विद्रूपता से विकृत हो गया था। उन्हें यह दृश्य बड़ा ही अप्रिय लग रहा था। हमारे इस कृत्य से आहत वे हमारी ओर देखे जा रहे थे...हमें रिजेक्ट करते हुए। माँ ने पहले हमें घूरा, आँखें तरेरीं, अंकल को कनखियों से देखा, फिर बगलें झाँकने लगीं। हम जीत गये।

पर सब कुछ तो बदलता ही है। माँ उम्रदराज हो रही थीं और मैं और मुन्ना बड़े हो रहे थे। पर अंकल की उपस्थिति बनी हुई थी। वह हमें न तब स्वीकार्य थे, न अब। इस बीच हमने कई घर बदले...पर अंकल का आना-जाना बदस्तूर जारी रहा। वह अखबारों-पत्रिकाओं और पुस्तकों का बड़ा शौक रखते थे और उन पर बहस-मुबाहिसे करना चाहते थे। हर सामाजिक-राजनीतिक मुद्दे पर उनका एक स्टैंड था और वे उस पर बातचीत के लिए उतावले रहते थे। माँ को यह सब भारी पड़ता तो वे मुझे पकड़ लेते और हम घंटों एक-दूसरे से भिड़े रहते। लेकिन यह कहना कि धीरे-धीरे मैं उनके नजदीक आ रहा था, सही नहीं होगा। जब वह माँ के साथ अकेले बैठते तो बीस-बाईस का होने के बावजूद मैं चिड़चिड़ाहट और अविश्वास से भर उठता।

सबकुछ बदलते रहने की प्रक्रिया में यह भी बदला कि मुझे नौकरी मिली। अच्छी नौकरी थी और अब माँ के दिन बहुरने वाले थे। मुन्ना आराम से अच्छे कॉलेज में जाएगा और माँ को प्राइवेट स्कूल की नौकरी छुड़वा दूँगा। पहली तनख्वाह मिली तो माँ के लिए साड़ी...और फिर माँ के कहने पर अंकल के लिए सफारी सूट...खुशी-खुशी। अंकल के प्रति वर्षों की खटास जाने कहाँ गुम हो गयी। एक सच का अहसास हुआ। कुल मिलाकर इस आदमी ने माँ को सँभालने में मदद ही की है, हमारे शिक्षा-दीक्षा और समाज में खड़े होने में इस आदमी का योगदान तो है ही। यह न होता तो परिस्थितियाँ शायद हमें अघौली का रास्ता फिर से दिखा देतीं।

मेरी नौकरी के बाद मुन्ना कॉलेज में मजे करने लगा। माँ सुकून से अंकल के साथ बातों में मशगूल रहने लगीं और मेरी आँखें सड़क पर, ऑफिस में, पार्क में, रेस्टोरेंट में, स्टेशन पर यहाँ-वहाँ एक सुन्दर-सी लडकी की तलाश में भटकने

लगीं। पिछले चौबीस साल कुछ ऐसे गुजरे थे कि प्रेम बस अनुपस्थित ही रहा था हमारे जीवन में। इस प्रेम की तलाश पूरी हुई कानपुर से लखनऊ तक की बस-यात्रा में। नाम था माधुरी। काम था पढ़ाना। उम्र थी तेईस। रंग था गोरा। बाल थे लम्बे। चाल थी हिरनी जैसी। आवाज थी कोयल जैसी। एक हाथ में दुनिया का सबसे छोटा रूमाल। दूसरे में दुनिया की सबसे छबीली छतरी। कन्धे में दुनिया का सबसे सुन्दर पर्स। पैरों में दुनिया की सबसे नाजुक चप्पल। आँखों पर मनभावन चश्मा। तन पर कॉटन। ऊपर गुलाबी, नीचे सफेद। दुपट्टा ठीक अपनी जगह पर।

भाई साहब, थोड़ी जगह प्लीज। वही कोयल जैसी आवाज। फिर बड़ी शालीनता से वह मेरी बगल में बैठ गयी। बस चल पड़ी। यह तो वही थी जिसके लिए मेरी आत्मा जंगल-जंगल, गाँव-गाँव, शहर-शहर भटक रही थी। वह खुद चलकर मेरे पास आ गयी थी। अब ड्राइवर मेरी मदद कर रहा था। बस को यदा-कदा हिचकोले खिला रहा था। हर हिचकोले के साथ वह मुझसे सट जाती। मैं उससे सट जाता। वह मुझ पर गिरते-गिरते बचती। मैं उस पर गिरते-गिरते बचता। उसके शरीर की गन्ध मस्त कर देने वाली थी। बौर से लदे पेड़ के नजदीक कभी गये हैं? बाढ़ आयी नदी को देखा है? चैत-वैशाख की रात में चाँद अच्छा लगता है? अकेले एकान्त में लता मंगेशकर और मुकेश का कोई युगल गीत रेडियो पर सुना है? किसी अच्छे रोमांटिक नॉवेल को पढ़ा है? वक्त थमने जैसी किसी चीज से पाला पड़ा है? रोडवेज की बस पर हवाई जहाज के सफर का आनन्द महसूस किया है? यकीन मानिए, मैं इन सबसे गुजरा। उस दिन कहाँ-कहाँ से नहीं गुजरा। यह छोटी-सी यात्रा अनन्त काल तक जारी रहे। वह मुस्कुरा रही थी। मैंने डोरे डालने शुरू किये। वह फँसने लगी। बहुत बातूनी निकली, अपने बारे में पूरा बोल गयी। मेरे बारे में आधे से ज्यादा जान गयी। बस से उतरी तो लगा उसे कोई खींच रहा है..जाना नहीं चाहती है। मेरी पत्रिका साथ ले गयी, अपना रूमाल भूल गयी। पहली चिट्ठी उसकी आयी। मैंने चिट्ठियों की झड़ी लगा दी। उसने लिखा, फिर मिलते हैं। मैंने कहा, दो-चार घंटे या दो-चार दिन के लिए नहीं। उसने कहा, शादी? मैं कहना चाहता था हाँ, मेरे मुँह से निकला माँ!

अब बिल्ली के गले में घंटी बाँधे कौन? माँ वर्षों से सामान्य पारिवारिक स्थितियों से दूर रही थीं। पूर्ण विलगाव की स्थिति में। इसीलिए अब वह खाली माँ नहीं रही थीं। यह मुझे अच्छी तरह पता था। अकेली औरत होने का रोना उसने कभी नहीं रोया। दिन-रात के वर्षों के संघर्ष ने उसे बहुत मजबूत बना दिया था। इतना कि प्रायः अपने बच्चों के साथ ही वह ऐसी कड़ाई के साथ पेश आतीं कि वह असंवेदनशील प्रतीत होतीं। उसके चारों तरफ एक प्रकार के प्रस्तर कवच

का निर्माण हो चुका था और हम चाहकर भी उसे भेद नहीं सकते थे। उसके अन्तर्मन में झाँकना तो दूर उसके पास देर तक बैठना, उसे छूना, उसे रिझाना, उसे चिढ़ाना, उससे रार करना, उससे जिद करना हमारे लिए बहुत स्वाभाविक क्रिया नहीं थी। अनुशासन के नाम पर उसने इन सबकी एक सीमा तय कर रखी थी। अब सोचता हूँ तो लगता है शायद वह असुरक्षा की भावना से ग्रस्त थीं कि हम कहीं बिगड़ न जाएँ, उसके अकेली औरत होने का फायदा न उठाने लगें।

मुन्ना दूर कॉलेज में था और अकेले में माँ से प्रेम और शादी की चर्चा करूँ यह असम्भव था। पर माधुरी को ब्याह कर घर लाने की इतनी जल्दी थी कि जैसे मेरी गाड़ी छूट रही हो। अब मुझे एक ऐसे नर्मदिल इन्सान की जरूरत थी जो मेरी भावनाओं को समझ सके...प्रेम को समझ सके...और माँ को समझा सके।

मुन्ना ने फोन पर अंकल का नाम सुझाया और मैं खुशी से झूम उठा। मुन्ना तुसी ग्रेट हो भाई!

मैंने अंकल को उनके घर पर पकड़ा और उन्होंने खुशी-खुशी मध्यस्थता करना स्वीकार कर लिया। बिल्ली के भाग से छींका टूटा। उन्होंने कहा तुम्हारी माँ से कल ही बात करूँगा।

अब देखिए, सामान्यतः इस कथा को माधुरी से मेरे विवाह के साथ समाप्त हो जाना चाहिए था। मुन्ना की शादी भी मेरे बाद हो जाती। माँ आराम से हमारे साथ दिन-रात काटतीं। रही बात अंकल की तो वे अपनी इच्छानुसार हमारे घर आकर माँ से गप-शप करते...हमें कोई ऐतराज नहीं था। कितना अच्छा रहता अगर ऐसा हुआ होता।

अंकल ने माँ से कई राउंड बात की। माधुरी से प्रेम-विवाह पर माँ की मुहर इतनी आसानी से नहीं लगने वाली थी, जितना अंकल ने सोचा था। तीन दिन बाद मैं अंकल से मिला तो वे हँसते हुए बोले, अभी विचार चल रहा है। इस बीच माँ मुझसे भी माधुरी और उसके परिवार के बारे में पूछताछ करती रहीं। कुछ दिन बाद मैं अंकल से मिलने गया तो वह बहुत अपसेट लग रहे थे। बहुत उद्विग्न...बहुत नाराज़। बोले दो दिन बाद मिलो।

उस शाम मैं घर लौटा तो अंकल माँ के साथ कमरे में बैठे थे और दोनों के बीच जोर-जोर से बातें हो रही थीं। विषय तो मेरी शादी का ही रहा होगा, लेकिन मेरे स्कूटर की आवाज़ सुनते ही वे चुप हो गये। यकीन मानिए इतने सालों में पहली बार अंकल को माँ से इस तरह ऊँची आवाज में बात करते सुना था।

मैं चुपचाप अपने कमरे में घुस गया। दूसरे दिन फिर अंकल के पास गया। अंकल आज काफी सहज लग रहे थे। या तो वे मेरे मसले को लेकर जीत गये थे या फिर उन्होंने माँ के सामने आत्म-समर्पण कर दिया था। पर इससे मुझे कुछ

फ़र्क नहीं पड़ने वाला था। मैं अटल था—शादी होगी तो माधुरी से। माँ शादी में शामिल हों या न हों। मुन्ना तो है ही। अंकल ने मुझे आराम से बैठाया और चाय को सॉसर में ढालते हुए बोले—रवि कुमार जी, आपकी माताजी की एक शर्त है। वे बोलकर चुप हो गये। मैं उन्हें देख रहा था। चाय को मुँह तक ले गये लेकिन सॉसर को होठों से नहीं लगाया। बोले, दो लाख रुपये माँग रही हैं। मुझ पर माधुरी के पिता से बात करने के लिए दबाव डाल रही हैं। मैंने उस परिवार से सम्पर्क साधा...माँग रखने के लिए नहीं...बस यों ही। वह लड़की ही अपना परिवार चलाती है। अच्छी है। आपके लिए अच्छी रहेगी।

वे चाय पीने लगे। चाय पीते-पीते ही बोले, मैंने आपकी माँ को साफ मना कर दिया। उसके बाद पाँच-सात मिनट तक अंकल चुप रहे। मैं भी। फिर उन्होंने कप और सॉसर नीचे रखते हुए कहा, मुझे आपके घर अब नहीं जाना है। कभी भी नहीं।

अंकल ने जो कुछ कहा था मैंने बहुत साफ-साफ सुना था। फिर से सुनने की जरूरत नहीं थी। क्या कभी ऐसा हो सकता है कि भूकम्प के झटके झेलकर भी हम सहज खड़े रहें? क्या यह सम्भव है कि मौत के मुँह से साफ बच निकलकर हम यथावत बने रहें? क्या हम अपने मस्तिष्क पर पड़े हथौड़े की चोट को सहलाकर फिर सामान्य हो सकते हैं? मैं और अंकल एक-दूसरे से सिर्फ दो फीट की दूरी पर बैठे थे। उनके द्वारा बोले गये वे शब्द हम दोनों के बीच की खाली जगह में स्थिर थे। वे इतने ठोस और साकार थे कि मैं उन्हें अपने हाथों से पकड़ सकता था। लेकिन न मैंने उन शब्दों को पकड़ा, न अपने बालों को नोंचा, न अपने कपड़े को तार-तार किया, न माँ को अपशब्द कहे और न ही तत्काल माधुरी से प्रेम-विवाह रचा लेने का प्रण किया। जिस सहजता से अंकल ने कहा था उसी सहजता का परिचय देता मैं खुद को सँभाले बैठा रहा।

अब आपसे छुपाना क्या। मैं पूरी तरह सच बोलने की कोशिश कर रहा हूँ। अंकल का घर छोड़ते समय मेरे मन में यह विचार तो नहीं आया कि काश धरती फट जाए, मैं उसमें समा जाऊँ। हाँ, मैंने यह अवश्य सोचा कि जिस समय माँ आग में जल रही थीं तो आधे शरीर की जगह उनका आधा चेहरा जलना चाहिए था। मैंने अंकल से कुछ नहीं कहा। नमस्ते किया और उठ खड़ा हुआ। मुझे माँ से बात करनी थी।

रात में मैंने माँ से पूछा—मुझे पता है आपने माधुरी के घर वालों के सामने पैसे की शर्त रखी है।

माँ जबसे चश्मा लगाती थीं, तो एक प्रकार की गरिमा और गम्भीरता चेहरे पर बनी रहती थी, एक प्रकार का रौब रहता था। जाड़े के दिन थे तो शॉल भी

थी—कन्धे से दोनों हाथों तक लटकती हुई। बाल की सफेदी ऐसी कि इन्दिरा गाँधी याद आ जाएँ। माँ शान्ति स्वरूपा लग रही थीं। उन्होंने मेरे प्रश्न को सुना। प्रभाव के लिए वह चश्मा उतारकर ही बात करती थीं। चश्मा उतारने में वे समय लेती थीं और नीचे देखती रहती थीं। चश्मा दोनों हाथों में पकड़े हुए बोलीं—तुमसे मतलब?...तुम्हें माधुरी पसन्द है तो शादी वहाँ होगी। फिर वह चुप हो गयीं। चश्मा आँखों पर चढ़ाते हुए मुझे घूर रही थीं। चश्मा आँखों पर सेट हो गया तो बोलीं—क्या तुम उस लड़की के घर गये थे?

मैं खामोश रहा। फिर अपने कमरे में चला आया। माँ ने साफ-साफ नहीं माना था। फिर भी मुझे लगा। माँ ने जरूर पैसे की बात की है। मैं फिर से उनके पास जाकर बात को साफ करना चाहता था। लेकिन वह खुद ही आ गयीं। दरवाजे पर खड़े-खड़े ही बोलने लगीं। आवाज में न कोई उत्तेजना थी न ही क्रोध।...मैंने दो लाख कहा है...माँगा नहीं है। न दबाव दिया है। बस कहा है कि दो लाख रुपये अपने बेटी-दामाद के नाम जमा करवा दें। मैंने पता किया है वे सक्षम हैं। कर सकते हैं। वह लड़की भी कमाती है...।

मैं उन्हें देखे जा रहा था। अविश्वास से...आश्चर्य से। मेरा मुँह खुला का खुला रह गया। क्या बोल रही हैं माँ। मेरी नजर बरबस ही उनके पेट पर चली गयी। उनके पैरों पर भी। उनके जले हुए हिस्सों को जाने किस भाव से मैं देखे जा रहा था। उन बीभत्स हिस्सों को। वितृष्णा के ऐसे तीव्र अनुभव से शायद ही कभी गुजरा होऊँ। ऐसा कैसे हो सकता है! कुछ देर की चुप्पी के बाद वह बोलीं—शादी से पहले उनके घर ज्यादा आना-जाना ठीक नहीं है। ध्यान रखना।

यकीन के साथ कह सकता हूँ कि मैं किसी आदर्शवाद के चक्कर में नहीं पड़ा था। जिस बात के लिए मेरे पिताजी, दादी, बुआ और चाचा जीवन भर माँ की गालियाँ और फब्तियाँ सुनते रहे, जिस कारण मैं और मुन्ना अपने पिता और उनके परिवार से नफरत करते रहे और उन्हें मरा हुआ समझ लिये...और जिस कारण हम एक बाहरी व्यक्ति को माँ के इर्द-गिर्द बर्दाश्त करने के लिए अभिशप्त हुए...बात वहाँ जाकर अटकती थी।

जिस आग में माँ जली थी, जिस आग में पिता और उनके घरवालों ने माँ को जलाकर मार डालने की कोशिश की थी, जिसकी लपटों में हम दोनों भाई वर्षों से झुलस रहे थे, और जिसकी आँच और ताप ने एक बाहरी व्यक्ति को माँ का सच्चा हितैषी बना दिया था...वह आग तो उनके अन्दर लगी ही नहीं थी।

रात भर मन कहीं से कहीं भटकता रहा। पिता की बलिष्ठ भुजाओं के नीचे दबा मैं, गहरी नींद में सोता मुन्ना, आँगन में दादी, दोनों बुआ और चाचा से युद्धरत

माँ, गैलन खाली होने की गड़-गड़-गड़-गड़ की आवाज, माचिस पर तीली का वार और फिर आग के भभके के साथ उठी माँ की चीत्कार...जैसे जिबह होती बकरी की लम्बी तान मेऽमे...। मैंने देखा, पहले माँ थीं...फिर उसकी जगह माधुरी ने ले ली। अब माँ माधुरी को जला रही थीं। लेकिन जल्दी ही दोनों अपना-अपना जला शरीर लेकर अलग हो गयीं और उनकी जगह मैं था। और माँ के हाथ में गैलन। मेरे शरीर पर वे उड़ेलने लगीं।

मुन्ना का तो नहीं कह सकता लेकिन मेरी एक सोच थी, मेरे कुछ विचार थे जो जाने-अनजाने मेरे वजूद के साथ गुँथे हुए थे। जैसे कि मैं सोचा करता था कि हरे पेड़ों को सचमुच नहीं काटा जाना चाहिए, पक्षियों को कोई खुला आकाश और पशुओं को चारागाह मिलना ही चाहिए...किसी भिखारी को भिक्षा नहीं दे सकते तो विनम्रता से मना कर देना चाहिए, पत्रों का जवाब समय से देते रहें...पड़ोस में कोई बीमार हो तो देखने जाएँ। और यह भी कि दहेज माँगना खराब है, दहेज के लिए माँ को जलाना पाप है।

तो अब मैं क्या करूँ! मैं क्या करता। मेरी दशा का अनुमान लगा पाना असम्भव है, मैं उसी तरह सोचते रहना चाहता था। जैसे पहले सोचता था और यही मेरी दुर्दशा और मानसिक क्लेश को बढ़ा रहा था। मैं खेतों की तरफ चला। मन में आया खेतों में आग लगा दूँ, जंगल के सारे पेड़ काट डालूँ, तालाब का सारा पानी बहा दूँ, भिखारियों को डाँट-डपटकर भगा दूँ, किसी बीमार को देखने न जाऊँ, किसी की कुछ मदद न करूँ।

फिर मैं रेल की पटरियों पर गया। उन पर लेट भी गया। पर इससे क्या होगा। जिन सोचों से मेरा मन बना है, मैं बना हूँ, आज वे भी तो कटेंगे गाड़ी से। पिता और उनके परिवार ने माँ की जो अग्नि-परीक्षा ली थी, उसमें उन लोगों ने माँ के सामने कोई विकल्प नहीं छोड़ा था—उसे तो बस मरना था, जल-जल कर मर जाना था। माँ ने वही स्थिति पैदा की थी मेरे सामने। क्या माधुरी को सशर्त स्वीकार करूँ...जैसा माँ चाहती हैं?

लेकिन मेरी सोच आड़े आ रही है...मैं आड़े आ रहा हूँ...मेरा वजूद आड़े आ रहा है। तो फिर? मैं अपनी सोच, अपने विचार के साथ जाऊँगा। मुझे माधुरी पसन्द है। मैं उससे प्रेम करता हूँ। पहली ही नजर में भा गयी थी वह मुझे। उसकी अदाएँ, उसका अन्दाज, उसके कपड़े, उसकी छतरी...सब कुछ पसन्द है मुझे। वह अपने परिवार की मदद करती है। वह अच्छी है। अंकल ने भी कहा है, वह एक अच्छी लड़की है। मैं किसी व्यक्ति को, किसी चीज को, जिसे मैं चाहता हूँ, जिसे मैं प्रेम करता हूँ, जिस पर विश्वास करता हूँ...उसे सशर्त स्वीकार करने से इनकार करता हूँ। तब मेरे होने का अर्थ ही क्या है? माँ द्वारा प्रायोजित

उस अग्नि-परीक्षा का बहिष्कार करूँगा मैं। मैं माँ से एक बार फिर बात करूँगा।

लेकिन माँ की भी कुछ सोच थी। उन्होंने झुकने से इनकार कर दिया। दरअसल उन्होंने बात करने की हर सम्भावना को खत्म कर दिया था। अपने खूबसूरत चेहरे पर एक क्रूरता ओढ़ ली थी उन्होंने।

कहाँ है खंजर? कहाँ है तेग और तलवार? कहाँ है तीर और कटार? हथियारों से लैस होकर मैं अग्निपथ पर बढ़ चला। सामने अँधेरा था। उस अँधेरे में माँ खो गयी थीं। अँधेरे के उस पार मैं रोशनी देख रहा हूँ। वहाँ माधुरी खड़ी मुस्कुरा रही है। उसने वहीं से आवाज दी—आओ प्रिय, मैं तुम्हारे साथ हूँ। मैं भी हथियारबन्द होकर तुम्हारे साथ हो लेती हूँ। माधुरी मेरे साथ हो ली है। मुझे यकीन है मुन्ना भी कॉलेज से निकलने के बाद मेरे साथ हो लेगा। माँ अकेली पड़ गयी हैं। वह हमेशा अकेली ही रहीं। वह मुझे मिलाकर अपना एक समाज जरूर रचना चाहती थीं, वह उसमें सफल न हो सकीं।

वर्षों बाद एक दिन अंकल से भेंट हुई। बूढ़े हो चुके थे, पर जीवटता में कोई कमी नहीं। अंकल से हमारा सदा लव-हेट का ही सम्बन्ध रहा था। हम दोनों एक-दूसरे को लेकर कभी सहज नहीं रहे थे। हमारे परिवार से जो उनका जुड़ाव था, कह नहीं सकता, वह माँ के प्रति उनका आकर्षण था या मात्र सहानुभूति। माँ का शरीर जला था, चेहरा नहीं। इसलिए अंकल के नजरिए के बारे में साफ-साफ नहीं कह सकता। मैंने पूछा, माँ से भेंट हुई थी क्या! वह तपाक से बोले—भई, मैं तो सालों से उधर गया ही नहीं। उसी दिन से।

मेरे पिता की जो अमिट छवि मेरे मस्तिष्क में है वह है उनके बलिष्ठ शरीर की। मोटी जँघाएँ...मोटे लम्बे हाथ...मोटे लम्बे पैर, बालों से भरे हुए। लेकिन थे वे एक कमजोर इन्सान। अंकल साधारण कद काठी के होते हुए भी शक्ति के पुंज थे। और माँ?...

□

# सत्यमेव जयते

हमारे बाबा दो भाई थे। ज़फ़र मुहम्मद और ज़माल मुहम्मद। बाबा के छोटे भाई यानी हमारे छोटे बाबा यानी ज़माल मुहम्मद बड़े झगड़ालू थे। कभी शान्त चित्त नहीं बैठते थे। लड़ाई और मार-पीट का छोटे-से-छोटा अवसर भी हाथ से न जाने देते। गालियाँ ऐसी बकते की गाली-गलौज की अभ्यस्त महिलाएँ भी शरमा जाएँ। उनके दोनों प्रौढ़ बेटे भी उनके साथ कन्धे-से-कन्धा मिलाकर जब-तब पिल पड़ते। वे दोनों हमारे बड़े ही अक्खड़ चाचा थे। अपने अब्बा के साथ मिलकर वे बात-बात में किसी को भी बेइज्जत कर सकते थे, किसी का भी सिर फोड़ सकते थे। छोटे बाबा के नाक पर गुस्सा रहता और ऐसी-वैसी आहट होते ही लाठी भाँजते हुए अपने बेटों को ललकारने लगते, निकल बे मेहरा घरे में से...अरे पकड़ लाठी मादर...छोड़ मेहरारू...आव दुवारे...देख मुल्लवा के बकरियन खेतवा चर लिहिन, अरे बोल हल्ला, कइ दे हमला, मार कोढ़ियन के।

और फिर तीनों पहलवान बकरियों की लीद निकालने के बाद बकरियों के मालिक की ऐसी खबर लेते कि वे त्राहिमाम कर उठते। बाबा सुनते तो कहते, इ जमलुआ कहाँ से हमार सगा भाई बन के पैदा होइ गवा। अल्लाह बचावे एसे।

यही कारण था कि दोनों भाइयों में कभी नहीं बनी। बाबा अपने भाई से न के बराबर ही बातचीत करते। ईद-बकरीद में छोटे बाबा हमारे दरवाजे आते, गुस्साये-गुस्साये, चुपचाप बाबा की चारपाई पर पैताने की ओर बैठे रहते, सलाम न दुआ, सुरती न सुपारी, त्यो न त्योहारी, बस दो-मिनट में ही उठकर चल देते। उनके लड़के और उनके बच्चे वह भी नहीं। शाम को बाबा उनके दरवाजे जाते, हमें भी ले जाते, घंटों वहाँ बैठते और छोटे बाबा के घर के सभी बच्चों और महिलाओं को त्योहारी देते। हमसे कहते सबको सलाम करो। हमारे संस्कार अलग थे।

ऐसा हर बार होता कि जब छोटे बाबा से मिलकर घर आते तो बाबा अपने

छोटे भाई की गरीबी की दास्तान सुनाते। कहते, अरे इ जमलुआ शुरू का गरीब नहीं था। अब्बा ने तो हम दोनों को बराबर-बराबर ही दिया था, लेकिन ई पगला सँभाल के रख नहीं सका। जवानी में ससुराल में लुटाया, बाद में मुकदमेबाजी और थाना-पुलिस में, अब जिसके नहीं उसके ऊपर पिल पड़ते हैं तीनों, अल्ला मियाँ बचाए इनसे।

पर अपने ही छोटे बाबा और चाचा लोगों के रौद्र रूप को देखकर हम बच्चे खुश होते। सोचते हमारे चाचा और बाबा का क्या रुतबा है। जिसको जो चाहते हैं कर देते हैं। उनके खौफ से कोई हमारे ऊपर नजर नहीं डाल सकता था। पर ऐसा कभी अवसर नहीं आया कि हम मुश्किल में रहे हों और छोटे बाबा या उनके बेटे को हमारी मदद करनी पड़ी हो। हमारे बाबा अपने लड़कों को समझाते —ई जमलुआ और उसके छोकरों के बल पर कहीं झगड़ा न मोल लेना। थूकने भी नहीं आएँगे तुम्हारी खातिर।

हम जैसे बड़े हुए, हम यह भी जाने कि दोनों परिवारों में कभी वैवाहिक रिश्ता भी बना था। हमारी सबसे छोटी फूफी छोटे बाबा के बड़े लड़के यानी कमालू चाचा के साथ ब्याही गयी थीं लेकिन दो ही महीने में कमालू चाचा ने तलाक देकर उन्हें वापस भेज दिया था। फूफी को हमने नहीं देखा था क्योंकि तलाक के बाद वे बीमार रहने लगी थीं। उन्हें टीबी हो गयी और जल्दी ही वे चल बसी थीं। दरअसल उसी समय से हमारे बाबा का दिल भी अपने छोटे भाई के परिवार से उखड़ गया था। फूफी की बात जब भी निकलती, घर के बड़े लोग आँसू बहाते, रोते और हाथ ऊपर उठाकर छोटे बाबा को कोसते। दादी कहतीं, सामने वाले घर में रावण और उनका परिवार रहता है। बड़ी बुआ लोग, फूफा लोग आते तो दादी कहतीं कि कोई भी जमालू बाबू को सलाम नहीं करेगा। कोई उनके घर की ओर नहीं जाएगा। लेकिन बाबा थे कि हौका-मौका देखकर बुआ-फूफा आदि को सलाम के लिए उकसा ही देते।

मेरी आदत है कि मैं घटनाओं को उसी रूप में नहीं देखता जिस रूप में वे घटित हो रही होती हैं। मैं कभी-कभी सोचता कि छोटे बाबा और चाचा लोग गरीब होते हुए भी इतने गुस्सैल क्यों हैं। दीन-हीन क्यों नहीं दिखते ये लोग। जब देखो तब किसी-न-किसी से पंगा लिये रहते हैं। जैसे-जैसे मैं बड़ा होता गया, मुझे पता चला कि हमारी पैदाइश से पहले जब इस परिवार में बँटवारा हुआ था, उसी समय से यह मनमुटाव चल रहा है। छोटे बाबा हमारे बाबा के ऊपर उनके पीठपीछे बेईमानी का आरोप लगाते। लेकिन उनके आरोप निराधार ही थे और उनकी सच्चाई के बारे में गाँव में किसी को भी यकीन नहीं था।

हमारे बाबा अपनी ईमानदारी के लिए दस कोस में जाने जाते थे। हिन्दुओं

तक की पंचायतों में ये ससम्मान बुलाये जाते थे और बिना हिचक पद-हक की बात कहते थे। अपनी सादगी और सच्चाई के जोर पर हमारे बाबा अपने समाज में महत्त्वपूर्ण स्थान रखते थे। फिर भी मैं कभी-कभी सोचता कि हो न हो छोटे बाबा के साथ कुछ नाइन्साफी हुई हो और इतने वर्षों से उनका गुस्सा सीधे अपने बड़े भाई पर न निकलकर अड़ोसियों-पड़ोसियों और जन-जानवरों पर निकलता हो। कह नहीं सकता, लेकिन छोटी फूफी को तलाक दिलवाने और उनकी असमय मृत्यु के सामने तो वे सचमुच रावण ही नजर आते।

दोनों परिवारों के आपसी सम्बन्धों को छोटी फूफी वाली बात के अलावा जिस एक चीज ने कड़वाहट से भर दिया था, वह था नीम का एक पेड़। घर से बाजार की ओर जाने वाली सड़क के किनारे बस थोड़ा नीचे हटकर था वह नीम का पेड़। और उसी से लगी हुई थी फुलवारी। फुलवारी और नीम के पेड़ दोनों पर ही हमारे परिवार का कब्जा था लेकिन कभी-कभी हम यह भी सुनते थे कि फुलवारी तो हमारे बाबा की है लेकिन नीम का पेड़ छोटे बाबा का है। कुछ भी हो, दोनों परिवारों के बीच कभी-कभार उस पेड़ से दातून तोड़ने को लेकर टुन्न-पुन्न हो जाना आम बात थी। लेकिन कभी भी बात उससे आगे नहीं बढ़ी।

लेकिन एक दिन बात को आगे बढ़ना था, और बढ़ी। मेरे छोटे चाचा बैंक से लोन लेकर फुलवारी में कुछ दुकानों का आधुनिक शैली में निर्माण करके उसे एक 'मार्केट' में तब्दील कर देना चाहते थे। चौक पर इस प्रकार का एक 'मार्केट' पहले ही वजूद में आ चुका था। चाचा की योजना उससे भी अच्छा मार्केट बनाने की थी। पर नीम का पेड़ आड़े आ रहा था। बिना उसे हटाये, मार्केट का प्रवेश द्वार साइड से करना पड़ता जो चाचा को मंजूर नहीं था।

घर के सारे सदस्य 'मार्केट' बनने की सम्भावना से काफी उत्तेजित और उत्साहित थे, समय-कुसमय मार्केट की बात चल निकलती और फिर चलती ही जाती। हम बच्चे भी इसमें खूब बढ़-चढ़कर हिस्सा लेते—मार्केट में कौन-कौन-सी दुकानें खुलेंगी। किसको-किसको दुकानें किराये पर दी जाएँगी और किसको नहीं दी जाएँगी। चाहे वे कितना भी किराया दें। बड़े चाचा का विचार था कि लोगों से एडवांस लेकर ही निर्माण शुरू किया जाए, जबकि बड़ी ब
आ और छोटी चाची की फरमाइश थी कि अपने मार्केट में एक ऊन की दुकान और एक मेकअप के सामान की दुकान जरूर हो। फिर नीम के पेड़ की बात आ जाती। दादी का शुरू से मानना था कि जमालू बाबू नाहक ही उसे अपना पेड़ बताते हैं। उनके अनुसार ससुर जी ने नीम के पेड़ के साथ फुलवारी उनके नाम की थी। उसके बदले में मछलीवाला तालाब और छोटका बगीचा जमाल

बाबू को दिया था। जमाल बाबू नीम के पेड़ के खातिर काहे रार करते हैं।

हमारे अब्बू-अम्मी दोनों चाचा, दोनों बड़ी फूफियाँ, दोनों फूफा लोग, घर के नौकर-चाकर, दोनों चाचियाँ, मित्र मंडली, बच्चे सभी का मानना था कि नीम का पेड़ हमारा है, इसे कटवाकर मार्केट का रास्ता साफ करें। बाबा इन बातों से तटस्थ ही रहते। पेड़ हमारा था तो हम उसे काट सकते थे। लेकिन कोई चीज हमारी तभी थी जब बाबा उस पर अपनी मुहर लगाते। बाबा खाली एक बात कहते, बगल से गेट बनाइए न भाई, जमालू की भी बात रह जाएगी और पेड़ भी। आखिर दुकान-डलिया के लिए बाप-दादा की निशानी इस तरह काटकर हटाना कैसे ठीक है।

उस दिन तो लगा परिवार में एक-दो लाश अवश्य गिर जाएगी, जब अब्बू और चाचा लोग पेड़ गिराने के लिए फुलवारी पहुँच गये। सामने थे छोटे बाबा और उनके दोनों साहबजादे, वे लोग महाजिद्दी। बोले, पेड़ न काटने देंगे न खुद काटेंगे। और न ही बेचेंगे, ये पेड़ ही रास्ता रोके खड़ा रहेगा। किसी तरह बीच-बचाव करने वालों ने यह भी कहा कि जल्द ही गाँव की पंचायत बुलाकर हमेशा के लिए इस बात का फैसला हो जाना चाहिए कि आखिर पेड़ है किसका।

अक्सर मैं बाबा के साथ उनकी चारपाई पर ही बाहर मड़हे में सोया करता था। उस रात को मैं उन्हीं के साथ सो रहा था जब छोटे बाबा की आवाज सुनाई पड़ी, बड़े धीरे-धीरे बोल रहे थे वे। भैया, हे भैया। वे अपने बड़े भाई को नींद से उठा रहे थे। मैं जग गया लेकिन सोया-सा पड़ा रहा। बाबा ऊँ-ऊँ करते हुए उठ बैठे थे। छोटे बाबा हमारे बाबा की चारपाई के पैताने ही हमेशा बैठते थे। उस रात भी वहीं बैठे। फिर वे बोले, भैया तनी सोच के बताइए कि ऊ नीम के पेड़ के बारे में अब्बा मरने से पहले क्या कहे थे? और यह भी बताइए कि उस पेड़ को किसके हाथ से रोपवाया गया था? हमको तो याद नहीं। क्योंकि तब हम बहुत छोटे थे। पर आप समझदार थे, बड़े थे। छोटे बाबा का स्वर रुँधने लगा था। बाबा अपने छोटे भाई के नजदीक खिसक आये, उनके हाथ को हाथ में लेकर बोले, जमालू क्या पूछते हो भाई। अब्बा तो साफ कहे थे कि फुलवारी जफर की, लेकिन नीम का पेड़ जमालू का, फुलवारी के बदले जमालू को आम का बगीचा और तालाब। और पेड़ को अब्बा तुम्हारे हाथ से ही रोपवाये थे। बगिया का सारा पेड़ अब्बा तुम्हारे हाथ से ही लगवाये थे। हे जमालू, अब्बा कहते थे हमार छोटका बेटवा जेका छू दिया वे कभौं न मुर्झाय सकत। ये नीम का पेड़ तुम्हारा है।

तो पंचायत में यही बात कहिएगा? छोटे बाबा ने भावुक होते पूछा। बाबा और नजदीक सरकते हुए उनके कन्धे पर हाथ रखकर बोले, जा सोवा हो जमालू

चिन्ता न करा। हम तू एकै बाप के औलाद हँई। पंचाइत में कहब। समाज में कहब, अल्लाह के सामने कहब। सब एक तरफ, हम एक तरफ। नीम के पेड़ तोहार है, तोहार है, तोहार है। छोटे बाबा आँख पोंछते हुए अपने घर की ओर चले गये।

इसके बाद बाबा के ऊपर हमारे परिवार के सदस्यों ने जितना दबाव डाला उसमें कोई भी टूट सकता था। ज्यों-ज्यों पंचायत की तिथि नजदीक आ रही थी, बाबा के ऊपर दबाव और प्रभाव उतना ही तीव्र होता जाता था। सब का एक स्वर से मानना था कि शठे शाठ्यं समाचरेत्। छोटे बाबा और उनके लड़कों की जिद और हठ को तोड़ने के लिए थोड़ा-सा झूठ बोल देने में कोई हर्ज नहीं। मेरे अपने अब्बू इस मुहिम के नेता थे। बड़ी फूफी और बड़े फूफा जी भी यही चाहते थे। अधिकतर शुभचिन्तक पड़ोसियों का यही विचार था। दोनों चाचियों ने भी थाली लगाते-लगाते जता दिया था कि नीम का पेड़ तो अपना ही है, इसमें पंचायत क्या। छोटे चाचा ने बड़ी लुभावनी बात की, देखिए, अब्बा, पेड़ तो हमारा ही है और पेड़ वहाँ से हटेगा। मार्केट का नाम रखेंगे, जफर मार्केट...आपके नाम पर। पंच के सामने कहिए कि दादा सब कुछ आपको बता गये थे। छोटे अब्बा बिना वजह अड़े हुए हैं।

बाबा एकदम अलग-थलग पड़ते जा रहे थे। अपने घर में जैसे अछूत हों। लोग उन्हें शक और सन्देह से देखते। बुढ़ऊ जरूर गड़बड़ करेंगे। अन्ततः भाई का ही पक्ष लेंगे। सभी की आँखों में बस यही बात तैरती। बाबा कुछ न बोलते। बस टुकुर-टुकुर देखते। ऐन वक्त पर दादी ने भी उनका साथ छोड़ दिया। बोलीं, आखिर इसमें ईमान बेचने की क्या बात है? आप अपना हक ले रहे हैं। बिटिया को वे लोग तलाक देकर वापस भेज दिये... आप हाथ-पे-हाथ धरकर बैठे रहे...फिर वह भरी जवानी में दुनिया छोड़ गयी...आपने क्या किया? यह भी कोई रीत हुई कि फुलवारी किसी की और पेड़ किसी और का? आखिर फुलवारी के बदले उन्हें बगिया मिली कि नहीं? और मछलीवाले तालाब के बदले हमें क्या मिला? आज जमाना आगे बढ़ रहा है, सभी तरक्की कर रहे हैं। अब अगर अपना बेटा अपनी ही जमीन पर कुछ करना चाहता है तो आपके भाई और आपके भतीजों को एक आँख नहीं सुहा रहा है। बस जिद है कि सामने गेट न रहे। आज से तो वे लोग उसी पेड़ के नीचे गाय-भैंस भी बाँधने लगे हैं। मार्केट बनेगा तो सामने यह सब अच्छा लगेगा क्या?

मैं सोचता, क्या ऐसे में बाबा अपना सन्तुलन बरकरार रख पाएँगे। क्या सच के साथ वे स्थिर होकर खड़े रह पाएँगे। पंचायत के दिन जैसे ही बाबा घर से निकलने वाले थे कि मझली फूफी सपरिवार आ पहुँची और बाबा के गले में

झूलकर उन्हें मजबूर करने लगीं। बाबा किसी तरह उनसे छूटकर पंचायत के लिए रवाना हुए।

आज पंचायत में क्या कहेंगे बाबा? मुझे लगने लगा था कि बाबा अब टिक नहीं पाएँगे। उस रात जो कुछ भी उन्होंने छोटे बाबा से कहा था उसे आज समाज के सामने दुहरा पाएँगे क्या?

लड्डन मियाँ के दरवाजे पर पंचायत जमी। पंचों के अलावा गाँव के तमाम इज्जतदार लोग चारपाइयों पर जमे थे। रामचन्दर बाबू और राजनाथ सिंह बाबू खासतौर से रामपुर से बुलवा लिये गये थे।

पहले सुरती-सुपारी और पान-पत्ते का दौर चला फिर रामचन्दर बाबू ने बात शुरू की; पहले तो यह कहना चाहता हूँ कि इस पंचायत की जरूरत क्यों पड़ी। दोनों भाई घर में ही बात समझ लेते, न जफरू मियाँ के पास पेड़-पालो की कमी है न ही जमालू के पास, तो इ एक ठो पेड़ कहाँ से झंझट का जड़ बन गया भाई।

फिर वे चुप हो गये। सभी चुप थे। बाबा उनकी बगल वाली चारपाई पर बैठे थे। सुस्त और ढीले लग रहे थे वे। दोनों पैरों को उन्होंने सटाकर हाथों के सहारे से बाँध लिया था और मुँह नीचे किये अपने घुटनों पर आँखें गड़ाये हुए थे। उनकी मुद्रा देखकर मेरे मन में कुछ आशंका हुई। सम्भावित अनिष्ट की कल्पना से मैं सिहर उठा। छोटे बाबा ठीक सामनेवाली चारपाई पर थे, सिर उनका भी नीचे की ओर था लेकिन वे दयनीय नहीं लग रहे थे।

रामचन्दर बाबू फिर बोले, "एक बात और...रामपुर में कोई मामला उलझता है तो हम तो जफरू मियाँ को बुलाते हैं क्योंकि वे हमेशा हक की ब्रात करते हैं। और आज जफरू मियाँ का मामला है तो हमें बुलाया गया है...इसकी जरूरत ही क्या। खुद जफरू मियाँ बोल दें, पेड़ किसका है...सभी पंच मान लेंगे...बात खत्म...सब घर लौटें...जमालू को भी कोई एतराज न होगा। का हो जमालू मियाँ?"

"महाराज सही कहते हैं", छोटे बाबा ने तत्काल हाथ जोड़ते हुए कहा। फिर वे कुछ रुककर बोले, "आप जो कहते हैं, सोलह आने ठीक है। पंचों के सामने कहता हूँ भैया जो कह देंगे सिर आँखों पर, उनका हुकुम लेकर घर चला जाऊँगा। मरने से पहले अब्बा बहुत कुछ दे गये हैं...अब भैया..."

रामचन्दर बाबू उनको रोकते हुए बोले, "तो जफरू बोलिए, नीम के पेड़ का मामला क्या है?"

बाबा उसी तरह सिर नीचे किये बैठे रहे। कुछ गुनते-बुनते। सभी शान्त थे। मेरे अब्बू और चाचा लोगों के चेहरे पर कोई विशेष भाव नहीं थे। वे समझ रहे थे कि बाबा क्या बोलने वाले हैं। यह पेड़ तो अब्बा मेरे छोटे भाई के नाम

कर गये हैं। उसी का है, लेकिन मुझे अब तक डर लगने लगा था। बाबा ने अभी भी बोलना नहीं शुरू किया था, मैंने देखा कि पैरों को अपने हाथों के बन्धन से मुक्त करके वे सीधे बैठ गये थे। सुरती-सुपारी वाले बटुए को कभी इस हाथ में लेते तो कभी उस हाथ में। सच बोलने की तैयारी कितनी कठिन होती है! फिर उन्होंने धीरे-खखारा लेकिन कुछ नहीं निकला। मुँह में आया पानी अन्दर-ही-अन्दर पी गये। फिर खाँसने की कोशिश की लेकिन खाँस नहीं पाये। अब बोलने के अलावा कोई चारा नहीं था। बाबा एकदम से बोल पेड़, ''महाराज, पेड़ तो हमारा ही है, जमालू बेवजह ही दावा ठोक रहे हैं...अब्बा अपनी जिन्दगी में ही सब साफ कर गये थे।''

मैंने कैसा अनुभव किया, पूरा-पूरा नहीं बता सकता। सिर्फ इतना याद है कि एक पल के लिए मेरी आँखों के सामने अँधेरा छा गया। कानों पर विश्वास नहीं हुआ। काटो तो खून नहीं। अब्बू और चाचा लोग तो जैसे सोते से जगे। लगा बाबा को उठाकर कन्धे पर बैठा लेंगे और जय-जयकार करने लगेंगे। जफर मार्केट जिन्दाबाद, जफर मार्केट जिन्दाबाद। और छोटे बाबा? वह अवाक् थे...? मुँह आश्चर्य से खुला रह गया था...एकटक अपने बड़े भाई को देखे जा रहे थे।

दो-चार मिनट तक चुप्पी छायी रही। फिर कुछ सुगबुगाहट, भुनभुनाहट शुरू हो गयी। रामचन्दर बाबू सिर नीचे किये तम्बाकू रगड़ रहे थे...शायद कुछ सोच रहे थे...फिर धीरे से पूछे, जैसे स्वयं को आश्वस्त करना चाहते हों, ''तो जफरू मियाँ पेड़ पर आप ही का हक है?'' बाबा ने अपनी खाँसी और खँखार में अपने 'हाँ' को मिला दिया लेकिन सुनने वालों ने 'हाँ' को एक बार फिर सुना।

रामचन्दर बाबू ने दबे स्वर में कहा, ''तो ठीक है। अब पंचायत समाप्त करें। बात साफ करना था सो हो गयी। हाँ, अगर जमालू मियाँ कुछ कहना चाहें तो कहें।'' छोटे बाबा के मुँह से कुछ न निकला। मुझे लगा छोटे बाबा के दोनों बेटे लोग मार-पीट गाली-गलौज पर उतारू हो जाएँगे लेकिन वे शान्त भाव से अपने अब्बा को सहारा देकर पंचायत से उठा ले गये।

पंचायत खत्म हो जाने के बाद मुझे सबके साथ घर जाना अच्छा नहीं लगा। अपने बाबा, अब्बू और चाचा लोगों को मैंने जाने दिया। उल्टे मैं बाजार की ओर चला गया। मैं बड़ी देर तक बाबा के बारे में सोचता रहा। उनका वह चेहरा मेरी आँखों के सामने नाचता रहा जब वह पंचायत में सच बोलने की तैयारी कर रहे थे, लेकिन बोल नहीं पाये थे। सच जब कई-कई कोणों से उनके चेहरे पर हमला कर रहा था तो बाबा कैसे दबे-दबे-से, कैसे निर्जीव और निस्तेज हो गये थे। मैं सोचने लगा कि बाबा ने जब एक सच को झुठलाया था तो कैसे झुठलाया

होगा। घर के लोगों का दबाव तो था ही, गुस्से में भी थे वे। तलाकशुदा बेटी का चेहरा, फिर उसकी लाश घूम गयी आँखों के सामने। उनके भाई उन्हें रावण नजर आये होंगे। कुछ चीजें और भी बदली होंगी बाबा के आसपास। मसलन चारों तरफ खड़े हरे-भरे पेड़ उन्हें ठूँठ नजर आये होंगे। पानी से भरा हुआ कुआँ उन्हें सूखा दिखाई पड़ा होगा। दरवाजे पर बँधे गाय-गोरू उन्हें मिट्टी के लौंदे जैसे दिखे होंगे। उनके अगल-बगल चारों तरफ बैठे पंच पत्थर के बुतों में तब्दील हो गये होंगे। कई दुकानों वाला जफर मार्केट चमक गया होगा आँखों के सामने। बाबा इन्हीं झमेलों में अटक-भटक गये होंगे। और सत्य इन्हीं झमेलों में पड़कर हार गया होगा। उसी दृश्य-अदृश्य के खेल में पड़कर बाबा झूठ बोले होंगे। नीम का वह पेड़ उन्हें अपना लगा होगा।

उस दिन हमारे घर में जश्न का माहौल था। पंचायत का बहाना लेकर सारे रिश्तेदार तो इकट्ठा ही थे। रात में दावत जैसा समा बँधा था। सबको जीत की खुशी थी। बाबा ने तबीयत ठीक न होने का बहाना करके कुछ भी नहीं खाया। वे बिस्तर उठाकर मड़हे में सोने चल गये। वैसे तो आज मेरा उनके साथ सोने का बिल्कुल मन नहीं था, लेकिन मुझे उनसे कुछ पूछना था, सो दावत उड़ाने के बाद मैं भी मड़हे में सोने पहुँच गया। मेरे किसी भी प्रश्न का जवाब उन्होंने नहीं दिया। बल्कि तबीयत खराब होने का बहाना करके जल्दी ही सो गये। वैसे तो उनके सो जाने के बाद भी मैं बिना उनका पैर दबाये नहीं सोता था, लेकिन आज मेरा पैर दबाने का मन ही नहीं हुआ। मैं भी सोने लगा, और फिर सो गया।

देर रात मेरी नींद टूटी। कोई ठीक हमारी चारपाई के पैताने खड़ा होकर धीरे-धीरे भर्रायी आवाज में पुकार रहा था, भैया, हे भैया...भैया जरा उठिए...कुछ बात करना है आपसे...हे भैया...

बाबा नहीं उठे। हम भी कुनमुनाकर रह गये, एक-दो बार और बुलाने के बाद वे दबे पाँव वापस चले गये।

सभी के सोकर उठ जाने के बाद भी बाबा नहीं उठे। तबीयत ठीक नहीं थी, यह सोचकर उन्हें कुछ देर और सोने दिया गया। लेकिन उसके बाद उनका सोते जाना असामान्य लगा। फिर एक के बाद एक कई लोगों ने उन्हें जगाने की कोशिश की लेकिन सभी कोशिश नाकाम हुईं। वे सचमुच सो गये थे। अब नहीं उठेंगे बाबा, कभी नहीं।

सभी रिश्तेदारों को आज जाना था, लेकिन अब रुकना पड़ा। बाबा बहुत बूढ़े और कुल मिलाकर अनुपयोगी हो चुके थे, तो ज्यादा गम की बात भी नहीं थी, उनकी मौत पर दादी और हम बच्चों के अलावा किसी और को आँसू बहाते नहीं देखा। हाँ, रोते जैसा सभी लग रहे थे। पूरा गाँव हमारे घर टूट पड़ा था।

छोटे बाबा भी वहीं लाश के बगल में दीवार से लगकर बैठे थे। जमीन पर ही। बाबा की लाश पर कोई मक्खी बैठ जाती तो बस वे उसे उड़ा देते। उनकी आँखें लाल-लाल...सूजी हुई थीं। लगा पंचायत से लौटने के बाद रातभर सिसक-सिसककर रोये थे।

मिट्टी मंजिल हो जाने के बाद दूसरे दिन सब लोग अपनी-अपनी तरह से इस अचानक हुए हादसे का स्पष्टीकरण दे रहे थे। मेरे फूफाजी ने सबसे मजेदार बात कही, बुढ़ऊ नेक आदमी थे, मरने से पहले सब बाल-बच्चों, रिश्तेदारों से मिल-मिला लिये। पंचायत तो बस एक बहाना थी। अच्छी मौत पाये। छोटे चाचा ने अफसोस जाहिर किया, अब्बा अपने नाम पर बना मार्केट देख लेते तो जाते।

मैंने आज तक यह बात अपने परिवार में नहीं बतायी कि मरने से पहलेवाली रात में कोई मिलने आया था और भैया-भैया कहकर बाबा को जगा रहा था। मुझे डर है कि मेरे अब्बू और मेरे चाचा लोग छोटे बाबा पर शक करेंगे और फिर कुछ भी हो सकता है।

□

# पापा का चेहरा

सोनल बेटी सो रही है। मम्मी-पापा नहीं सो रहे हैं। जब उनकी लाडली बेटी सोती है, मम्मी-पापा जागते हैं। एक साथ ख्वाब बुनते हैं या चिन्ता करते बैठे रहते हैं। सोनल पन्द्रह और सोलह के बीच की है लेकिन लगती नहीं। इस बात की चिन्ता मिसेज वर्मा को है, वह जानती हैं कि लड़की जात की उम्र और शरीर में मेल होना चाहिए। मिसेज वर्मा हैरान हैं कि दो साल पहले तक सब कुछ ठीक-ठाक चल रहा था। उम्र के हिसाब से बेटी की कद-काठी भी निखर रही थी। पर इधर कुछ समझ में नहीं आ रहा है। बेटी नम्बर तो अच्छे कर रही है, अच्छे क्या बहुत अच्छे, पर उसके ग्रोथ को जैसे सबकी नज़र लग गयी।

मिस्टर वर्मा को इन बातों की फिकर नहीं है। मिसेज वर्मा बेटी के रिजल्ट के बारे में तो मिस्टर वर्मा से बतियाती हैं लेकिन उसके ग्रोथ के बारे में वे किसी से भी बात करना जरूरी नहीं समझतीं। बोर्ड के एग्जाम खत्म हो जाएँ तो वे खुद देखेंगी। पूरी गम्भीरता से देखेंगी। डॉक्टर को दिखाएँगी। लेकिन पहले बोर्ड।

सोनल के प्री-बोर्ड के रिजल्ट ने मिस्टर और मिसेज वर्मा को बेटी की पढ़ाई में बराबर का शरीक बना दिया। इतने कम नम्बर! सिर्फ एट्टी फोर परसेंट! रात-दिन की मेहनत...यही बस...यही। मिसेज वर्मा कहते-कहते थक गयी थीं कि कभी-कभार उनके पति भी बेटी को देख लिया करें, उसकी पढ़ाई और उसके नम्बरों की खोज-खबर ले लिया करें, लेकिन मिस्टर वर्मा एक कान से सुनते दूसरे से निकाल देते। ...बेचारी मिसेज वर्मा!

भला हो अखबार और टीवी का। जबसे मिस्टर वर्मा ने सानिया और उसके परिवार के बारे में पढ़ा और देखा, बेटी के प्रति उनका नजरिया ही बदल गया। बिना माँ-बाप के डायरेक्ट सपोर्ट के बेटियाँ आगे नहीं बढ़ सकतीं। बाप के सपोर्ट से तो बेटी आसमान तक छू सकती है...जैसे सानिया। मि. वर्मा को अब सोनल बेटी के प्रति सीरियस होना ही पड़ेगा। ऊपर से ये एट्टी फोर परसेंट नम्बर ऊँट

के मुँह में जीरा!

मिसेज वर्मा का तकिया कलाम, आपके प्यार ने बेटी को बेटा बनाकर रख दिया है...आपके दुलार ने...।...आपके लाड़ ने...आपके प्यार ने। आपके यह...आपके वह? लेकिन अब सब बन्द हो गया। बाप ने आखिरकार कमर कस ली—सोनल को कुछ बनाना है। टैलेंट सर्च वालों ने कहा है कि नाइंटी फाइव परसेंट कर जाए तो फ्री कोचिंग, स्कालरशिप अलग से और प्रेसीडेंट से सपरिवार भेंट करवाने की जिम्मेदारी उनकी। टीवी में देखते नहीं? सानिया कैसे छोटी बहन तक को ले आयी थी।

सोनल अभी भी सो रही है। लगता है दवा से आराम मिला है। दो दिन से सो नहीं पा रही थी। जाने क्या हो गया था। बोर्ड शुरू होने में अभी कुछ दिन बाकी हैं लेकिन सोनल का खाना-पीना सोना-जागना अभी से फुर्र। डॉक्टर साहब ने कहा था परीक्षा से पहले थोड़ी एंक्जाइटी होना स्वाभाविक है, और फायदेमन्द भी। जिसे चिन्ता और उत्तेजना होती है वह अच्छा करेगा।

क्या सानिया मिर्जा को भी हर बड़े मैच से पहले ऐसा होता है? मिस्टर और मिसेज वर्मा ने कितनी बार टीवी पर, मैगजीन में इस बात की तसदीक की है—जी हाँ, बड़े मैचों से पहले तो वह सो भी नहीं पाती।

क्या सौ करोड़ भारतीय उसे सोने नहीं देते?

मिस्टर वर्मा नींद में, या यों ही बैठे-बैठे जागते हुए, इंटरव्यू देने लगते हैं—सोनल दस से बारह घंटे पढ़ती थी। एक्जाम से पहले तो सोलह से अठारह घंटे तक पढ़ाई की है उसने। तब जाकर मैथ में सेंट परसेंट और कुल मिलाकर 95 परसेंट नम्बर आये हैं...तब जाकर नेशनल स्कॉलरशिप हासिल कर सकी है...तब जाकर प्रेसीडेंट ने...।

ख्वाब देखते-देखते मिस्टर और मिसेज वर्मा सो गये हैं। रात के दो बज रहे हैं। सोने से पहले मिसेज वर्मा ने तीन बजे का एलार्म लगा दिया है और घड़ी को सोनल के सिरहाने, सिर के नजदीक कान के पास सहेजकर रख दिया है।

सोनल अच्छी लड़की है। पापा की दुलारी बेटी है। मम्मी से उसकी ज्यादा नहीं पटती है, इसके बावजूद कि मम्मी उसकी हर छोटी-बड़ी बात का ध्यान रखती हैं। सोने से पहले पापा ने उससे कहा था, सुबह जल्दी उठकर पढ़ने के लिए। वह घड़ी के घनघनाने की प्रतीक्षा नहीं करती है। पापा की प्यारी बेटी पहले ही उठ जाती है।

वह टेबुल लैम्प ऑन कर देती है। मम्मी ने पहले से ही मैथ की मेन बुक, साइड बुक, रफ कापियाँ, एच.बी. पेन्सिल, इन्स्ट्रूमेंट बॉक्स, पेन वगैरह टेबुल पर

करीने से रख दिया है। सोनल किताबों को मिचमिचायी आँखों से देख रही है। कुछ देर देख लेने के बाद उसकी आँखें स्थिर हो जाती हैं। अब वह टेबुल पर रखी उन चीजों को घूर रही है। वह मम्मी-पापा के कमरे को भी घूर रही है...।

मैथ की बुक सोफे पर फेंककर वह साइन्स की मोटी किताब उठा लेती है। सोनल पन्ने पलट रही है, प्रश्न हल होते जा रहे हैं। दो मिनट में सारे पन्ने पलट लिये उसने। फिर सोशल साइन्स, फिर हिन्दी और इंगलिश, फिर सारी कापियाँ फिर...। ऐसे कहीं एग्जाम की तैयारी होती है। सौ में सौ ऐसे ला पाएगी सोनल! मिस्टर और मिसेज वर्मा का क्या होगा? सोनल! क्या हो गया है बिटिया तुम्हें?

फिर वह खड़ी होकर अपनी शेल्फ में कुछ ढूँढ़ने लगती है। वह अपना कलर बॉक्स ढूँढ़ रही है। पेंटिंग्स बनाएगी क्या सोनल? वह कॉमिक्स ढूँढ़ रही है। अब कोई एक्जाम के दिनों में कॉमिक्स पढ़ेगी क्या सोनल? वह टॉफी खोज रही है। वह गुड़िया ढूँढ़ रही है, कहाँ है मेरी गुड़िया? मम्मी बोलती क्यों नहीं? मिसेज वर्मा बोलिए, मेरी गुड़िया कहाँ है, वह चिल्लाना चाहती है, वह गुड़िया-गुड़िया करके रोना चाहती है। इतनी बड़ी हो गयी हो सोनल, गुड़ियों से खेलने की बात सोचती हो! सोचना भी मत बेटा। सानिया को देखो।

वह खिड़की से बाहर झाँकती है। टॉमी दुम दबाये मजे से सो रहा है। सोनल खिड़की पर खड़ी हो जाती है। मुँह में पेन्सिल दबाये वह खड़ी टॉमी को देख रही है। टॉमी, मेरे साथ खेलोगे भैया? लेकिन यह टॉमी के सोने का समय है, वह किसी के साथ नहीं खेलेगा। वह एच.बी. पेन्सिल से टॉमी के ऊपर वार कर देती है। टॉमी कुनमुनाकर फिर सो जाता है। सोनल वापस टेबुल पर। मैथ की किताब खोलकर बैठना ही पड़ेगा।

उसकी नजरें सामने बने पोस्टर पर जमी हैं। नाक में कितना अच्छा रिंग पहनती है ये लड़की। कितनी हेल्दी है! कितनी स्मार्ट! जब देखो तब टी.वी. पर। कितना स्लीक स्कर्ट पहनती है। कितनी सुडौल टाँगे हैं इस लड़की की! और मेरी? वह अपनी टाँगों पर हाथ फेर रही है। इनमें तो कुछ है ही नहीं। वह अपनी जाँघ को जोर से नोच लेती है।

पापा हमेशा इस लड़की की बात क्यों करते हैं? क्या कहते हैं सोनल बेटा, बस एक छोटा-सा ख्वाब है...टी.वी. पर इंटरव्यू...प्रेसीडेंट से भेंट...। एट्टी फाइव परसेंट। मैं क्या करूँ? मिस्टर वर्मा, बताइए मैं क्या करूँ? सोनल एक काम करेगी। एक काम कर सकती है वह। इस लड़की की फोटो मेरे कमरे में नहीं रहेगी। न...नहीं रहेगी।

मिस्टर और मिसेज वर्मा चाहें तो अपने कमरे में लगाएँ। वह उस लड़की

के फोटो को उखाड़ फेंकती है। अब ठीक है। लेकिन अभी भी चैन नहीं। सोनल के नसीब में चैन कहाँ।

लगता है फेल हो जाएगी सोनल। उसे कुछ भी नहीं आता है। एक्जाम से पहले ही सब भूलना था! सोनल को नहीं पता चला कब और कैसे सब कुछ भूल गयी।

वह याद करने लगी। पर साइन्स नहीं, हिस्ट्री नहीं, हिन्दी नहीं...। उसकी नर्सरी टीचर याद हो आयी उसे। कितनी अच्छी थी वह, कितना हँसाती थी वह। उसके बाद सभी टीचर गन्दे-गन्दे-गन्दे। सोनल रोना चाहती है। रो ले सोनल! हाँ, सोनल रोएगी। लेकिन मम्मी-पापा बगल वाले कमरे में सो रहे हैं। उठ जाएँगे तो? वह धीरे-धीरे रो लेती है।

वह सोचती है अपनी प्रिन्सिपल के बारे में, अपनी क्लास टीचर के बारे में। लेकिन उसकी प्रिन्सिपल और क्लास टीचर तो सो रही होंगी। उसकी मैथ टीचर भी सो रही होंगी। इंगलिश टीचर भी सो रही होंगी। मम्मी भी सो रही होंगी। पापा भी सो रहे होंगे। उन दोनों के बीच में कुन्नी भी सो रही होगी। टॉमी भी सो रहा होगा। खाली मैं जग रही हूँ। सभी सो रहे हैं। खाली सोनल जग रही है। आखिर उसे नींद क्यों नहीं आती?

पापा की आँख खुल गयी है। बड़ी खुशी हुई कि सोनल जगी हुई है। मिसेज वर्मा से खुशी-खुशी कहते हैं, देखो सोनल जगी हुई है। मिसेज वर्मा ईश्वर को धन्यवाद देती हैं और फिर चादर तान लेती हैं। कुन्नी तो कुनमुनायी भी नहीं। पापा सोनल के कमरे में जलती लाइट को देखकर इतरा रहे हैं। थोड़ा-सा दर्द और यह सब भी! उसे कुछ हो रहा है। हो गया न झंझट। एक्जाम की तैयारी के बीच में लो झेलो सोनल। राहुल, रॉकी, एब्राहम, सब आराम से पढ़ रहे होंगे या सो रहे होंगे। मैं कपड़े बदलूँ...फिर बैठूँ। राहुल, जरा लड़की बनकर एक्जाम की तैयारी करो तो पता चले बच्चू। तब मुझसे नहीं जीत पाओगे।

झुँझलाहट बढ़ रही है। बढ़ती ही जा रही है। ऐसे टाइम पर गड़बड़ हो गयी। कितना पढ़ना है—सानिया से आगे निकलना था। पापा आप यहाँ से हटिए, जाइए भागिए...भागिए। आप क्यों इस वक्त मेरे पास हैं। प्लीज पापा, आप जाइए, अपने कमरे में जाइए। सच्ची, मैं दस मिनट में पढ़ना शुरू कर दूँगी...फिर सुबह तक बिना सोये पढ़ूँगी। सारे सब्जेक्ट रिवाइज करके ही दम लूँगी। अभी आप चले जाइए।

वह चिल्लाने लगती है...जाइए यहाँ से...भागिए...मम्मी को भेजिए...मम्मी का काम है। मम्मी आओ...।

सोनल को बुखार और सिरदर्द है। दिन भर लड़की अपसेट रही। मिस्टर

वर्मा ऑफिस चले गये हैं...कल से छुट्टी पर रहेंगे...लाडली बेटी को परीक्षा-केन्द्र ले जाना जो है। मिसेज वर्मा बेटी को डॉक्टर से दिखा लेना चाहती हैं। क्या पता...। एक इंजेक्शन, और दो गोली सुबह, दोपहर और शाम की ही तो बात थी। सोनल नार्मल हो गयी। अब जल्दी-जल्दी मैथ सॉल्व करेगी। कल मैथ का एक्जाम है। सेंट परसेंट!

कुन्नी ने कहा बेस्ट ऑफ लक दीदी और रिक्शा चल पड़ा। सोनल पापा के साथ सेंटर जा रही है। सोनू बेटा ने एडमिट कार्ड लिया है? ले तो लिया है। पेन, पेन्सिल? उसे कैसे भूल सकती है सोनू बेटा! और इन्स्ट्रूमेंट बॉक्स? ले लिया न, सब ले लिया—फिक्र मत करो मम्मी।

पापा चुपचाप हैं। पापा बहुत पहले परीक्षा में बैठे थे। तब कोई चिन्ता नहीं थी। पापा के पापा को क्या चिन्ता रही होगी? चिन्ता होती तो वे खाली क्लर्क बन पाते? अपनी बेटी के लिए उन्हें बहुत चिन्ता है। सच, उनका बस चले तो वे अपनी लाडली बेटी के लिए खुद एक्जाम दे दें। सेंट्रल स्कूल की बिल्डिंग दूर से दिखाई पड़ने लगी है। एक मौका और है। वे इसे हाथ से खाली नहीं जाने देंगे। अब नहीं तो कभी नहीं। सोनल गेट के अन्दर चली गयी तो फिर हाथ न आएगी। हाँ तो।

सोनू बेटा।

जी पापा!

बेटा, उसको देखो। कितनी फेमस है। यही मौका है सोनू।

जी पापा।

एक्जाम हॉल में घबराना नहीं बेटा—आराम से।

जी पापा।

हर प्रश्न को अच्छी तरह पढ़ लेना, समझ लेना, तब करना।

जी पापा।

बेटा, सब कुछ तुम्हारे हाथ है...तुम्हारी मम्मी...कुन्नी की आशाएँ...।

जी...।

हंड्रेड में हंड्रेड बेटा।

जी...।

सोनल सेंट परसेंट नम्बर कैसे ला सकती है? कोई भी कैसे ला सकता है? तो सोनल को हर कोई क्यों कहता है—स्कूल में, घर में, बिल्डिंग में। अब सोनल को हँसना चाहिए। नहीं, सोनल रो ले तो ठीक रहे। कपड़े फाड़े तो और ठीक। नहीं, सोनल फेल होकर अपनी प्रिन्सिपल, अपनी टीचर...अपनी मम्मी और अपने पापा...सभी को दंड देगी। यही ठीक रहेगा। यही। सोनल सोच रही है।

पापा कैसे जानें वह क्या-क्या सोच रही है।

कुछ बोलो सोनल बेटा।

क्या बोलूँ पापा?

कुछ भी बेटा, परीक्षा से पहले मन हलका रखो। टेन्शन नहीं।

अब सोनल क्या बोले?

लेकिन सोनल बोलना तो चाहती है।

वह बोलना चाहती है कि उसे सानिया नहीं बनना है। राष्ट्रपति से भी नहीं मिलना है। वह बोलना चाहती है कि उसे चक्कर आ रहा है। मितली आ रही है, दिल बैठ रहा है...हॉल में जाने से डर लग रहा है। वह बोलना चाहती है कि वह सौ में से सौ नहीं ला पाएगी। कल रात तो वह पारुल की तरह पंखे से झूल जाना चाहती थी लेकिन पापा का चेहरा सामने आ गया। पर बोलने से क्या होगा। कौन सुनेगा...सोनल किससे बोले?

रिक्शा रुक गया। सोनल उतर गयी। वह जाने लगी। पापा कुछ और कहना चाहे, लेकिन वह गेट की ओर बढ़ चली। ठीक है, सारी बातें तो पापा ने समझा ही दी हैं। सारी लड़कियाँ तनाव भरे चेहरे पर बनावटी हँसी लिये अपने-अपने पापा को टा टा कर रही हैं। अब सोनल भी टा टा करेगी, फिर लड़कियों के साथ अन्दर चली जाएगी।

लेकिन पापा खड़े ही रहे। देखते ही रहे। सोनल ने टा टा नहीं किया। वह लड़कियों के ग्रुप में नहीं गयी। वह अपने घर से सेंटर तक अकेले आयी थी। वह अपने पापा के साथ नहीं आयी थी। जो उसके साथ आये थे वह उसके पापा नहीं थे। वह उसके पापा जैसे थे लेकिन उसके पापा नहीं थे। वह सबके पापा जैसे थे, उसके पापा नहीं थे। वह तो मिस्टर वर्मा थे। वह अपने पापा की बेटी नहीं है। वह किसी की बेटी नहीं है। तब वह किसी को टा टा क्यों करेगी। वह गेट के अन्दर अकेले जाएगी। वह नहीं मुड़ेगी। वह किसी की ओर नहीं देखेगी। वह सीधे चली जा रही है। वह मिस्टर वर्मा को टा टा नहीं करेगी। उसने जकड़कर मुट्ठी बाँध ली है।

□

# साइकिल की सवारी

इन लोगों की पंचायत का क्या कहें! न उम्र का लिहाज न मरजाद की चिन्ता। लौंडे-लफाड़ी, बूढ़-पुरनिया एक साथ बैठकर पहले ठर्रा चढ़ाएँगे, फिर इधर-उधर की, फिर कुछ हाथापाई, तब कहीं जाकर मूड-मिजाज बनेगा और शुरू होगा पंचन का कारबार।

''बोलिए तो मैटरवा क्या है। कौन किसका रेप कर दिया भाई?''

हरखू नेता पूछ रहे थे। पर सब पीने-पिलाने में मस्त थे। मूड-परनी बन जाए तो काम की बात हो। सरोजवा कुछ हटकर बीड़ी पीते बैठी थी। उसका पिछवाड़ा पंचन की ओर था। मैटरवा क्या है, सुनकर उसने हरखू नेता को कनखी से घूरा, फिर दो कश जल्दी-जल्दी खींचकर बीड़ी को वहीं पैर के नजदीक दबा दिया।

नेता जी दूसरे गाँव में मीटिंग करके देर से लौटे थे। उन्हें कानों-कान खबर नहीं थी कि जोखुआ की मेहरारू आज रेत दी गयी थी खेत में। बस दो मिनट पहले कउनो कहा कि रेप-सेप का मामला है। राम आसरे मिसिर तो बच निकले लेकिन सरोजवा को किसी तरह टोले लाया गया। हरखू नेता सरोजवा को देखे तो भाँप गये कि यही होगी जिसको राम आसरे बाबू अपने हवस का निशाना बनाये। बगल में थाना-फाना खुलने से कुछ होता है क्या?

नेता जी समझदार आदमी थे। कल को टिकट-उकट का भी जुगाड़ बन सकता था। खोलकर काहे कहें किसी को। बात खराब करने से क्या। गाँव-गिराव में यह सब तो चलता ही रहता है। हरखू नेता क्यों अपनी पोजीशन खराब करें। उन्हें सब पता है। लेकिन मैटरवा पूरा समझ में नहीं आ रहा था।

''मैटरवा बताइएगा?'' वे फिर बोले।

''मैटरवा कुछ खास नहीं। खाली इतनी बात है कि आज दोपहर में राम आसरे सरोजवा की आबरू लूट लिये। सब चाहते हैं सरोजवा को थाने ले चलकर

रपट लिखवाएँ। बस इसी मारे सब जुटे हैं।'' बोधन ने बात को खोल दिया।

''खाली राम आसरे बाबू थे?'' नेता जी को विश्वास नहीं हो रहा था कि अकेले...।

बोधन महतो नजदीक खिसक आये। धीरे-से बोले, ''थे तो खाली वही, लेकिन हम और को भी लपेटना चाहते हैं।''

''काहे?'' नेता जी मुस्कुराये।

''इस मारे कि बीते साल अपने खेत में आग लगा के मिसिराने वाले पूरे टोले को फँसाये थे। फँसाये थे कि नहीं?''

''तो सरोजवा क्या चाहती है?'' नेता जी फिर मुस्की छोड़े।

''यही लिए तो पंचाइत हो रही है। अब पंचन खा-पी लें तो कुछ बातचीत हो।''

''कुछ तो बोलती होगी? अकेले में पूछा कि नहीं।''

''उस ससुरी का छोड़िए। उ तो मिसिर को भी निर्दोष करार दे रही है। कहती है राजी-खुसी गयी थी। झूठ रपट नहीं लिखाएगी।''

''तो पंचन क्या कर लेंगे?''

''पंचन की बात तो मानना पड़ेगा इसको।''

''न मानी तो?''

''अपने पूछकर देखिए।''

नेता जी सरोजवा की ओर घूम गये।

''क्या रे जोखुआ-बहू? कौन-कौन था हो?''

इतने में पंचगण भी, लौंडे-लफाड़ी भी, कार-बार में मुस्तैद हो गये। सरोजवा को घेरे में ले लिया।

''हाँ, तो पंचन के सामने बोल दे बिटिया।'' नेता जी पूछ-पाँछ का चार्ज सँभाल लिये थे।

''खोल दे मुँह सरोजवा, बोल दे रे।'' पंचन में से कोई बोला।

सरोजवा कुनमुनायी। अब बोलेगी। बोल ही पड़ी।

''सब जोखुआ का पता है। सेकेंड हैंड साइकिल दिया है रामआसरे ने इसको।'' सरोजवा ने मुँह खोला।

पंचन में गूँ-गाँ हुआ। खी खी ही ही भी हुआ।

''का बे जोखुआ, बात सही है? साले तू सेकेंड हैंड साइकिल पर चढ़ता है और रामआसरे सेकेंड हैंड सरोजवा पर सवारी कर रहे हैं?'' दूसरे पंच ने खी-खी रोककर पूछा।

लेकिन सभी हँस पड़े।

"झूठ बोलती है सरोजवा।" जोखुआ और उसका बाप साथ-साथ बोले।

"रामआसरे को काहे कहते हैं, इसका बाप भी बुरी नजर रखता है हम पर।" वह जोखुआ की ओर उँगली दिखाते हुए बोली।

"अरे बुजरी, पेट से थी तो लाया था तुझे। दो से छूटी थी रे....। मेरी बियहता नहीं है तू। बाबू पर उँगली उठाती है नीच। कच्चा चबा जाऊँगा...कच्चा।" जोखुआ पनही लेकर दौड़ा।

"तुझे पता नहीं राम आसरे राखे हैं तुम्हारी सरोजवा को?" वह बोली।

"काट डालूँगा रे निर्लज्ज।" जोखुआ दाँत मिचमिचाते हुए बोला।

"अच्छा चुप-चुप। लड़ मत मरद से। बोल कि तेरे साथ बलात्कार हुआ कि नहीं?" नेता जी ने उसको पुचकारा।

सरोजवा मुँहफट थी। कुछ मूर्ख भी।

"बलात्कार क्या होता है? तोहर मतलब...।"

"खीं खी खी...ही ही ही...हा हा हा...।"

वही जो जमींदार लोग तेरे साथ रहर के खेत में किये दोपहर में।" पंच में से कोई बोला।

"तो खाली राम आसरे बलात्कार किये। उनके अलावा जिसका-जिसका नाम लिये कोई नहीं था। वह भी बलात्कार हमारी राजी-खुसी से किये।"

"राजी-खुसी से रे सरोजवा?"

"हाँ, हम झूठ नहीं फसाएँगे।"

सब चुप! नेता जी भी। महतो भी। पंचन भी। लौंडे-लफाड़, धिआ-पूता भी। गाय-गोरू, पेड़-पंखेरू भी। हवा-बतास भी। सब चुप। कुछ देर बाद चुप्पी टूटी।

"साली बलात्कार का मतलब नहीं समझती है। अँग्रेजी छाँटती है। झूठ से बहुत परहेज है इसको। सब करेगी लेकिन झूठ कैसे बोल दे।" जोखुआ पनही लेकर फिर दौड़ा।

वह अपनी जगह से टस-से-मस नहीं हुई। बीड़ी सुलगाने लगी थी। जानती थी जोखुआ की हिम्मत नहीं कि पास फटक जाए। खाली बन्दरघुड़की है।

"हे छोकड़ी! बोल, बलात्कार हुआ कि नहीं? दस गो जमींदार लेटाया कि नहीं रे खेत में बारी-बारी से। डरती काहे है?" रिबई गुस्सा कर बोले।

"नहीं। हम डर नहीं रहे हैं। हम बचपन से आज तक किसी से नहीं डरे रिबई काका।"

"तो कौन-कौन था? क्या सब हुआ...बेधड़क होकर बोल।"

"खाली राम आसरे। वह भी राजी-खुसी से गयी थी। मेरे साथ जोर-

जबर्दस्ती नहीं हुआ।''

''लेकिन बिटिया सुनो, बोलना है कि सामूहिक बलात्कार हुआ। इज्जत लूटे हैं लोग।''

''लूटे नहीं हैं तो काहे फँसाऊँ? हमसे न होगा।''

''भैया इस घोड़ी को सिखाना पड़ेगा बलात्कार क्या होता है? का हो भिखारी?'' पंचन में से कोई बोला।

''अपना विचार भी यही है। मान जाए तो ठीक है नहीं तो बुजरी को सिखा देंगे।'' भिखारी भगत मूँछ ऐंठते हुए बोले।

इसी पॉइंट पर सरोजवा को डाँट-फटकार कर भगा दिया गया। लेकिन पंचायत अभी जमी रहेगी। बाद में सरोजवा के केस का निपटारा भी होगा। नाच-गाना, ढोल-मजीरा, पीना-पिलाना फिर शुरू हो गया।

टोले के कुछ पुरुष इस नाच-गाने में शामिल नहीं थे। वे एक योजना पर काम कर रहे थे। कुछ देर बाद प्रकट हुए।

''अच्छा अब इ नौटंकी बन्द कीजिए और बताइए कि इस जिद्दी से कैसे निपटा जाए?'' उनमें से एक सज्जन बोले।

रात हो गयी थी। अँधेरा छाने लगा था। कच्ची शराब का नशा चढ़ रहा था। पिल्लों को डाँट-डपटकर भगा दिया गया। सत्तर साल से ऊपर के बूढ़ों को भी किनारे किया। बोधन महतो ने सरोजवा के पति जोखुआ की ओर मुखातिब होते हुए पूछा, ''बोल बे, राम आसरे ने साइकिल दिया है तुझे?''

वह चुप रहा। पूरी साइकिल नाच गयी आँख के सामने। कहीं पंचन साइकिल जमा करने के लिए हुकुम न सुना दें।

''पूरा मैटरवा अभी भी समझ में नहीं आया।'' नेता जी उलझन में थे।

''अपने मेहरिया को रपट लिखाने के लिए मनाएगा कि हम उसके साथ कुछ करें?''

''जो पंचों की मर्जी।'' वह बोला। साइकिल बची, लाखों पाये, सरोजवा चाहे भाड़ में जाए।

''काका जो समझ में आए करिए, मुझे कोई एतराज नहीं।''

''तो सुन जोखुआ, हम तेरी मेहरिया को मजा चखाएँगे। तब समझेगी बलात्कार क्या होता है और रपट कैसे लिखायी जाती है। बिना मजा चखे मुँह नहीं खोलेगी। घाट-घाट का पानी पीकर यहाँ पहुँची है ससुरी।''

जोखुआ अपनी साइकिल में नयी गद्दी और घंटी लगवाने के बारे में सोचता जा रहा था।

''कहीं ज्यादा मुँह खुल गया तो?'' रिबई सतर्क करना चाहे।

"तो अपने राम किसुन पासी दरोगा जी किस दिन के लिए हैं? ऊ हैं तो कुछ तो करेंगे ही। पुरनका जमाना लद गया बच्चू।" बोधन उन्हें उलटा समझा दिये।

सरोजवा के ऊपर अत्याचार में टोले के कुल सात पुरुष शामिल हुए। घर में ही धर-दबोचा। पहले दोनों हाथ चारपाई में कस के बाँध दिया, फिर मुँह में कपड़ा ठूँस दिया। पैर दोनों खुला छोड़ दिया कि तड़पेगी तो अच्छा लगेगा। सातों पुरुष उसको देखे जा रहे थे...देखे जा रहे थे। अँधेरे में वह किसी को भी नहीं देख पा रही...जोखुआ को भी नहीं। जैसे वह कोई स्वप्न देख रही हो। एक दुःस्वप्न के एहसास से तो नहीं गुजर रही थी? कुछ दुःस्वप्न सुबह होते-होते हम भूल जाते हैं या सुविधापूर्वक भुला देते हैं।

खैर! फिर क्या-क्या न हुआ कि सरोजवा सरोजवा न रही। कुछ से कुछ में तब्दील हो गयी सरोजवा। एक-एक कर उन पुरुषों ने अपने मन की मुराद पूरी की। क्या सरोजवा अब भी मिसिराने वालों का नाम नहीं लेगी?

सबकी आवाजाही हो गयी तो जोखुआ की बारी आयी। वह चारपाई पर बैठ गया। उसी चारपाई पर जिस पर सरोजवा पड़ी थी। उसने अपनी मेहरिया का हाथ खोला, मुँह से कपड़ा निकाला। पैर खोलने की तो बात नहीं थी। सरोजवा मुक्त हो गयी। जोखुआ धीरे-धीरे सरोजवा के साथ लेट गया। लेकिन वह खाली लेटा रहा। सरोजवा ने अपने दोनों हाथ उसकी नंगी पीठ पर पसार दिये। फिर वह धीरे-धीरे उसे सहलाने लगी। जोखुआ का मन हुआ रोए या अपनी मेहरिया के ऊपर लेटे। वह उसका कान और बाल रगड़ने लगी कि कुछ तो असर हो। लेकिन यहाँ तो जोखुआ का मन भोकार छोड़कर रोने का हो रहा था। वह न हँस रहा था, न रो रहा था। कुछ देर में सरोजवा की आँख लग गयी।

सरोजवा की मुठभेड़ ऐसे दुःस्वप्नों से कई बार हो चुकी थी। वहशी उसका बाल भी बाँका नहीं कर सके। सुबह वह नहा-धोकर एकदम तैयार थी। जोखुआ अभी भी सोया पड़ा था। सरोजवा सुबह से कई बार उसे जगा चुकी थी लेकिन वह ऊँ आँ करके फिर सो जाता था। सरोजवा ने चुटकी ली—"लगता है उन राक्षसों को तू झेला है रे जोखुआ। अरे चल उठ, नाश्ता-पानी कर।" वह उठा तो लेकिन जगा नहीं। चारपाई पर बैठा रहा। सरोजवा खींचकर उसे बाहर लायी तो वह धम्म से जमीन पर बैठ गया। वह चिन्ता में हो गयी। क्या हो गया जोखुआ को आखिर? काहे अनबोलता हो गया है यह गबरू जवान? अपने ससुर को बुलायी गोली काका और रिबई को भी पकड़ लायी, दिनभर झाड़-फूँक चला, ताबीज गंडा भी बँधा पर जोखुआ तो जैसे कुन्द हो गया था।

दोपहर में जोखुआ की आँख खुली तो सरोजवा का हाथ पकड़कर बोला, "जैसा पंचन कहते हैं, बोल देना। सबका नाम लिखवा देना। बड़े पापी हैं ई जमींदार लोग रे। समझी। मेरी जिनगी चाहती है तो बोल देना रे सरोजवा।"

वह गोदी में जोखुआ की मूँड़ी लिये रोते बैठी थी कि रामकिसन पासी थाना इंचार्ज मोटर साइकिल से धड़धड़ाते हुए आ पहुँचे। फिर पूरा टोला जुट गया। अपना समझ सारे लोग दरोगा जी को घेर लिये। नंगे-बूचे बच्चे मोटर साइकिल का हार्न तक बजा डाले। मुंशीजी मारने दौड़े तो दरोगा बोले—खेलने दीजिए।

दरोगा जी कुर्सी पर बैठकर सवाल पूछने लगे। मुंशी खड़े-खड़े कुछ नोट करने की मुद्रा में आ गये। कहीं से चारपाई लायी गयी तो मुंशीजी नाक सिकोड़ते हुए बैठ ही गये।

"हाँ तो साफ-साफ बोल सरोजवा, कौन सब थे जो तेरे साथ दुष्कर्म किये? नाम गिना जल्दी-जल्दी। लटकवा दूँगा सालों को।" दरोगा जी दहाड़े। उधर मुंशीजी की कलम तैयार थी, लेकिन सरोजवा बोले तब न। घंटों जद्दोजहद के बाद भी वह मुँह न खोल सकी। सारे पंच एक ओर, सरोजवा एक ओर। दरोगा ने एड़ी-चोटी का पसीना एक कर दिया पर उसके कान पर जूँ तक नहीं रेंगी। "कौन-कौन मुँह काला किया रे तुझसे? बोलती क्यों नहीं रे?" दरोगा जी बमके, पर जोखुआ का सिर सहलाते बैठी रही। अलीगढ़ी ताला जड़ ली थी होठ पर।

लोग बेचैन हो उठे। आखिर हो क्या गया है इस औरत को! जोखुआ ने समझाया नहीं क्या? पगला गयी है। फिर एक-दो और लोगों ने कहा, पगला गयी है। सबने कहा, सरोजवा पगला गयी है। महतो जी ने कहा, "नहीं, खेत में जहाँ इसके साथ मिसराने वाले मजा लूटे हैं, वहीं रमकन्ना को हम लोग गाड़े थे। वही चढ़ा है इसके ऊपर। रुको-रुको रमकन्ना भी जूता का आदमी था। चार जूता लगाइए अभी होशा जाएगी।"

महतो ने जूता उतारकर चला ही दिया। पर सरोजवा मजबूत कद-काठी की थी। बायें हाथ से महतो की कलाई पकड़कर झटक दी। महतो वहीं लुढ़क गये, जूता छटककर दूर जा गिरा।

बौड़मवा जाबिर मनई था, भूत-सूत नहीं मानता था। जूता उठाकर महतो के गोड़ में पहना दिया। फिर बोला, "काका बहू-बेटी पर लात-जूता चलाना पाप है, इनके साथ संगत करने जैसा महापाप। हटिए, भागिए।"

अब तक जोखुआ आँख मिचमिचाने लगा था। फिर उसकी आँख पूरी खुल गयी। भीड़ देखकर घबराया नहीं, वह सरोजवा का हाथ लेकर अपने गाल पर फेरने लगा। सरोजवा ने पूछा, "तबीयत कैसी है रे जोखुआ।" वह बोला, "ठीक हूँ।"

सरोजवा को विश्वास नहीं हुआ। ''ठीक है तू, ठीक है न।'' उसने दो बार पूछा। जोखुआ धीरे-धीरे खुद से बतिया रहा था—''साइकिल वापस कर दूँगा। नहीं तो एक-एक पुर्जा उखाड़ डालूँगा। हमारे लिए नहीं है साइकिल-फाइकिल।'' फिर जोखुआ रोने लगा। अपना बाल नोंचने लगा। उसे इस प्रकार रोता देख सरोजवा भी रो उठी। बाकी सब हँसने लगे।

''नाम बतायी या नहीं?'' जोखुआ ने कुछ देर बाद पूछा।

''किसका?''

''बभनौटी वालों का। देख सरोजवा...।''

सरोजवा अपने मरद को देखने लगी। ऐसी देखी मानो सरोजवा न होकर सरोजा देवी हो। आँखों से भला ऐसा चिह्न, ऐसी असहमति, ऐसी ज्वाला ऐसी औरतों को कहाँ? जोखुआ अधिक देर तक आँख नहीं मिला सका। उसकी आँख नीचे हो गयी। आँख-नाक दोनों नीचे हो गयी। पूरा मूँड़ नीचे हो गया।

अब हरखू नेता की बारी थी। बोले, ''सरोजवा बिटिया, चुप काहे है रे, मिसिराने वाले क्या सब किये बताव न। कैसे लोग तोहरी आबरू लूटे, बोल दरोगा जी के सामने।'' सरोजवा चुप रही तो हरखू नेता पास खिसक आये। कान में बोले, ''अच्छा राम आसरे तो तेरे साथ जोर-जबर्दस्ती किये, उन्हीं का नाम बोल दे।'' वह चुप ही रही।

''नाम जानती है रे?'' दरोगा ने धीमे से पूछा।

''हूँ।'' सरोजवा ने कहा।

सभी चुप हो गये साँस ऊपर-की-ऊपर, नीचे-की-नीचे रह गयी। किसका नाम ले ले, किसका नाम भूल जाए। किसका जोड़ दे, किसका छोड़ दे। पागल तो है। फाँसी चढ़वा दे कि उम्रकैद करवा दे। जोखुआ कहाँ से उठा लाया इस काल को।

सरोजवा खेत और जंगल की ओर देखते हुए मुँह खोली।

''पहले सुअर ने भोगा हमको, फिर कुत्ता ने भोगा, फिर सुग्गा, बगुला, गौरैया, खेत, पेड़, कुदाल, हँसुआ, खुरपी और आखीर में जोखुआ ने भोगा। रपट लिख लीजिए मुंशी जी।''

किसी को कुछ न सूझा कि सरोजवा बोल क्या रही है। सातों बलात्कारी सन्न।

''इ चिड़िया-चुडुँगा, लोहा-लक्कड़...क्या बोलती है।'' मुंशी जी खीस निपोरते हुएँ बोले। सभी हँस पड़े। खाली दरोगा जी नहीं हँसे। मुंशी जी की बात पर उन्हें कभी हँसी नहीं आती थी।

''बाकी सब तो छूट जाएँगे पर जोखुआ चला जाएगा रे लौंडिया।'' मुंशी

जी चेतावनी दिये, समझाये। पर सरोजवा ने बयान नहीं बदला। एकदम नहीं बदला। मुंशी जी ने खी...खी...खी करते हुए कहा कि एक बार दुहरा देता हूँ कोई नाम जोड़ना-घटाना है तो जोड़-घटा ले। रपट बदलना है तो बदल दे। वह रपट पढ़ने लगे। फलाँ दिन फलाँ समय थाना हुसैनपुरा के धर्मपुर की सरोजवा के साथ सुअर, कुत्ता, सुग्गा, गौरैया, पेड़, हल, कुदाल, हँसुआ और जोखुआ ने बारी-बारी से बलात्कार किया, इत्यादि-इत्यादि।

अपराधियों का नाम सुनकर बौड़मवा हँसा तो सब ठठाकर हँसने लगे। नंगे-बुचे बच्चे भी सुअर-कुत्ता-गौरैया-हल-कुदाल बोल-बोल कर ताली बजाने लगे।

मुंशी जी सरोजवा को घूरे, "ठीक है न?"

"कुछ नहीं जोड़ना-घटाना।" वह आँख-से-आँख मिलाते हुए बोली। ऐसे कहीं आँख मिलाया जाता है?

मुंशी जी ठिठककर दूसरी ओर देखने लगे।

दरोगा मुंशी जी से बोले, "मुंशी जी, कागज फाड़ दीजिए। इ कैसे सम्भव है। किसको अभियुक्त बनाइएगा? अपने आदमी को फँसाने के लिए नाटक कर रही है ससुरी। चरित्रहीन कहीं की।"

पर मुंशी जी ने प्रोटेस्ट किया। नियम पर उतर आये, "फाड़ कैसे दें साहेब, यह एफ.आई.आर. बुक है। कैसे फाड़ेंगे। एस.पी. साहेब भी नहीं फाड़ सकते।" वह गुस्सा गये। दरोगा बोले, "ठीक कहते हैं मुंशी जी। नियम सबके लिए बराबर है। इस छुट्टा गाय के चक्कर में हम आप क्यों फँसें। चौकीदार से कहिए, जोखुआ को लेकर थाने पहुँचे।"

सरोजवा के लिए गाय सुन मुंशी जी का मूड खराब हो गया। वह 'छुट्टा' नहीं सुन पाये।

"गाय नहीं, सुअरिया कहिए, सुअरिया।" मुंशी जी ने दरोगा जी को सुधारते हुए कहा। दरोगा जी चुप हो गये।

"एक बात है, मुझे लगता है बोधन महतो ठीक कह रहा था।" दरोगा जी मोटर साइकिल स्टार्ट करते हुए बोले।

"क्या?" मुंशी जी ने उत्सुकता से पूछा।

"यही कि ससुरी के अन्दर कोई प्रवेश कर गया है। कैसा ऊबड़-खाबड़ बयान दी है।"

"सर झूठ नहीं बोलते, पर इधर के लोगों में भूत-सूत बहुत चलता है। घुस गया होगा कोई।" मुंशी जी बोलकर दरोगा जी की पीठ की आड़ में अपनी मूँछ पर ताव देने लगे।

थाना इंचार्ज ने बात अनसुनी करते हुए मोटरसाइकिल की स्पीड बढ़ा दी।

मुंशी ने उनका मूड खराब कर दिया था। बोल दिये न वही जो सोचते रहते हैं मुंशी महराज। मन किया कि उलट दें मोटर साइकिल को, एक्सीडेंट कर दें मुंशी का। मार डालें। कोई सिविलियन यही बात कहा होता तो आज भूसा भर देते। चौराहे पे नंगा करवा के पिटवाते इसी हरामी से। बोटी-बोटी नोचवा लेते। साला कानून पढ़ाता है। एस.पी. साहब भी नहीं फाड़ सकते! बचा लिया न अपने लोगों को। जोखुआ का नाम नोट करके पीछे सीट पर कैसे बैठा है। अरे तुम्हारी...की, साले तू मुंशी नहीं होता तो मुझे फाड़ के रख देता अभी के अभी।

मोटर साइकिल की स्पीड बढ़ती जा रही थी। मुंशी जी डरने लगे। सोचने लगे—इसके पहले साठ तो कभी डकाया नहीं था दरोगवा साला, आज पैंसठ सत्तर और अस्सी तक पहुँचा जा रहा है। धिमाव रे मोटर साइकिल। धीरे चलाव। जान की फिकर तो होती नहीं तुम लोगों को। धिमाव बे फटफटिया। हवा से बातें करने लगा है।

"मुंशी जी?"

"सर।"

"कौन-कौन नाम लिया था सरोजवा ने?"

"यह कुत्ता-सुअर-गौरैया-फौरैया, खुरपी-सुरपी। और जोखुआ का भी।"

"जमींदार लोगों को क्यों छोड़ दी?"

"डर गयी होगी साहेब, मामूली आदमी है न।"

"बेवकूफ है लड़की। सबको भूल जोखुआ को ले डूबी।"

"काहे? शेर भूल गयी क्या कि हाथी कि साँड़ कि घोड़ा कि तोप कि तलवार कि भाला कि बन्दूक?" समझ रहे हैं साले दरोगवा तुम क्या सोच रहे हो। अगर वह कहीं राम आसरे का नाम ले लेती तो तुम खुश हो जाते। जोखुआ क्या फ्री में सेकेंड हैंड साइकिल पर चढ़ेगा?

मुंशी जी सोचे कुछ, बोले कुछ और।

"बेवकूफ नहीं साहेब, आपने ठीक कहा था, चरित्रहीन है। किसी से फँस गयी है इसलिए जोखुआ को रास्ते से हटा रही है। अब किसी के यहाँ बैठ जाएगी। जोखुआ मजे से पुरानी साइकिल की सवारी करेगा।"

स्पीड फिर खिंचने लगी, अस्सी पचासी, नब्बे।

क्या हो गया है साहेब को? इतना गुस्से में फिर काहे चलाने लगे? आँय। थाना आ गया था। मोटर साइकिल बरामदे में घुसती चली गयी। जोखुआ, जोखुआ साला कहाँ है रे? साला थाने पहुँचा कि नहीं, सिपाही की लाठी खींचते हुए दरोगा जी चिल्लाये। जोखुआ खम्भे से बँधा हँस रहा था। दरोगा जी को देखते ही बोला, खोलवाइए जल्दी, सिपाही मारते-मारते लीद निकाल लिया है। कहे

कि दरोगा जी जात भाई हैं, मारते देख लिये तो नौकरी से चले जाइएगा। लेकिन सिपाही जी सुनें तब न!

दरोगा की आँखों में खून उतर आया। लगा जोखुआ को खा जाएँगे।

मुंशी जी, साले को पिछवाड़े ले जाकर नीम के पेड़ से बाँध दीजिए। मेरी लाठी निकलवाइए, सरसों का तेल भी खौलवा लीजिए। सिपाही से कहिए पिछवाड़े कोई आने न पाए। आज खाली आप रहिएगा। खाली मैं रहूँगा। खाली नीम का पेड़ रहेगा। खाली लाठी रहेगी। खाली जोखुआ का दोनों पैर रहेगा। बस्स...। देखता हूँ स्साले को...कैसे चढ़ पाता है अब साइकिल पर...।

□

# अन्तिम अध्याय

मैं भी इस कहानी में शामिल रही हूँ शुरू से आखीर तक। पर कुल मिलाकर यह है तो मेरे पति और उनके परिवार की कहानी। उनके दोनों बेटे, उनके माँ-बाप और वे खुद इस कहानी के मुख्य किरदार हैं। आप कह सकते हैं, आखिर मुझे तो इस कहानी के केन्द्र में होना चाहिए था। आप सही हैं। पर यह बताना जरूरी नहीं समझती कि पूरी कहानी बनने के दौरान मैं सन्न क्यों रही। इस कहानी का कथ्य भी यह नहीं है। आप कहानी सुनिए और इस बात से खुश हो जाइए कि जब इस कहानी का अन्तिम अध्याय लिखने का समय आया तो कलम मेरे हाथ थी।

कहानी तब शुरू हुई जब हमारे सनी ने अमेरिका जाने का फैसला लिया। हम बहुत खुश हुए। मैं सचमुच खुश थी। फिर सनी ने वहीं बस जाने का फैसला कर लिया। यह खबर हमारे छोटे से परिवार के लिए एक सुखद धक्का जैसे थी। चिट्ठी पढ़कर मैं चुप रही। इन्होंने तुरन्त फोन लगाया, बेटे से बोले, इंडिया आओ, मिलो, तब फैसला करो। उसने फोन पर ही विनम्रतापूर्वक समझा दिया। सनी की आवाज तो मुझे नहीं आ रही थी और ये भी इधर से कुछ खास बोल नहीं सके थे। पर इनका चेहरा कैसा-कैसा हो रहा था। उस रात मैंने अकेले खाना खाया।

मेरे पति अपने दोनों बेटों से बेइन्तहा प्यार करते थे। शायद ये कहना ठीक हो कि इस मामले में वह माँ की भूमिका में रहे और मैं उनकी। यह बताना मुश्किल है कि यह भूमिका का बदलाव कब और कैसे हुआ। बचपन से ही दोनों इन्हीं से हिले। पापा और बेटों का यह रिश्ता ऐसे गहराया कि मैं हाशिये पर पहुँच गयी। पर अगर आप मुझसे सच पूछिए तो मैं कहूँगी कि इसमें मेरी मौन स्वीकृति भी थी। जिस घर में मेरे हाँ के बगैर एक पत्ता भी न हिलता हो वहाँ किसी को मजाल क्या कि मेरे बच्चों को हथिया ले। कम-से-कम मुझे तो यही लगता था कि घर की निर्विवाद मालकिन मैं ही हूँ।

अगर मैं दिल की बात कहूँ तो मुझे अच्छा लगता था कि तीनों कैसे एक-दूसरे पर जान छिड़कते हैं। बच्चों की सारी छोटी-छोटी यात्राओं की मंजिल उनके पापा थे और पापा की दुनिया उनके दोनों बेटों से परे कुछ भी नहीं थी। इन सब में मैं कहाँ थी?

हमारे बीच कभी तकरार होती तो दोनों इन्हीं की तरफ खड़े रहते। यह सब मैंने होने दिया।

मेरे घर में मेरी आँखों के सामने इस रिश्ते ने एक ऐसा त्रिकोण स्थापित कर लिया कि मैं एक बिन्दु की तरह कभी इस कोने पर बैठती तो कभी उस कोने पर। केन्द्र में मुझे अधिक देर तक रहने नहीं दिया जाता। पर यही सच है कि यह त्रिकोण मेरा था और मैं कभी बाहर से और कभी किसी कोने से या कभी त्रिकोण के बीच में स्थित होकर मुग्ध होती रही। सनी के फैसले ने जब इस त्रिकोण को तोड़ा तो मैंने खाली भुजा भरने की कोशिश की। पर यह कोशिश नाकाम रही। इस घर में अब त्रिकोण और त्रिभुज युग का अन्त आसन्न था।

दरअसल हुआ यह कि अब सोनू ने वही करने का फैसला किया जो उसके भाई ने किया था। फोन पर तो कुछ नहीं बोला था। बस घर आया पैसों के लिए। कहा परसों फ्लाइट है। वह आस्ट्रेलिया जा रहा था।

मुझसे बोला पापा से आप ही कहिए। वह खुद क्यों नहीं बोला। मैंने उससे नहीं पूछा कि तुम खुद क्यों नहीं बताते। मुझे लगा कि वह उनका दिल दुखाना नहीं चाहता है। आज तक मैं यही सोचती हूँ।

मैंने खाने के बाद रात को इन्हें बता दिया। ये कुछ नहीं बोले। सुबह इन्हें काफी बुखार था। सोनू अपने दोस्तों से मिलने चला गया। इनकी तबीयत कुछ ठीक हुई तो ये बैंक गये। पैसे मुझे देकर सीधे अपनी बहन के घर चले गये। सोनू सुबह चला गया। जाते वक्त उसके पापा ने सिर्फ एक बात कही, कोशिश करो कि दोनों भाई एक जगह रह सको। इससे आपस में मिलते-जुलते रहोगे। सोनू के जाने के बाद ये दिन भर खिन्न रहे। शाम को हम चाय पी रहे थे। इन्हें जाने क्या सूझा कि एकदम से मुझसे सट गये। मुझे भींचने लगे। फिर बोले सुमित्रा, बचपन में बच्चे जो कुछ बोलते हैं, जैसा प्रेम दिखाते हैं, सब इनका बचपना होता है क्या?

मैंने उनकी तरफ देखा और मुझे हँसी आ गयी। सोनू के जाने वाले दिन ही मैं ऐसे हँस गयी। कितना बचपना खुद था इनकी बातों में। वे मुझे बस ताकते रहे। दुधमुँहे बच्चे की तरह।

इनको कलपता देख मैंने बड़े वाले को एक चिट्ठी लिखी। बस मैं कुछ ऐसी

ही हूँ। टेलीफोन पर सब नहीं कह पाती हूँ, चाहे अपने बच्चे ही क्यों न हों। झिझक तो लेकर जैसे पैदा ही हुई थी। इंटर से आगे भी पढ़ने का मन था तो दोनों भाइयों की इंजीनियरिंग की पढ़ाई आड़े आ गयी। मम्मी-पापा के साथ मैं भी उनके लिए ही दुआएँ करती रही। मेरे हिस्से के पैसे से दोनों भाई होस्टल में मौजमस्ती करके इंग्लैण्ड चले गये। फिर पड़ोसी से ब्याह करने की बात सोचना तो जैसे जुर्म से भी बढ़कर कोई जुर्म है। मैं फिर हारी। जल्दी-जल्दी इनके पल्ले बाँध बुढ़ौती अच्छी काटने की आस में मम्मी-पापा बेटों के पास इंग्लैण्ड जा बसे। अपने बच्चे हुए तो इन्होंने हथिया लिये। अब उनसे भी कुछ कहना है तो बस लिख सकती हूँ। पहली बार कलम-कागज लेकर सात समुन्दर पार बैठे बड़े बेटे को लिखा फैक्स और न जाने किस-किस चीज का जमाना है। अभी लिखा, अभी मिला।

"...तुम्हारा भाई आज चला गया। तुम तो जाने से पहले महीनों तक भूमिका बाँधते रहे थे। वह परसों आया, पैसों की जरूरत थी...और आज चला गया। तुम लोगों को तो पता ही है कि तुम्हारे पापा कितना चाहते हैं अपने बच्चों को। तुम गये तो ठीक था...हम सभी खुश हुए थे। पर अब यह क्या। कौन सँभालेगा इनको। कैसे रहेंगे अपने बच्चों के बिना। अभी तो जनाब दिल्ली पहुँच रहे होंगे। कल पाँच बजे शाम की फ्लाइट है। तब तक तो ठीक है। ये यही सोचते बैठे हैं कि हवाई जहाज पर बैठने से पहले उसका मन बदल जाएगा। क्या तुम इसमें हमारी कुछ मदद कर सकते हो। उसके पास मोबाइल फोन है—मम्मी।"

मेरा अनुमान है कि हवाई जहाज उड़ने से पहले दोनों भाइयों में कुछ गप-शप हुई होगी। आस्ट्रेलिया के बारे में, अमेरिका के बारे में...नयी-नयी नौकरियों के बारे में...सेल फोन के नये मॉडल के बारे में...मम्मी के बारे में, पापा के बारे में।

इन्हें अगले साल रिटायर होना था। इस बीच सोनू के खतों से जाहिर हो चुका था कि उसे भी विदेश रास आ चुका है। उसने आस्ट्रेलिया में बसने का फैसला कर लिया था। मैं यह तो नहीं कहूँगी कि सोनू के जाने के बाद ये टूट गये क्योंकि बाहर से ऐसा नहीं लगता था। उनके अन्दर क्या घटता था, इसके बारे में मैं अधिक नहीं कह सकती। बच्चों से घिरे रहते थे तो अन्दर कब झाँकने ही दिया था इन्होंने। दोनों बेटों के चले जाने के बाद ही ये मेरे करीब आये। फिर तो आते ही गये।

फिर एक दिन इन्होंने कहा, घर चलेंगे। माँ और बाबूजी को यहाँ लाएँगे। वह दोनों भी अकेले हैं। इतना तो मुझे मालूम ही है कि ये पिता-प्रेम इनके यहाँ खानदानी है। मेरी सास बताती थीं कि यह खुद शादी से पहले तक अपने बाबूजी

से चिपके रहते थे।

मैंने कहा देखिए मुझे सनी और सोनू की फिकर नहीं। मैं पहले आपको जानती हूँ, सनी और सोनू से बाद में भेंट हुई है। आपकी खुशी से मेरी खुशी। आप चाहते हैं घर चलना तो चलिए। पर वो लोग आएँगे क्या।

मेरे पति और मेरे ससुर की मुलाकात का वह क्षण मेरे साथ हमेशा रहेगा। बाबूजी कभी-कभार हुक्का गुड़गुड़ाते थे। ये अपने हाथ से तम्बाकू बनाकर ले गये। फिर ये वहीं पैंताने बैठ गये। बाबूजी का पैर सहलाते बैठे रहे। ये थे और बाबूजी। मेरी सास किचेन में थीं। वैसे तो ये कम ही आये-गये। पर जब भी आते मेरी सास किचेन नहीं छोड़ती थीं। मेरी छुट्टी। ये अभी भी बाबूजी का पैर पकड़े बैठे थे। मेरे ससुर ऐसे कि बस कम ही बोलते थे। हुक्का धीरे-धीरे पीते हुए नीम के पेड़ को ताके जा रहे थे। शायद इनसे शिकायत कर रहे हों कि इतने दिनों बाद...। मैं खिड़की के पास खड़ी इनको देख रही थी। मैं और क्या करती। जाने कैसे बच्चों जैसे लग रहे थे। बड़े मुलायम से...निर्मल...दीन। फिर शायद धीरे से कुछ बोले होंगे। मैं सुन नहीं पायी। बाबूजी का नीम के पेड़ को एकटक देखे जाना जारी था। इनका बुदबुदाना भी जारी था। कुछ देर बाद ये वहीं बाबूजी के बगल में लेट गये।

सुबह इन्होंने बाबूजी को बरामदे में पकड़ा। सास फिर से इनके लिए मखाने तल रही थीं। मैं फिर से खिड़की पर थी। बरामदे में नीम का पेड़ नहीं था। बगल में हुक्का भी नहीं था। तो बाबूजी इन्हें ही देख रहे थे। ये और भी निर्मल, और भी दीन लग रहे थे। फिर इन्होंने कहा—रात में आपने ध्यान नहीं दिया, सोनू भी बाहर चले गये। बहुत बड़ी नौकरी लगी है...बाबूजी...हम लोग अकेले हैं...अकेले हो गये हैं। हम चाहते हैं कि आप लोग हमारे साथ चलें। आप भी तो अकेले हैं...आप दोनों।

मैंने इससे पहले इन्हें रोते नहीं देखा था। तब भी नहीं जब मैं सोनू का सामान पैक कर रही थी। और तब भी नहीं...जब सोनू इनके पैरों पर झुका था।

मेरे ससुर सीधे-सीधे...तैयार हो गये। पर सास का दबदबा था। उन्हीं का राज था, उन्हीं की बात थी। बिना उनके मेरे ससुर हिल भी नहीं सकते थे। मैं तैयार थी कि गुस्से का घड़ा मेरे सिर फूटेगा। अगर ये अपने माँ-बाबूजी से कटे रहे थे तो मेरा भी दोष होगा ही। पर मेरी सास कुटिल नहीं हैं। मुझसे अधिक अपने बेटे पर हक बनता है उनका। उसी को बोलीं।

''दुलहिन, नन्हे कहाँ हैं? सो रहे हैं क्या। हम कानपुर नहीं जाएँगे। बता देना।''

फिर वे चुप हो गयीं। गुस्से से होठ फड़फड़ा रहे थे। वर्षों से सोये क्रोध और प्रेम का लावा उबल आया था उनके चेहरे पर। लगा अब आगे कुछ नहीं बोल पाएँगी। पर यह भी कहा, "हमारे लिए तो नन्हे सदा परदेस में ही रहे-बसे। हम खिलौना नहीं हैं, बोल दो अपने पति से। सन्नी सोनू के बिना मन नहीं लगता है तो तुम लोग यहाँ खुद आ जाओ। हम दोनों में से कोई नहीं जाएगा।" आगे नहीं बोलीं तो क्या। अनकहा नहीं रहा था कुछ भी।

उन्होंने बेटे से खोलकर नहीं कहा था। शायद मेरा लिहाज किया। कितनी ही बार होली-दीवाली पर इन्होंने बहाने बनाये थे। दूसरे मौकों पर कभी तबीयत तो कभी बच्चों के एक्जाम, कभी इनका मूड तो कभी मेरा मूड आड़े आता रहा। माँ-बाबूजी अधिकतर अकेले ही रहे। जब उन्हें नन्हे की जरूरत थी, खिलौने की जरूरत थी, इन्होंने मनीऑर्डर से काम चला लिया था। आज मैं सोचती हूँ शायद मैं भी चूक गयी।

सुबह हम लोग कानपुर के लिए तैयार थे। मैंने ससुर जी का पैर छुआ। सास ने गले लगाते हुए कहा, "दुलहिन, होली-दीवाली में फुर्सत निकाल लिया करो।"

देखा, अपने बेटे से नहीं कहा। मैंने भी अपनी सास को उनकी बहू बनकर जवाब दे दिया—इनसे कहिए। इनके चाहने से ही सब होगा। मुझे बुरा न लगे इसलिए मेरी सास जोर से हँसीं। फिर मुझे भींचते हुए और ससुर जी की ओर इशारा करते हुए बोल गयीं, "तुम्हारे बाबूजी तुम लोगों के साथ तो जाना चाहते हैं...क्यों, ले जा पाये। बोलो, चाभी किसके पास है?"

मेरी सास कुछ देर तक मुझे घूरती रहीं। फिर धीरे से बोलीं, "दुलहिन, हमेशा माँ बने रहना कोई बुद्धिमानी नहीं है।"

हम लोग अकेले चले आये। मैं सोचती रही। आते वक्त सास की कही हुई बातों से मुझे हमेशा ताकत मिली। मेरे बहू-बेटों ने बहुत सब्जबाग दिखाया। दोनों बेटों ने अपने पापा के लिए अपने-अपने घरों में अलग कमरा बनाने की बात लिखी। सन्नी ने अमेरिका से एक जोड़ी टिकटें भी भेजीं। अपने जुड़वा बेटों की तस्वीरें भेजीं। लिखा कि दादा को बहुत याद करते हैं। सोनू ठहरा एक नम्बरी। चालाक कहीं का। लिखता है उसकी बेटी दादी पर गयी है। दादी को बहुत याद करती है। उसकी आस्ट्रेलियन बीवी की बेटी मुझ पर कैसे जा सकती है भला!

इनका क्या। इतने में तो ये फूल के गुब्बारा होने लगे? रोये-गाये भी। बोले चलो-चलो, यहाँ क्या रखा है। अब तो माँ और बाबूजी भी नहीं रहे। बच्चों के पास चलते हैं। उन्हीं के पास अपनी किस्मत है। मैं इन्हें कैसे समझाऊँ। मर्दों

को अकल हो तब न। एक थे मेरे ससुर, एक उनके नन्हे। पर मैं अपने सास की बहू थी। हूँ। और हमेशा रहूँगी। माँ बने रहने में ही बुद्धिमानी नहीं होती। जब-जब इन्होंने बच्चों के पास जाने की बात की, मैंने वीटो लगा दिया। मेरा तो बस इतना कहना था—सनी या सोनू हमारे पास क्यों नहीं आ जाते!

अन्तिम अध्याय लिखे जाने के बाद भी कहानी जारी है। पर कहानी के इस भाग का कोई अर्थ नहीं है। यह सब तो कहानी खत्म हो जाने के बाद के चोंचले हैं, जो कुछ कहानियाँ अपने पीछे छोड़ जाती हैं। अन्तिम अध्याय के बाद की कहानी मुक्तसर में यह है कि मेरे पति मेरे साथ बूढ़े हो रहे हैं। पर बूढ़े होने की उनकी स्पीड मुझसे कुछ ज्यादा है। फिर भी इन्होंने इस उम्र में आकर कम्प्यूटर सीखा, इंटरनेट, ई-मेल और चैटिंग करना सीखा। मैंने इस पर कोई रोक नहीं लगायी। मुझे उनके साथ अब और कुछ ज्यादती करना निरर्थक लगता है। जब वे अपने बेटों को ई-मेल कर रहे होते हैं एस.एम.एस. पर जोक भेज रहे होते हैं, या उनके जवाब पढ़ रहे होते हैं तो मैं घर से बाहर महिला-मंडल में होती हूँ या फिर कुत्ते-बिल्लियों के साथ खेल रही होती हूँ। मैंने उन्हें आजाद छोड़ दिया है। वे खुश रहते हैं। मैं भी खुश हूँ, पर मेरा क्या!

□

# फूलों का बाड़ा

पहले मैं माँ थी। फिर औरत बनी। फिर लड़की। फिर एक बच्ची। फिर एक नवजात कन्या। फिर एक भ्रूण। और अन्त में फूल बन गयी। मेरी महक जहाँ तक पहुँचे!

लैला थीं वह अपने जमाने की। जमाने भर की लैला। दुनिया जहान के मजनूँ उनकी फिक्र में पागल थे। अमीरजादी थीं, इकलौती थीं, सिरचढ़ी थीं और नकचढ़ी भी। वह यानी महारानी। कितना भव्य, कितना राजसी नाम था उनका। नाम के अनुरूप ही ठाठ और ठसके भी थे उनके। वाह महारानी! महारानी सेतिया। सेतिया ही उनके बाप थे। पूरा नाम नहीं मालूम। सब सेतिया से ही काम चला लेते थे। लेकिन इनके नाम में कोई सुबहा नहीं है। महारानी सेतिया उर्फ महारानी उर्फ रानी उर्फ लैला उर्फ हाय मेरी जान एक नजर इधर भी। लोग तरस जाते थे। वह बिना देखे चली जाती थीं। कभी पैदल तो कभी झालरवाले रिक्शे में। कभी स्कूटी पर तो कभी मोटर में। अदाएँ ऐसी जानलेवा कि आदमी जिन्दगी जीने के लिए मजबूर हो जाए। नखरे वो वो वो कि पंजवक्ता नमाजियों के भी ईमान डोल जाएँ।

लेकिन कुछ लोगों को वहम था वह देखती हैं। वह भी तिरछा। आँखें एकदम ठीक थीं। बड़ी-बड़ी भी। उसी से कभी-कभी किसी को तिरछा देख लेती थीं और मुस्करा देती थीं। बिना किसी जान-पहचान के वह ऐसा कर दिया करती थीं। महारानी सेतिया न जाने कौन-सी मिट्टी की बनी थीं! अजीब फितरत थी उनकी। दिलकश अदाओं की मलिका थीं महारानी। उनका काम था देख लेना। नजर भरकर देख लेना और उनका काम खत्म। आदमी लट्टू हो जाता था। पागल हो जाता था। रात भर सो नहीं पाता था। सुबह फिर उसी जगह जाकर खड़ा रहता था। रुटीन में बँध जाता था। महारानी सेतिया फिर से देखें न देखें, मुस्कुराएँ न मुस्कुराएँ, लेकिन हसरतें बची रहती थीं। शायद एक बार फिर नजरे-इनायत

हो जाए। शायद होठों पर फिर कोई हरकत मचल जाए। लेकिन वह बड़ी बेदर्द थीं। दिल को तोड़कर रख देती थीं। आजकल के लोटन कबूतर नौजवान जब उनके बारे में सुनते हैं तो आहें भरकर सीना पीटते हैं—हाय हुसेन हम न हुए!

सुनो महारानी सेतिया उर्फ लैला, इतना भी क्या उड़ना! जिस शाख पर बैठी हो वह टूट भी सकती है। कभी तो फँसोगी। कभी तो पटोगी। कौन है जो बच पाया? इस पूरे जहाँ में पूरी कायनात में। तुम भी नहीं बचोगी मोहतरमा। अमीर हो तो क्या! ज़हीन हो तो क्या! हसीन हो तो क्या! बच नहीं सकती। क्या ढेर सारी किताबें पढ़ती हो इसलिए बच जाओगी? या कि तुम्हारा नृत्य, तुम्हारी चित्रकला, तुम्हारी गोष्ठियाँ और तुम्हारी डिग्रियाँ तुम्हें बचा लेंगी? तुम्हें फँसाने वाले मजनूँ गली-गली में बैठे हैं, हर मोड़ पर खड़े हैं। वहाँ देखो, वहाँ एटलांटिस से आगे जो मल्टीप्लेक्स है उसके एंट्रेन्स पर वह मजनूँ अपनी स्कॉरपियो में बैठा तुम्हारा इन्तजार कर रहा है। तुम उसी से फँसोगी महारानी सेतिया। उसी से पटोगी। इसलिए कि वह सचमुच का मजनूँ है। और तुम सचमुच की लैला। वह है मजनूँ नं. वन। तो क्या टू थ्री फोर भी? अब क्या कहें! अगर तुमने लैला बनना गवारा किया है तो मजनुँओं की कमी न होगी। कदम-कदम पर हाजिर मिलेंगे—क़दमबोशी के लिए तत्पर।

ताज्जुब है, कितनी जल्दी तुमने अपनी स्कूटी फेंक दी, अपनी किताबें हवा में उड़ा दी, कूची को कूच डाला, गुरुजी को रास्ता दिखा दिया, गोष्ठियों से मुँह फेर लिया और उस स्कॉरपियो वाले के साथ उड़ चली। उस सेतिया के बच्चे को कुछ नहीं पता कि आज तुम कितने बजे लौटोगी। सेतिया की बीवी से पहले लौट आयी तो भी तुम उस बुड्ढे के लिए खाना गरम करने से रही। सुबह सबसे पहले वही जागेगा। पूजा-पाठ करेगा, घूमेगा, टहलेगा, चाय पिएगा, अखबार पढ़ेगा और तुम दोनों के जागने का इन्तजार करेगा। तुम दस बजे तक जग जाओ तो ख़ैर है! सेतिया की बीवी तो हमेशा तुम्हारे बाद ही जगती है। दोनों ने मिल- जुलकर तुम्हें लैला बनाया है। धन्य हैं वे, धिक्कार है उन पर!

देखिए, देखिए, रुकिए। मेरे मम्मी पापा को आप कुछ नहीं कर सकते हैं। मैं जो कुछ भी बनी हूँ, जहाँ भी पहुँची हूँ उसके लिए खुद ही जिम्मेदार हूँ और जिम्मेदारी लेना मैं जानती हूँ। इससे मैं भागती नहीं। खाली पीली आप मेरे पैरेंट्स पर व्यंग्यबाण छोड़ते जा रहे हैं। बन्द करिए अपना बेसुरा राग। लैला उन्होंने नहीं बनाया मुझे। लैला-लैला तो आप कह रहे हैं। अब थोड़ा मेरी भी सुन लीजिए। मैं जब हूँ तब मेरे बारे में बोलने का हक़ आपको नहीं है। जाइए भागिए!

मैं इनकी लाड़ली बेटी थी—न कोई मेरे ऊपर न कोई मेरे नीचे। बहुत मजे थे मेरे। जो चाहा, जब चाहा सो किया। उन्हें नाराज करके नहीं, उनकी रजामन्दी

से, उन्हें विश्वास में लेकर। वे मेरे ऊपर विश्वास ही नहीं अन्धविश्वास करते थे। लेकिन मेरे कारण कभी भी उनकी प्रतिष्ठा पर आँच नहीं आयी। इस बात के लिए मैं हमेशा सावधान रही हूँ। मम्मी का समाज में उठना-बैठना था—पापा का नहीं—लेकिन महारानी सेतिया ने कभी भी इसका फ़ायदा नहीं उठाया। वैसे कहने वाले कहते थे सेतिया की बेटी किसी से नहीं डरती, किसी को नहीं सेटती...फर्राट है। मेरे भाई, मैं किसी की क्यों सुनने लगी आख़िर! बीच में बुद्धिजीवी का चोला भी पहनी, चित्रकला और संगीत भी सीखा लेकिन फिर सबको ताक पर रखकर लाइफ़ को इन्जवॉय किया, अपनी शर्तों पर जिया। कई ब्वॉय फ्रेंड्स बनाये, कइयों से फ्लर्ट भी किया, एक से क़रीब भी हुई। भावनात्मक स्तर पर जुड़ी, लेकिन शादी की मम्मी-पापा की पसन्द से।

आनन्द प्रताप—मम्मी-पापा की ही नहीं, मेरी भी पसन्द थे। अच्छे थे, हँसमुख थे। अच्छा कमाते थे, अच्छी लाइफ स्टाइल पसन्द करते थे। और सचमुच प्रिन्स चार्मिंग थे। अगर मैं कहना चाहूँ तो संक्षेप में कह सकती हूँ कि मेरे आनन्द प्रताप ऐसे थे कि हर माँ अपनी बेटी से ऐसे ही लड़कों को घर लेकर आने की दबी इच्छा पाले रखती है। मर्दों वाले और कई गुण थे उनके पास। हम सात साल तक साथ रहे। अमूमन लम्बा वैवाहिक जीवन बिताने वाले दम्पतियों के देश में सात साल तक ही साथ रह पाना काफी कम है, लेकिन इसी बात को लेकर अगर आप अपना सिर फोड़ने लगेंगे तो अपनी कहानी क्या सुनाएँगे! जब आनन्द प्रताप ने मुझे छोड़ा, उस समय मेरी दोनों बेटियाँ हो चुकी थीं—जूही और ख़ुशबू। 'छोड़ा' शब्द मुझे बड़ा आपत्तिजनक लगता है—बड़ा इंसलटिंग-सा। इसलिए जहाँ बताना आवश्यक हो जाता है वहाँ मैं कहती हूँ कि मैं डाइवोर्सी हूँ, जबकि सच्चाई यह है कि मैं छोड़ दी गयी हूँ। हम अलग हुए, ऐसा कहने में भी मुझे संकोच होता है क्योंकि हम अलग नहीं हुए थे। आनन्द प्रताप मुझे और अपनी दोनों बेटियों को छोड़कर चले गये थे। वैसे जिस तरह मेरा पालन-पोषण हुआ था, जिस आज़ादी के साथ मैं बड़ी हुई थी, जिन कारणों से कहने वाले मुझे फर्राट कहते थे, दरअसल मुझे ही उन्हें छोड़कर चले आना था। लेकिन ऐसा नहीं हुआ। शायद जूही और खुशबू की वजह से मैं ऐसा नहीं कर सकी। जूही और खुशबू मेरे साथ रहीं और शुरू में बेटियों से मिलने के बहाने आनन्द प्रताप आते-जाते रहे। बाद में किसी महिला से उनके सम्बन्ध हो गये तो यह आना-जाना बहुत कम हो गया। बहुत ही कम! शायद उसके बाद एक या दो बार ही आये होंगे—एक बार जूही के बर्थडे पर और एक बार ख़ुशबू के गम्भीर रूप से बीमार पड़ने पर। फिर उन्होंने उस महिला से शादी कर ली। उसके बाद जहाँ तक मुझे याद पड़ता है हमारी मुलाकात एकाध बार पार्टियों में हुई होगी। लेकिन हाय-हलो से अधिक कुछ

भी नहीं।

अपने जीवन में आये इस झंझावत के लिए मैं आनन्द प्रताप को पूरी तरह दोषी नहीं मानती। अब न उनसे मुझे कोई रंज है न कोई मलाल। दरअसल यह सब एक ऐसी छोटी-सी...ऐसी मामूली-सी बात का परिणाम था कि आज सोचकर हँसी आती है। हँसते-हँसते बेहाल हो जाती हूँ कि कैसे छोटी-छोटी विनोदपूर्ण बातों में भी जीवन को बनाने-बिगाड़ने वाले कारण छुपे रहते हैं।

हुआ यह कि एक दिन मैं नहाने के बाद कंघी करते शीशे के सामने खड़ी थी। आनन्द बेड पर बैठे मुझे ही ताक रहे थे। मेरी नजर पड़ी तो मैंने पूछा, ऐसे क्या घूर रहे हो! उन्होंने बग़ैर पलक झपकाये कहा—तुम्हारा सीना। मैं अचकचा गयी। एकदम गड़बड़ा गयी। इतना कि अगर दुपट्टा पास होता तो जरूर ढँक लेती। दुपट्टा बेड पर रखा था। मैंने धीरे से कहा—दुपट्टा देना तो। उन्होंने दुपट्टा अपने गले में डाल लिया और घूरने में मशगूल रहे। मुझे भी शरारत सूझी। बिना मुड़े मैंने कहा, अजी पीछे से क्या देख पा रहे होंगे, सामने आइए न! वह उसी मुद्रा में बैठे-बैठे बोले—बगल से मैं जितना देख पा रहा हूँ, वही अच्छा लग रहा है। ऐसे ही खड़ी रहो। मेरे मुँह से निकला...बड़े मूड में हैं...क्या बात है!

वह मेरे सामने आकर खड़े हो गये...मेरे सीने को घूरते। मैं भी अब शैतानी पर आमादा थी। कुछ नखरा करने की तबीयत हुई। मैंने अपने दोनों हाथों को अपनी कमर पर रखकर कुर्ते को टाइट कर लिया, जिससे मेरा सीना और निखर आया। फिर उन्हें रिझाते हुए बोली—देखिए न कितनी दुबली हो गयी हूँ! उन्होंने पास आकर मेरे हाथों पर अपने हाथ रख दिये। एकदम करीब आ गये। उनके हाथों में कोई हरकत न देख मैंने उलाहना दिया—बस...खाली मेरी कमर नापने को उतावले थे? सुनते ही उनके हाथ मेरे वक्षस्थल की ओर बढ़े...बढ़े...बढ़े...। लेकिन हाय! उन्होंने छुआ नहीं। बस दोनों हाथों की दिशा बदलकर मेरे गालों को पकड़ते हुए बोले—उफ अगर यह किसी दूसरे का होता तो आज तो मेरी चाँदी हो जाती! मैं कटकर रह गयी। पर अब मैं भी उन्हें छोड़ने वाली नहीं थी। लेकिन उनके हाथ रुक जाने की वजह से कुछ निराश भी थी। फिर भी उन्हें माकूल जवाब तो देना ही था और आइन्दा के लिए उनकी बोलती भी बन्द करनी थी। मैंने उन्हीं के अन्दाज में कहा—अगर यही हाथ दूसरे के होते तो आज तो मेरा सोना हो जाता। चाँदी का जवाब सोना से पाकर वह अवाक् रह गये, फिर भागे और जाकर बेड पर बैठ गये।

संडे था तो दिन भर के लिए वह घर पर ही थे। और पूरा दिन चाँदी-सोना को लेकर चुहलबाजी होती रही, हम एक-दूसरे को खींचते-सींचते रहे। लेकिन शाम को चाय के वक्त आनन्द काफी गम्भीर दिखे। कुछ सोचते हुए चाय

पी रहे थे। क्या हो गया, मैंने उन्हें छेड़ा, सोना के बारे में सोच रहे हैं? वह खिड़की पर नजरें गड़ाये हुए थे। बिना नजर हटाये बोले, हाँ...वही। पता नहीं क्यों...तुम्हारे मुँह से अच्छा नहीं लगा...यह सच भी तो हो सक...। मैंने उनके होठों पर उँगली रख दी। वे अपना वाक्य पूरा नहीं कर पाये। मैं समझ गयी इन्होंने ले लिया दिल पर। मर्द जात...शक का कीड़ा पड़ गया दिमाग में। मैं उनसे लिपट गयी। किस कर लिया उनको—गाल पर, होठ पर, फिर माथे पर। फिर मैं उन्हीं की गोद में लेट गयी और उनके हाथों को अपने वक्षस्थल पर रख लिया।

मुझे अफसोस है कि यह बात आयी-गयी नहीं रही। आनन्द प्रताप जब तब वह बात निकालते और हमारे बीच खिच-खिच शुरू हो जाती। अब वह, मुझे ऐसा महसूस होता कि मुझ पर यकीन कुछ कम करने लगे हैं। फिर उन्होंने मुझे वाच करना शुरू कर दिया। मेरी गतिविधियों...मेरे फोन कॉल्स पर नजर रखने लगे...मेरे पुरुष मित्रों की तरफ से ठंडे पड़ गये। कोई आता तो काम का बहाना बनाकर थोड़ी ही देर में ड्राइंगरूम से उठकर अन्दर चले जाते। मुझे बड़ी कोफ्त होती, बड़ा गुस्सा आता। मैं उनके ऊपर गुस्सा उतारती पर वे मेरी किसी बात का जवाब न देते। घुन्ने जैसे चुप्पी साध लेते। मैं और गुस्साती...और चिल्लाती...दोनों बेटियाँ रोने लगतीं, लेकिन आनन्द को जूँ तक न रेंगती। वह बिना खाये सो जाते। सुबह बिना नाश्ता किये ऑफिस चले जाते। मुझे अपराध-बोध से ग्रस्त करने में उन्हें बड़ा मजा आता। शाम को अकेले खाना शुरू कर देते...मुझसे पूछते भी न कि दिन भर मैंने खाया भी या भूखी बैठी हूँ।

एक दिन काफी थके थे और सोने से पहले कहकर सोये कि उन्हें जगाया न जाए, बच्चे शोर न करें..., मैं टी.वी. न देखूँ। मैं उन्हीं की बगल में लेटी कोई किताब पढ़ रही थी। पापा का फोन आया और मैं धीरे-धीरे बात करने लगी। सोकर उठने के बाद पड़ गये मेरे पीछे। जैसे मेरे दुश्मन हों...जैसे किसी पूर्वजन्म का बदला ले रहे हों। किससे मैं छुपछुप कर बातें करती हूँ...किससे मिलती हूँ....उनके साथ बिस्तर पर होते हुए कहीं और उलझी रहती हूँ। उस दिन मैंने उनका मूड हल्का करने के लिए कह दिया—आप तो मेरे पीठ पर के भाई लगते हैं...हर वक्त मेरे पीछे पड़े रहते हैं। पापा से बात कर रही थी...अपने आशिक से नहीं।

वह हँसे नहीं, बस झुँझलाकर चुप हो गये। उनके इस रूप का खुलासा धीरे-धीरे हो रहा था। हफ्ते-दस दिन में एक बार वे ऐसा अवश्य करते। यह उनका सैडिस्ट रूप था, जो मैं नहीं जानती थी।

वैसे तो पहले भी मेरे बनने-सँवरने पर वह कभी भी मुझे ललचायी नजरों से नहीं देखते थे, कभी भी मेरे मनमुताबिक प्रतिक्रिया नहीं व्यक्त करते थे...बस

गम्भीर मुद्रा बनाये हुए पूछते—कहीं जा रही हो क्या....मम्मी के पास? और मुझे ऐसी दृष्टि से देखते जैसे उन्होंने मेरी चोरी पकड़ ली हो। अगर मैं उनका ध्यान खींचने के लिए या उनको पटरी पर लाने के लिए थोड़ा एक्सपोज करती तो खिड़की का पर्दा खींचने लगते, झट दरवाजा भेड़ने लगते और फिर वही उपदेश, ऐसा न किया करो, मेड सरवेंट क्या सोचेंगी...काम करने वाला लड़का न देख ले। फिर बाहर चले जाते। एक बार मैंने डीपकट ब्लाउज पहन लिया और उसे नीचे खींचकर और भी डीप कर लिया। पल्लू को सरकाकर मैं उनके सामने जा खड़ी हुई—कैसी लग रही हूँ आनन्द बोलो तो। मैंने कटीली मुस्कान छोड़ते हुए पूछा। वह बोले—गन्दी, और मेरे पल्लू को सही जगह पर रखते हुए पूछे—नाश्ता लग गया? मैं जरा मजाकिया किस्म की हूँ। ऐसे मौकों पर कुछ ज्यादा ही हाजिर-जवाब हो जाती हूँ। मुझे आनन्द को आज रिझाना था। उनके रूखे व्यवहार से मैं हताश नहीं हुई। अपने पल्लू को फिर नीचे गिराकर उनकी आँखों में झाँकते हुए कहा—यहाँ पूरा खाना लगा हुआ है और तुम्हें नाश्ते की पड़ी है! मैंने उनके कन्धे पर दोनों हाथ रख दिये....नजदीक से नजदीकतर हो गयी...अपने सीने को उनके सीने से सटा दिया। वह धीरे से मुझे दूर करते हुए बोले—आज जरा जल्दी निकलना था। फिर वह ब्रीफकेस थामे निकल गये।

सोना-चाँदी वाले एपीसोड के बाद आनन्द प्रताप पूरा बदल गये...पूरी तरह मुझे नेगलेक्ट करने लगे। इतना कि मैं सब कुछ कैसे बताऊँ! और न बताऊँ! तो परेशान रहूँ...सोचती रहूँ। तो सुन लीजिए। अब आनन्द प्रताप मुझे प्रताड़ित करने, मुझे दुःख देने, मुझे लज्जित करने, मुझे मेरी ही नजरों से गिराने के ऐसे अचूक हथियार प्रयोग में ला रहे थे, ऐसे प्राइवेट क्षणों में, आनन्दानुभूति की उस नाजुक वेला में वे बड़ी निर्दयतापूर्वक मेरे सुख का गला दबा देते थे। अपनी मर्दानगी दिखाने का यह उनका अजब ढंग था। डोर हमेशा उनके हाथ होती और वे इसका बेजा फायदा उठाते। जैसे ही मेरे बदन में 'उड़ी उड़ी रे पतंग उड़ी उड़ी' का मस्त मधुर संगीत उतरने लगता वे पतंग उड़ाते-उड़ाते अचानक रुककर पूछते—आज किसका फोन आया था? कॉलर आइडी में कुछ नये नम्बर देखे, कौन था? तुम्हारे इनबॉक्स में एक बड़ा रोमांटिक जोक देखा, किसने भेजा था? तुम आजकल अपने ऊपर इतना ध्यान क्यों देने लगी हो? फिर एक तरफ हो जाते—मुझसे दूर, मुझसे अलग, मेरे शरीर और मेरी आत्मा को घायल करके शान्त चित्त लेटे रहते। उनके अत्याचार यहीं न रुकते। फिर वह लाइट जलाकर कुछ लिखने-पढ़ने लगते। उन उजालों में, सच कह रही हूँ, मुझे बेहद शर्म आती। अपने ही घर में, अपने ही बेडरूम में, अपने पति के साथ अपने आपको जितना अपमानित, जितना डिसग्रेस्ड और जितना ठगी हुई महसूस करती, उसका बयान कर पाना असम्भव है।

और फिर एक दिन उनका शक पक्के यकीन में बदल गया।

मेरा एक खास पुरुष मित्र था। वही...वही जो एटलांटिस के सामने मल्टीप्लेक्स के एंट्रेन्स पर अपनी स्कॉरपियो लेकर खड़ा रहता था...जिसके साथ मैं उड़ जाया करती थी...जिसके प्रेम में मैं पागल थी...जिसके चक्कर में पड़कर मैंने सितार, नृत्य, चित्रकला, पुस्तकें...सबकी तिलांजलि दे दी थी। वही जिसे साथ लेकर मैंने आनन्द प्रताप के साथ सात फेरे लिये थे। उसे मैंने आनन्द प्रताप से छिपाकर रखा था। उससे बात करना...उससे मिलना कभी-कभी हो जाता था और आनन्द प्रताप को इसकी भनक तक नहीं थी। आनन्द प्रताप के बदले तेवरों की वजह से वह अचानक मेरे अन्दर जग उठा। अब मैं कितने दिन उसे बचाये रखती, छिपाये रखती और कुढ़ती रहती।

शायद उस दिन ऐसी ही किसी बात पर आनन्द से मेरी तीखी नोक-झोंक हुई थी, लड़ाई जैसी। मैं बहुत हर्ट हुई थी। मैंने बाथरूम से उसको फोन मिलाया और एटलांटिस पर मिलने को कहा। मैं उसके साथ तीन घंटे रही। शादी के बाद पहली बार मैंने उसके साथ इतना लम्बा समय बिताया था। बहुत अच्छा रहा था। मैं बहुत हल्की होकर लौटी। आनन्द दोनों बच्चों को लेकर कहीं बाहर गये थे। मैंने फिर उसे फोन मिलाया और ढेर सारी बातें कीं। उसके अन्दर एक बात बहुत अच्छी थी। वह मेरी बातें सुनता था। मुझे बोलने देता था। बोलने से कभी मना नहीं करता था। मुझसे कभी बोर नहीं होता था। वह बहुत समझदारी से काम लेता था। हम हाथ पकड़े बैठे रहते, लेकिन वह मेरी कलाई से आगे कभी नहीं बढ़ा। फोन पर घंटों उससे बतियाती...लेकिन जो मेरे मन में होता, जो मैं सुनना चाहती...उस नेचर की बातें वह बड़ी चालाकी से टाल जाता। मेरी तरफ से पूरी छूट होने पर भी वह फोन का बेजा इस्तेमाल कभी न करता। आयी लव यू से आगे तो वह कभी गया ही नहीं। और जब वह रूखा-सूखा बाय कह देता तो मैं फोन पटक देती। दरअसल जो कुछ आनन्द प्रताप बिस्तर में अधूरा छोड़ देते थे, उसे मैं उसके साथ फोन पर पूरा करना चाहती थी। कितनी बेशर्मी पनप रही थी मेरे अन्दर। उसका बार-बार यह समझाना कि मैं आनन्द प्रताप के साथ अंडरस्टैडिंग दिखाऊँ, उनसे मिलकर रहूँ, उनकी केयर करूँ, उनसे प्रेम करूँ...मुझे अच्छा भी लगता था। मैं आनन्द की तरफ मुड़ती भी, लेकिन आनन्द मुझे फिर उसी की ओर ठेल देते।

मेरा ख्याल है कि आनन्द प्रताप द्वारा रँगे हाथों पकड़े जाने से पहले मैंने चार या पाँच लम्बी-लम्बी मुलाकातें उसके साथ की थीं। उस दिन भी आनन्द मुझसे बहुत झगड़े थे और बिना ब्रेकफास्ट किये ऑफिस चले गये थे। मैंने उसे कॉफी हाउस पर मिलने के लिए कहा। कॉफी हाउस का फैमिली केबिन इसके

लिए सबसे सुरक्षित जगह थी। यहाँ मैं उससे दो-तीन बार पहले भी मिल चुकी थी। यहाँ हम बिना डिस्टर्ब हुए घंटों आमने-सामने बैठकर बातें कर सकते थे, एक-दूसरे का हाथ थाम सकते थे, एक-दूसरे के गाल या बाल पर बैठे काल्पनिक कीड़ों को उठाकर दूर फेंक सकते थे और आँख बचाकर एक-दूसरे का चुम्बन ले सकते थे। बस एक खटका था...बड़ी छोटी-सी समस्या कहें। जूही और खुशबू का स्कूल वहीं पास में था। पर हम पूरी सावधानी बरतते थे। बच्चों ने मुझे कभी उसके साथ नहीं देखा। उनकी छुट्टी के समय से पहले ही हम केबिन छोड़ देते थे। वह कहीं चला जाता था और मैं बच्चों के स्कूल। जूही और खुशबू गेट पर मुझे पाकर खुशी से भर जाती थीं। मैं तो पहले से ही खुशी से भरी होती थी।

उस दिन मैं उसके लिए कोई तोहफा साथ ले गयी थी...शायद मैरून रंग की टी-शर्ट थी। वह भी मेरे लिए कुछ लाया था...याद नहीं क्या था...शायद कोई डेकोरेशन पीस था। हम एक ही कॉफी पर घंटों से बात कर रहे थे। मैंने उसे वे बातें बतायीं जिसे लेकर आनन्द प्रताप मुझसे पिछली शाम लड़े थे। उसकी फिर वही झिड़की, गलती तुम्हारी है...तुम्हें मेल ईगो का बिल्कुल ध्यान नहीं...तुम्हारे अन्दर दूसरे के लिए सेंस ऑव रिस्पेक्ट नहीं है...तुम उनके मन में अपने लिए ट्रस्ट...विश्वास पैदा करो...सब ठीक हो जाएगा। बातें करते-करते जाने कब और कैसे मैंने अपना सिर टेबुल पर रखी उसकी हथेलियों पर टिका दिया और कहीं खो गयी। और शायद कुछ पलों के लिए मैं सो गयी। सपनों में खो गयी। उसी उनींदेपन में मैंने महसूस किया कि किसी ने मेरे सिर को थपथपाया...एक बार...दो बार...। किसी ने मेरे सिर को दो बार थपथपाया। बड़ी देर बाद जब मैं उठी तो वह उसी मुद्रा में बैठा मुस्कुरा रहा था। पहले तो मैं उसकी हथेलियों को अपने हाथों में लेकर सहलाने लगी—सॉरी...इतनी देर तक तुम्हें इस तरह बैठना पड़ा...तुम्हारी हथेलियाँ दुःख रही होंगी। मैंने उसके हाथों को चूमते हुए कहा। फिर अचानक मुझे खटका लगा। अगर मैं इसकी हथेलियों पर सिर रखकर सो रही थी तो मेरे सिर पर थपकियाँ किसने लगायी थीं। वह अभी भी शान्त बैठा था। कुछ देर बाद बोला—तुम्हारे हसबैंड थे। अन्दर वाले केबिन से निकले और तुम्हें पहचान गये। पास आये...गौर से देखा...फिर देखा...फिर तुम्हारे सिर को थपथपाते हुए आगे बढ़ गये...मुझसे तो कुछ बोले भी नहीं।

कॉफी हाउस से लौटने के बाद मुझे मालूम था अब क्या होगा। आनन्द ने ऑफिस से ही फोन कर दिया कि कहीं बाहर जा रहे हैं। लगभग एक हफ्ते बाद आये और फिर दूसरे ही दिन महीने भर के लिए निकल गये। अबकी आये तो साफ-साफ बोल दिये—अब नहीं रह सकता तुम्हारे साथ...लेट अस पार्ट आवर वेज...मैं तुम्हें मुक्त करता हूँ महारानी सेतिया...तुम भी मुझे मुक्त कर दो।

मेरे जीवन में यह एक छोटा-सा पड़ाव था और जल्द ही मेरी यात्रा फिर शुरू हो गयी। जूही और खुशबू के साथ मैं अकेली थी और वह था। आनन्द प्रताप ने जो हालात बना रखे थे, उनसे मैं आजिज आ गयी थी, मेरा किसी से खुलकर हँसना-बोलना तक मुश्किल हो गया था। जीना अजीरन कर रखा था उस शख्स ने। ऐसे में उनका चले जाना मुझे एक सीमा के बाद खला नहीं। इस घड़ी में अगर मेरे साथ वह नहीं होता तो मैं अवश्य टूट जाती। शुरू में वह घर आने से बचता रहा और हम फोन पर ही घंटों मन का भेद खोलते रहते। उसके अन्दर एक अपराध-बोध भी था कि उसी की वजह से मेरे और आनन्द प्रताप के बीच गलतफहमियाँ और दूरियाँ बढ़ी थीं और नौबत यहाँ तक आ पहुँची थी। जूही और खुशबू भी समझदार हो रही थीं इसलिए मैंने और भी उसे घर आने के लिए इन्करेज नहीं किया।

लेकिन फिर वह आने लगा। पहले हफ्ते में एक बार। फिर दो बार। फिर तीन बार। फिर चार बार। फिर पाँच बार। फिर छह बार। फिर सात बार। मैं यही चाहती थी। मेरा यकीन करिए। मैं यही चाहती थी। मिसेज प्रताप बनने से पहले मैं यही चाहती थी। मिसेज प्रताप बनने के बाद भी मैं यही चाहती थी। यह चाहत अब पूरी हुई थी। इसमें आनन्द प्रताप ने मेरी पूरी मदद की थी। वह सात बजे के आसपास बोलता मैं आ रहा हूँ और सचमुच आ जाता। वह ड्राइंगरूम में घंटों बैठता और मैं भी। मैं बोलती वह सुनता। उसका मुझे यही अच्छा लगता था। आनन्द प्रताप थोड़ी ही देर में बोर हो जाते और मुझे जता भी देते कि उन्हें रुचि नहीं है।

जब वह जाने को होता तो वह खड़ा हो जाता। मैं अन्दर जाकर देखती जूही और खुशबू कहाँ हैं। फिर मैं उसके पास आती। वह मुझे पास सटा लेता। मैं उससे लग जाती। वह मुझे भींच लेता। फिर मैं उसकी ओर देखती...हसरत के साथ। वह समझ जाता। मुझे किस कर लेता...फिर करता....फिर फिर करता और फिर चल देता। वह चला जाता और मैं बिस्तर पर पड़ जाती। बिस्तर पर मुझे आनन्द प्रताप याद आते। आनन्द प्रताप शुरू से ही मेरे लिए खेल खराब करने वाले खिलाड़ी रहे थे। वे मेरा खेल ख़राब कर देते। उसकी जगह ले लेते और तरह-तरह से परेशान करते। सैडिस्ट जो ठहरे! दोनों में खूब उठा-पटक चलती। खूब जंग होती। लेकिन जीतते आनन्द प्रताप ही। फिर मैंने देखा कि आनन्द प्रताप कुछ कमजोर पड़ गये हैं। वह धीरे-धीरे जंग हारने लगे। उनकी पकड़ ढीली पड़ने लगी। उसने आनन्द प्रताप को मात देना शुरू किया। उसके दाँव-पेंच के सामने आनन्द प्रताप की एक न चली।

एक दिन शाम को जाते समय उसने शरारत की। उसके हाथ सोना-चाँदी

वाली हरकत के लिए आगे बढ़े। मैंने मुस्कुराते हुए उसे मना किया। उसका वही हाथ चूमते हुए बोली—चलो हटो...अब आगे नहीं। जाओ जाओ...जाओ भागो। वह इसरार करने लगा। मिन्नतें करने लगा। मैं हँसते हुए उसे उसकी कार तक पहुँचा आयी।

फिर वह दो-तीन दिन तक नहीं आया। फोन पर भी नहीं मिलता था। मैं उसे याद दिलाना चाहती थी कि दो दिन बाद मेरा बर्थडे है। मैं परेशान हो उठी। नाराज हो गया क्या! इत्ती छोटी-सी बात के लिए। बर्थडे के दिन भी उसका कुछ पता नहीं था। आनन्द प्रताप सुबह ही विश कर चुके थे। अब मैं उसके बारे में और शिद्दत से सोच रही थी। शाम को जूही और खुशबू हैप्पी बर्थडे टु मॉम गा रही थीं कि वह आ गया। मुझे जींस टॉप में देखकर खिल गया। पैकेट मेरे हाथों में देते हुए फुसफुसाया—लुकिंग प्रिटी एंड सेक्सी। मुझे अच्छा लगा। फिर हँसते हुए बोला—मेनी मेनी हैप्पी रिटर्न्स ऑव द डे और मेरे दाहिने गाल पर अपने गाल को सटा दिया—जूही और ख़ुशबू के सामने। मैंने थैंक्स कहा और गिफ़्ट पैक खोलने लगी। ख़ूबसूरत प्रिंट की साड़ी देखकर मैंने फिर से थैंक्स कहा और फिर बातें होने लगीं। उस दिन ख़ूब गुलछर्रे उड़े और जूही और ख़ुशबू को भी खूब मजा आया।

फिर वह जाने लगा। मैं बाहर तक इसे छोड़ने आयी तो उसने मुझे बरामदे की ओर खींच लिया। बोला बहुत दिनों बाद तुम्हें जींस में देखा है और एक झटके से उसने मुझे गोद में उठा दिया। मैं उससे ऊपर हो गयी...टँगे-टँगे ही मैंने उसके सिर को दो बार चूम लिया। उसने मुझे नीचे उतारा और बर्थडे किस दिया। आज मैं बेहद खुश थी और मैंने उसे करारा जवाब दिया। वह भी खुश हो गया। पहली बार मेरा परफॉरमेन्स उसे पसन्द आया था। फिर वह धीरे से फुसफुसाया—आज रुक जाऊँ। मैं खामोश रही। कोई दूसरी बात करके उसने बेवजह मेरा ध्यान इस खुशी से जो अभी-अभी कई गुना बढ़ गयी थी, हटा दिया। उसने अपनी बात दुहरायी तो मैं वापस आ गयी। पहले मैंने उसके दोनों हाथों को, इसके पहले कि वह कोई शरारत करे, अपने हाथों में कस लिया और बोली—नहीं। वह बोला—क्यों? मैंने उसके हाथों को अपने गालों से रगड़ते हुए कहा—देखो अभी नहीं। कुछ इन्तजार करो। पहले आनन्द से कुछ फाइनल हो जाए। तब तुमसे फाइनल करूँगी...तभी...तल्खी साफ थी—उसके चेहरे और उसकी आवाज दोनों में। कुछ देर मुझे मनाता रहा, मुझसे तकरार करता रहा फिर चला गया। जाने से पहले उसने मेरे नीचे वाले होठ में अपने दाँत गड़ा दिये।

जिस दिन वह दोपहर में अचानक बिन बताये आया और कहर बरपा करके चला

गया उससे पहले दो या तीन बार उसी तरह शाम को आता रहा था...कुछ-कुछ दिनों के गैप पर। एक शाम वह मेरे लिए फॉरेन मेक की अंडरगारमेंट्स लेकर आया। उसकी न तो मैंने फरमाइश की थी, न ही आशा। और जाते समय फिर वही सवाल—आज रुक जाऊँ क्या? फिर आया तो शिकायत करने लगा कि मैं उसे दिल से नहीं चाहती हूँ। इस बात को लेकर अपसेट था कि मैं अभी भी आनन्द प्रताप के फोन क्यों अटेंड करती हूँ। एक बार फिर आया तो बहुत खिन्न था। यह उस दोपहर से ठीक पहले वाली शाम थी। खाली एक बार मुँह खोला—क्या आनन्द प्रताप कभी रात में आते हैं? कभी बेटियों की वजह से रात में रुके क्या? मैं हँसने लगी—नहीं तो, कभी नहीं। वह अविश्वास से मुझे देख रहा था। फिर उठा और चला गया। न ही मुझे किस किया, न ही बाय कहा।

फिर वह काली दोपहर। जिसने मुझे महारानी सेतिया से मामूली-सी लैला बना दिया। जिसने मुझे उससे भी ज्यादा अपमानित, उससे भी अधिक डिसग्रेस्ड कर दिया जब आनन्द प्रताप अपनी मर्दानगी का नाजायज फायदा उठाते थे और मुझे मेरे हाल पर छोड़ किताबें पढ़ने लगते थे। उस दोपहरी ने मुझे मेरी ही नजरों में नीचे गिरा दिया, आनन्द प्रताप से लड़ने की मेरी शक्ति को क्षण भर में तार-तार कर दिया। वह दोपहरी उस बात का गवाह बनी कि वह नीचे गिर गया। उस दोपहर वह प्रेमी से पशु बन गया। इन्सान से हैवान बन गया।

पहले तो मैं समझी वह मुझे भींच रहा है। फिर उसके हाथ बड़े ही खतरनाक ढंग से मेरे वक्षस्थल को नोंचने लगे। पहले मेरे मुँह से न-न-न निकला फिर उसका मूड भाँपकर मैं प्रतिरोध करने लगी। मुझे लग गया इसके इरादे खतरनाक हैं। मैंने उसे पीछे ढकेलने की कोशिश की—उसने मुझे एक झन्नाटेदार चाँटा मारा। दर्द से मैं बिलबिला उठी। आँखों के सामने चिनगारियाँ फूट पड़ीं। फिर वह मेरे ऊपर टूट पड़ा, जैसे हड्डी पर कुत्ते। मैंने हाँफते हुए पूछा—क्या चाहते हो, बोलो। बोलो, तुम क्या चाहते हो, मैं तैयार हूँ लेकिन इस तरह न करो...मुझे मारो मत। उसने मुझे फिर जोर का चाँटा मारा। उसका चेहरा ऐसा हो आया था कि मैं डर गयी। दर्द और डर से काँपने लगी मैं। उसने दोनों हाथों से मेरी गर्दन पकड़ ली और लगा कि मेरे सिर को दीवार से दे मारेगा। मैं रोने लगी—शान्तनु नहीं, शान्तनु नहीं...अच्छा मैं तैयार हूँ...देखो...आओ...आओ मैं तैयार हूँ...चलो, चलो ड्राइंगरूम से चलो अन्दर। मैंने कमरे की तरफ उँगली दिखायी और खिसकने लगी। मैं उसे उलझाना चाहती थी। लेकिन वह नहीं रुका। जैसे वहशी हो गया था। उसने मुझे फिर मारा...मेरे कपड़े फाड़ डाले। मेरा ब्लाउज नीचे लटक गया तो झट मैंने हाथ जोड़ लिये। अपने खुले सीने को ढँकने के लिए...उससे मिन्नतें करने के लिए मैंने दोनों हाथ जोड़ दिये। वह गुर्राया, हाथ हटाओ, हाथ हटाओ वहाँ से। फिर

वह गालियाँ बकने लगा—हाथ हटा साली! हाथ हटा वहाँ से मादर...। मैं गिड़गिड़ाने लगी—शान्तनु नहीं...शान्तनु नहीं...ऐसे नहीं...यह नहीं...यह कैसे तुम कर सकते हो...शान्तनु मैं तुम्हें चाहती हूँ...मैं प्यार करती हूँ तुमसे...शान्तनु यह न करो प्लीज...देखो, रुको प्लीज...।

लेकिन वह मेरी देह में सेंध लगाकर चला गया। मदान्धता के उस एक घिनौने पल में उसने मेरी पूँजी मुझसे छीन ली। आनन्द प्रताप से लड़ने की मेरी सारी शक्ति, सारी क्षमता लेता गया अपने साथ...और छोड़ गया मेरे शरीर में एक अनचाही अनमाँगी सौगात।

उसके बलप्रयोग और जबरदस्ती के दौरान मैं बेहोश नहीं हुई थी, होश नहीं खोया था मैंने। मुझे पता था कि मेरे साथ क्या हो रहा है...मेरी मर्जी के बगैर मुझे पता था मैं लुट रही हूँ। यह पूरा-पूरा एहसास था मुझे...कि मेरे साथ धोखा हो रहा है। अगर मैं कुछ कर पाने की स्थिति में होती तो मैं उसे मार डालती...अगर मैं कर सकती तो उसकी हत्या कर देती। पर मैं असहाय थी...पूरी तरह असहाय थी। ऐसी स्थितियों में सिनेमा की हीरोइनों को गुलदस्ते से बलात्कारियों का सिर फोड़ते मैंने देखा था...चाकू से वार करते मैंने देखा था। मेरे ठीक पास...एक हाथ की दूरी पर सेंट्रल टेबुल पर गुलदस्ता रखा था। टेबुल की शेल्फ में रखी बड़ी-सी कैंची मैं देख रही थी। पर वह दरिन्दा सब कुछ ऐसे करता जा रहा था जैसे सारी चीजें पूर्व नियोजित हों...और जैसे मैं उसका साथ दे रही होऊँ। अब मैं सोचती हूँ तो लगता है कि जो लोग यह कहते हैं कि थोड़ी-सी समझदारी से, थोड़े-से, जूडो-कराटे की ट्रेनिंग से ऐसी विकट स्थितियों से निपटा जा सकता है...वे गलत कहते हैं। वे बिना तजुर्बे की बात करते हैं। वे बच्चे हैं...निरे-नादान हैं। शादी से पहले लोग मुझे फर्राट कहते थे तो उसका एक कारण यह भी था कि मैं लड़कों की तरह शर्ट और पायजामा पहनकर जूडो-कराटे सीखती थी। जब उस राक्षस ने मुझे धर दबोचा तो मेरा ब्लैक बेल्ट किसी काम का न रहा। जिन हाथों से मैं पक्की ईंटें चटखा दिया करती थी, जिन पैरों को उछालकर मैं लड़कों के गाल पर वार कर लेती थी...वे हाथ-पैर ऐसे निर्जीव हो गये थे...ऐसे फैले पड़े थे मानो इस जानवर ने उन पर जादू कर दिया हो। कितनी शक्ति थी इस आदमी के अन्दर! कितना जोर था उसकी भुजाओं में, पैरों में, दाँतों में, नाखूनों में! अगर मेरी शक्ति दस गुना भी बढ़ा दी जाती तो भी मैं उसका मुकाबला नहीं कर सकती थी। मैं चाहती तो हाथों से गुलदस्ते को छू लेती...मैं कोशिश करती तो पैरों से कैंची को अपनी ओर सरका लेती। लेकिन मैंने कुछ नहीं किया...मैं कुछ नहीं कर सकती थी...मेरे किसी भी प्रयास का कोई फल निकलने वाला नहीं था। मैंने गुलदस्ते और कैंची से नजरें हटा लीं।

उसे गये हुए आधा घंटा गुजर गया तो मैं उठी। जूही और खुशबू के स्कूल से आने का वक्त हो रहा था। पहले मैंने दरवाजे को अन्दर से बोल्ट किया। फिर सोफे को ठीक किया। मुड़े-तुड़े कालीन को खींचा। गुलदस्ता गिर गया था, उसे फिर से सही जगह पर रखा। चूड़ियों के टुकड़े बीने, साड़ी को सहेजा और धीरे-धीरे खड़ी हो गयी। मैं नहीं जानती थी कि खड़ी होकर मुझे अपने जीवन के निकृष्टतम और सबसे घिनौने अनुभव से गुजरना पड़ेगा। यह तो उससे भी खराब था जब मेहरोत्रा मेरी इज्जत लूट रहा था...मेरी इच्छा के विरुद्ध मेरे साथ सम्भोग कर रहा था...मेरा बलात्कार कर रहा था। उस कृत्य को शायद कभी विस्मृत भी कर दूँ, पर इसे नहीं। कदापि नहीं। जैसे मैं खड़ी हुई मेरे भीतर से पिघला ताँबा धीरे-धीरे बहते हुए मेरी जाँघों पर पहुँचने लगा। मैं एक विवाहित महिला हूँ और मुझे पता था कि बलात्कार होने के बावजूद यह मेरा अपना नहीं था...

यह मेरे शरीर से रिस रहा खून नहीं था। यह शान्तनु मेहरोत्रा की शक्ति थी, उसकी ऊर्जा थी, उसका क्रोध था, उसकी जिद थी, उसकी मर्दानगी थी जो नेचर ने उसे बख्शी थी, और मुझे नहीं। उसी के सहारे उसने आज मुझे मेरी औकात बता दी थी। जैसे आनन्द प्रताप बताया करते थे कभी और उसके चले जाने के बाद, उसकी गैरमौजूदगी में, अपने घर में खड़ी-खड़ी मैं फिर से बेआबरू हो रही थी। वह द्रव मेरे पैरों को घिनाता हुआ कालीन पर एकत्रित होने लगा। मेरे ही ड्राइंगरूम में मेरे प्रेमी ने मेरा बलात्कार किया था। उसके चले जाने के बाद मैंने अपने हाथों से सभी बिखरी टूटी चीजों को सामान्य कर दिया था...ऐसे कि जैसे यहाँ कुछ हुआ ही न हो। यह सब मुझे अपने हाथों से अकेले अपनी इच्छा के विरुद्ध करना पड़ा था...ताकि कोई प्रमाण न रहे कि मेरे साथ कुछ हुआ था। बलात्कार के बाद स्त्री के लिए शायद यही सबसे मुश्किल की घड़ी होती है जब उसे ही अपने साथ हुई ज्यादती के सारे सबूत मिटाने पड़ते हैं। वहाँ तक तो ठीक था। अब उसके बाद यह। शान्तनु मेहरोत्रा का यह पाप, उसका यह अन्याय, उसके इस अत्याचार का अब मैं क्या करूँ! अब इसे मुझे ही साफ करना पड़ेगा। पहले अपने शरीर और फिर कालीन पर जमे उस उजले द्रव को। खुद से इतनी नफरत पैदा हुई, इतनी हीक पैदा हुई कि लगा खड़े-खड़े मर जाऊँ। लेकिन फिर सोचा, अगर मरती भी हूँ तो क्या, इसे तो साफ करना ही पड़ेगा। नहीं तो लोग क्या सोचेंगे! मेरे सामने और कोई रास्ता नहीं था। इस जिल्लत को भोगने के अलावा कोई विकल्प नहीं था।

बेडरूम में लेटे-लेटे जाने क्या सूझा कि मैं आनन्द प्रताप को फोन मिलाने लगी। पर...नहीं। नहीं दबा सकी पूरे नम्बर! फिर पापा को मिलाया। लेकिन उनके खरखराते हलोऽऽऽ के जवाब में मैंने फोन काट दिया। जूही और खुशबू की बस

हॉर्न बजा रही थी। आज मैं बाहर तक नहीं जा सकी। ड्राइंगरूम का दरवाज़ा खोलकर फिर से बेडरूम में जा लेटी।

जो कुछ शान्तनु मेहरोत्रा ने मेरे साथ किया था, उसकी धमक मेरे जीवन में बड़ी दूर तक सुनाई पड़ी। पहले तो उसी महीने। मैं चौंक गयी। अब इसका क्या करूँ शान्तनु! दवाएँ...! जो मुझे मालूम थीं मैंने ट्राई की। कुछ नहीं हुआ। कुछ और इन्तजार...शायद अब। शायद अब...। शायद अब...।

जूही की दफा कितनी खुश हुई थी...कितना फुदक रही थी मैं खुशी से। और आनन्द तो जैसे सातवें आसमान पर थे। हफ्तेवार ढंग से खुशियाँ बढ़ रही थीं हमारी। और खुशबू के टाइम...खुशबू को तो हम दोनों ही बेटा समझ रहे थे। दो लगातार बेटियाँ कहाँ होती हैं किसी को? एक बेटी उसके बाद एक बेटा। हम दो, हमारे दो इसी को तो कहते हैं। जिसको देखो उसी को एक बेटा एक बेटी। हमें इतनी जल्दी थी कि सेक्स जाँच तक करवा डाला। जब मालूम पड़ा खुशबू है तो बस हँसते हुए लौट आये। फिर हर तरफ खाली दो-दो लड़कियों वाले माँ-बाप दिखाई पड़ने लगे। जिसको देखो उसी को दो-दो बेटियाँ। तो हम कहाँ पीछे हैं भाई! जूही की छोटी बहन भी आ ही जाएगी। जल्दी क्या है, आ रही है। फिर हमने नाम भी तय कर लिया—जूही के बाद खुशबू। जूही और खुशबू।

पर मेरे भगवान ये कैसा एहसास है! ये कैसा विचलित कर देने वाला अनुभव है! क्या कर लूँ मैं! इस जबरदस्ती का क्या करूँ मैं? मेरे खिलाफ जो बल प्रयोग हुआ है उसका क्या करूँ! मेरी कोख को मेरी सहमति के बगैर किसी अनचाहे...किसी कँटीले पौधे का घर क्यों बना दिया गया! क्यों हरा दिया उस जानवर ने मुझे? गैर बराबरी की लड़ाई में क्यों उलझाया गया मुझे?

डॉ. वोहरा का नाम सुन रखा था। हाई सोसायटी में वे सेफ हैंड के नाम से जाने जाते थे। शादी से पहले भी कुछ खास लड़कियों से उनका नाम सुन रखा था। बाद में लेडीज क्लब और हाई फाई पार्टियों में उनके नाम के चर्चे सुने थे। मैंने फोन से उनसे एप्वाइंटमेंट माँगा। उन्होंने बहुत सहज भाव से बात की। ऐसा कोई प्रश्न नहीं पूछा जिससे मैं इम्बैरेस्ड फील करूँ। उन्होंने मेरा बैकग्राउंड लिया और दूसरे दिन शाम का समय दिया। नियत समय पर मैं पहुँची तो डॉ. वोहरा ने कुछ जरूरी टेस्ट किये और दो दिन बाद ऑपरेशन के लिए बुलाया।

देखिए, यह सब बड़ा यान्त्रिक-सा, बड़ा कृत्रिम-सा प्रतीत हो रहा है। क्या जरूरत है कि मैं वह सारे दृश्य पेश करूँ, वे सारी बातें सबके सामने खोलकर बताऊँ कि कैसे डॉक्टर से मैंने समय लिया, कैसे उसके क्लीनिक पहुँची, उसने क्या प्रश्न पूछे, कौन से टेस्ट करवाये, फिर कब बुलाया, कैसे मेरी सफाई की...कैसे

मेरा गर्भपात कराया।

लेकिन यह सब बताना जरूरी है, क्योंकि यह मेरी यात्रा का सबसे निर्णायक पड़ाव है, जहाँ आनन्द प्रताप हमेशा-हमेशा के लिए पीछे छूटते हैं। इसके बाद न उनसे कभी बात हुई न कभी भेंट। उन्होंने इस बीच मात्र एक बार फोन किया था...जब उनकी दूसरी पत्नी से उनका तलाक हुआ था। उन्होंने कुछ पश्चाताप के स्वर में अपनी शादी टूटने की बात कही और फिर एक चुप्पी के बाद बोले थे कि उस दिन कॉफी हाउस में शान्तनु मेहरोत्रा ने ही उन्हें बुलाया था। उसी ने उन्हें पूर्व सूचना दी थी कि उनकी पत्नी उससे प्रेम करती है...चाहें तो अपनी आँख से देख लें। मैंने चुपचाप सुना और आनन्द प्रताप को बाय कहे बिना फोन काट दिया।

तो इस यात्रा में मैं अकेली बची। मेरे साथ थी मेरे प्रेमी की काली छाया और मेरे गर्भ में पल रहा उसका नाजायज बच्चा। मेरी बेटियाँ बस पीछे-पीछे चल रही थीं। हाँ, डॉ. वोहरा से मैंने गर्भपात नहीं करवाया। न जाने ऐसा क्या हुआ कि मेरे प्रेमी के पाप की पीड़ा वैसी पीड़ादायक न रही। उस शर्म, उस अत्याचार उस विश्वासघात को बर्दाश्त कर लेने में ही मुझे मेरी मुक्ति दिखाई पड़ने लगी। अजीब बात है!

दो दिन बाद मैं डॉ. वोहरा के क्लीनिक में बैठी ऑपरेशन से पहले अपनी रिपोर्ट देख रही थी। मुझे कोई रुचि नहीं थी कि मेरा ब्लडप्रेशर कितना है, शुगर पोजीशन क्या है, आर.वी.सी. काउंट कितना है। मुझे जल्द से जल्द अपने अन्दर पड़े उस घिनौने टुकड़े को अपने शरीर से निकाल फेंकना था। जैसे एक मवाद से भरा फोड़ा मुँह में उग आया था और उसे थूक देने के लिए मैं बेचैन थी। तभी मेरी नजर पड़ी अन्तिम कॉलम में अंकित दो तीन शब्दों पर—सेक्स ऑव द फीट्स-मेल, भ्रूण का लिंग-पु.। मैंने रिपोर्ट को टेबुल पर वैसे ही पड़ा रहने दिया और डॉ. वोहरा का इन्तजार करने लगी। डॉ. वोहरा ओ.टी. में थे और मुझे अभी और प्रतीक्षा करनी थी। मैंने उस रिपोर्ट को फिर उठा लिया और मेरी नजरें अनायास ही फिर वहीं अटक गयीं—सेक्स ऑव दि...। सहसा मैंने अपने सिर में एक विशेष प्रकार की रासायनिक क्रिया शुरू होने का एहसास किया...जैसे कुछ मोम की तरह पिघल रहा हो। फिर लगा जैसे मुझे घुमरी आ रही है...और फिर एक प्रकार की गुदगुदी की सरसराहट से भरने लगी मैं। और फिर वही रासायनिक जैविक क्रिया नीचे उतरती-सी लगी...मेरे सीने में...जहाँ मेरे वक्ष थे...ठीक उसी के नीचे...और ठीक उसी के पीछे पीठ में भी...और फिर रीढ़ में भी। एक द्रव छुप-छुपकर, रुक-रुककर प्रवाहित हो रहा था। अनचाहे मेरे हाथ मेरे वक्ष पर चले गये और मैंने महसूस किया कि कुछ गीला हो गया है...धड़कन बढ़ गयी

है। वहाँ हाथ रखे रहने से मुझे सुकून मिल रहा था। जैसे ही मैंने बाहर किसी के कदमों की आहट सुनी—पट, पट, पट...मैं समझ गयी डॉ. वोहरा आ रहे हैं, मैंने झट अपने हाथ वहाँ से हटा लिये और पल्लू से अपने वक्षस्थल को ठीक तरह कवर कर लिया। मुझे लग रहा था जैसे घुसते ही डॉ. वोहरा सबसे पहले वहीं देखेंगे।

डॉ. वोहरा एक झटके से अन्दर आये और सच कहूँ मुझे लगा जैसे मेरी चोरी पकड़ी गयी। रिपोर्ट हाथ से फिसलकर नीचे गिर गयी और तैरते हुए डॉ. वोहरा के पैरों में जा सटी। डॉ. वोहरा ने कागज के उस टुकड़े को पैरों से ही सरकाकर टेबुल के बाहर किया और फिर हाथ से उठाते हुए उस पर एक सरसरी-सी नजर डाली। वे कुछ बोलने लगे लेकिन मैं यही सोच रही थी कि उन्होंने उस पर अपने पैर क्यों लगाये! और अगर पैर से छुआ भी तो फिर हाथ से सहलाकर उसे साफ क्यों नहीं किया! उन्होंने कहा—तो समझ गयीं न आप? मैंने कहा—डॉ. साहब, मैं सुन नहीं सकी सॉरी। प्लीज़ फिर से कहेंगे...प्लीज़। उन्होंने रिपोर्ट को बड़ी बेतकल्लुफी से बड़ी लापरवाही से मेरी ओर सरका दिया। मुझे यह भी नहीं अच्छा लगा। ख़ैर, वह बोले—कल आइए...कल ही ऑपरेट करके हटा देंगे...कल ही शाम को छुट्टी। बस दस मिनट का काम है। पैसे बाहर जमा करवा दीजिए। मैंने चुपचाप सुना। जिस ठंडक के साथ डॉ. वोहरा ने सबकुछ कहा था, विशेषकर वह काटकर हटा देने वाली बात, उसने मुझे विचलित कर दिया था। बड़े सेफ हैंड थे डॉ. वोहरा। बड़ा नाम था उनका। दस मिनट में कुछ से कुछ कर सकते थे वह। मुझे लगा बड़े निर्दयी भी हैं डॉ. वोहरा। इनके बच्चे नहीं हैं क्या!

डॉ. वोहरा की बातें सुनते-सुनते और उनके बारे में सोचते-सोचते ही मैंने उस रिपोर्ट को करीने से मोड़कर अपने पर्स में रख लिया था। मैं बिना उन्हें विश किये बाहर निकल आयी। दरवाजे से बाहर निकलते-निकलते मैंने सुना वह कह रहे थे...पैसे बाहर जमा करवाती जाइएगा। बाहर खुली हवा में पहुँचकर मुझे अच्छा लगा। अन्दर तो मेरी साँस फूलने लगी थी। पेमेंट काउंटर पर मैंने एक उड़ती नजर डाली। एक आदमी बैठा था। वह रुपये गिन रहा था। वह मुझे बड़ा निर्दयी लगा। डॉ. वोहरा का दलाल जैसा। वहाँ सफेद कपड़ों में पतली-पतली टाँगों वाली जो नर्स खड़ी थी वह तो मुझे डाइन लगी—पूरी डाइन। पैसा लेकर इन्हें कुछ भी करने से परहेज नहीं। ये कुछ भी काट सकते हैं, किसी की भी साँस की नली बन्द कर सकते हैं। ये तीनों हत्यारे हैं! मैं इस तरह घर की ओर चल पड़ी मानो ये तीनों पकड़कर मेरा पेट जबरन चीर देंगे।

जूही और खुशबू ड्राइंगरूम में पड़े-पड़े सो गयी थीं। मैंने उन्हें जगाया और

लिपटा लिया। मैं उन्हें चूमने लगी, बेतरह प्यार करने लगी। एक जन्नती एहसास से भर गयी थी मैं। मेरा सीना धड़क रहा था, शरीर में खून की रफ्तार बढ़ गयी थी, मन कर रहा था उड़ूँ...उड़ूँ...उड़ जाऊँ। गाऊँ कि नाचूँ...कि हँसूँ...कि बस रोऊँ...रोती जाऊँ....रोती जाऊँ...रोती ही जाऊँ...भर दूँ पूरे घर को आँसुओं से, भर दूँ पूरी धरती को आँसुओं से। तब तक रोती जाऊँ कि जब तक वह आ न जाए...मुझे लिपटा न ले...मुझसे सॉरी न बोल दे, मुझसे क्षमा न माँग ले...मेरा माथा न चूम ले...मुझसे कह न दे—मेरी लैला, मेरी रानी, तुम इसे आने दो। मैं तुम्हारे साथ हूँ...मैं तुम्हें प्यार करता हूँ...देखो हम एक हो गये। हम मिलकर इसे पालेंगे, बड़ा करेंगे। क्या करूँ हे भगवान! कहाँ छिपाऊँ यह सब! कहाँ बचाकर रख दूँ यह सब!

मैंने बेटियों को अपने साथ लिटा लिया। उनके बालों को सहलाते हुए मैंने उनसे चुहल की—जूही, खुशबू, देखो तुम लोगों की बहन आने वाली है मेरे पेट से, तुम लोगों जैसी...फूल जैसी...गुड़िया जैसी। रखोगी न अपने साथ? दोनों एक साथ बोलीं—नहीं मम्मी...हम किसी को नहीं रखेंगे। नहीं चाहिए हमें कोई बहन। तुम बहन लेकर आओगी तो हम उसे मारेंगे...भगा देंगे। दोनों मेरे पास से नखरा करते हुए जाने लगीं। मुझे फिर कुछ सूझी। मैंने कहा—अच्छा सुनो, तुम लोगों को भैया चाहिए? छोटा-सा भैया? पहले तो वे चुप हो गयीं फिर बड़ी वाली बोली—तुम झूठ बोल रही हो। नहीं लाओगी भैया तुम। मैंने कहा—पहले बताओ उसे भगा दोगी...मारोगी या रखोगी अपने साथ, खेलोगी उसके साथ। दोनों एक साथ खिलखिला पड़ीं—रखेंगे...रखेंगे...रखेंगे। आप भैया लाइए...हम लोग राखी बाँधेंगे उसको...उसको कभी नहीं मारेंगे मम्मी।

मेरी खुशी का ठिकाना नहीं था। पापा-मम्मी को फोन मिलाया लेकिन उन्हें कुछ बता नहीं सकी। पर वे भाँप गये कि मैं बहुत दिनों बाद खुश लग रही थी। अब मैं किसे बताऊँ? किसे इस खुशी का राजदार बनाऊँ। शान्तनु? हाँ, बस उसी को बताती हूँ...जरूर बताऊँगी। मैंने लेटे ही लेटे फोन मिलाया। उसकी ठंडी, अपरिचित-सी आवाज दूसरी ओर सुनाई पड़ी—बोलो, क्या कहना है? मैंने उसे रुक-रुककर सबकुछ बता दिया। सिलसिलेवार ढंग से। उस दोपहर के बाद यह उससे मेरी पहली बातचीत थी। मैंने कहा—देखो, अब यह हो गया है तो आओ आगे की सोचें...आनन्द ने भी शादी कर ली है...अब हम कुछ...। वह हाँ-हूँ भी नहीं कर रहा था। मेरा स्वर दब-सा गया। मैंने कहा—सुन रहे हो न...इस समय मुझे तुम्हारी जरूरत है...तुम्हें आना होगा...आज ही आ जाओ...शाम को...देखो शान्तनु...। वह सुनता रहा। खाली सुनता जा रहा था। मैंने कहा—शान्तनु कुछ तो बोलो...क्या सोचते हो...देखो मैं अकेली हूँ। वह बोला—देखो, मुझे इसमें मत

उलझाओ...सुनो...आई एम सॉरी फॉर दैट डे... रियली सॉरी...मुझे पता नहीं क्या हो गया था उस दिन! मुझे माफ़ कर दो...बस और आगे मैं कुछ नहीं सोच रहा...समझीं? उसने मुझे कुछ और बोलने का मौका दिये बगैर ही फोन काट दिया। हुँह...काट दिया तो...काट दिया, पर वह मेरी खुशी नहीं ले जा सका।

नहीं बता सकती कि यह खुशी किस बात के लिए थी और क्यों मैंने डॉ. वोहरा का मुँह फिर से न देखने का फैसला कर लिया था। क्योंकि मैंने फैसला कर लिया था कि मैं इस बच्चे को जन्म दूँगी...चाहे दुनिया इधर से उधर हो जाए।

मैंने कई बार इस प्रश्न को, इस गुत्थी को हल करने की कोशिश की है। भिन्न-भिन्न निष्कर्षों पर पहुँची हूँ इस ऊहापोह को लेकर। जन्म देने के प्रश्न पर अब मेरे मन में कोई दुविधा नहीं थी, कोई संशय नहीं था। मैं अब इस प्रश्न पर पुनर्विचार करने के लिए कतई तैयार नहीं थी। लेकिन...मेरे सामने बहुत दिनों तक एक 'लेकिन' लहराता रहा था। आखिर क्यों मैं अपने विरुद्ध हुए ताकत के इस्तेमाल को भूलती जा रही थी। सच तो यह भी नहीं है कि मैं यह सोच रही थी कि आखिर इसमें इस अजन्मे जीव की क्या गलती है! ऐसी आदर्शवादी सोच मेरी नहीं थी। मुझे माँ बनने की चाहत नहीं थी...माँ तो मैं पहले से ही थी। खुले विचारों की मैं शुरू से रही थी, तो क्या यह बौद्धिक फैसला था। किताबों के पढ़ने से जो आता है...अच्छा सिनेमा देखने से जो पनपता है...खादी कुर्ता, जींस और कोल्हापुरी चप्पल पहनने के बाद जिसकी हम वकालत करने लगते हैं। बेतरतीब दाढ़ी बढ़ा लेने, कंघी न करने, चूड़ियाँ-गहने और मेकअप त्याग देने और कन्धे पर लम्बा झोला लटका लेने के बाद जिन बातों के लिए हम दलील देने लगते हैं...क्या यह इसीसे उपजा था?

नहीं कह सकती, ठीक से नहीं कह सकती यह क्या था। क्या मैं अनचाहे ही उस विश्वासघाती शान्तनु और शक्की, सैडिस्ट आनन्द प्रताप को सबक सिखाने के लिए ऐसा करना चाह रही थी? अपनी कोख से पैदा करके उनके बरक्स किसी को खड़ा कर सकूँ...और ऐसा करके अपने दिल को जुड़ा सकूँ। कि बस डॉ. वोहरा के चैम्बर में बैठे-बैठे एक पल में लिया गया भावुक फैसला था यह। कि हे भगवान, हे मेरे बनाने वाले, हे स्त्रीमन को बनाने और जानने वाले, क्या एक बेटे की माँ कहलाने की अनबुझी प्यास थी यह? क्या डॉ. वोहरा के चैम्बर में बैठे-बैठे अचानक लालच से भर गयी थी मैं? लालच? लालच नहीं...लालसा। लालसा भी नहीं, ललक। एक बेटे की ललक। कुछ भी हो, अपनी बेटियों से बात करने के बाद और शान्तनु मेहरोत्रा का जवाब सुनने के बाद मुझे इस बात की परवाह नहीं थी कि लोग क्या कहेंगे! कि यह बच्चा आया ही क्यों?

इस फैसले के बाद मेरी उलझन जाती रही थी और मेरा चैन, मेरा सुकून और सन्तुलन वापस आ गया। आनन्द प्रताप के जाने के बाद शान्तनु और शान्तनु के जाने के बाद यह। ऐसे महसूस होता था कि जैसे मुझे तो इसी की जरूरत थी, इसी का इन्तजार था। कब से...कब से इसी के इन्तजार में थी मैं। जैसे युगों से, जैसे जनम-जनम से, जैसे तब से जब से पैदा हुई थी। जैसे मैं इसी के लिए पैदा हुई थी। जैसे मैं इसके बिना कुछ न होऊँ। वह आ गया है तो मेरा होना है। उसके होने से ही मैं हूँ। उसके होने के लिए ही मेरा होना था। उसके होने की नैतिकता से किसी को क्या! जैसे आनन्द प्रताप के बिना मैं कुछ नहीं थी। जैसे शान्तनु के बिना मैं क्या थी! जैसे मैं तो कुछ थी ही नहीं। अब मैं कुछ हूँ। अब मैं भी कुछ हूँ!

मेरे भगवान, डॉ. वोहरा से मुझे बचा लो। बड़ा घटिया आदमी है यह! कौन कहता है डॉक्टर है यह! लालची...हत्यारा। आज सुबह-सुबह ही फोन पर था। देखिए मैं एक हफ्ते के लिए बाहर जा रहा हूँ...अब आपका काम एक हफ्ते बाद ही हो सकता है। लेकिन फिकर न करें...मैंने रिपोर्ट देखी है, सब कंट्रोल में है। हाँ, आपने तो पैसे भी नहीं जमा करवाये। पैसे एडवांस में जमा करवा दीजिए। टेक केयर...।

मैं हँसी। हँसी क्या, उस टुच्चे डॉक्टर को भला-बुरा बकने लगी। बकती ही गयी जब तक कि जूही और खुशबू ने मुझे चुप नहीं करा दिया।

तो अब उस आने वाले के लिए मुझे एक कैलेंडर बनाना होगा। दवाएँ, सीरप, इंजेक्शन...कब...कैसे...सबका हिसाब रखना होगा, सबका ध्यान रखना होगा। जैसे जूही के पेट में आते ही आनन्द प्रताप ने पूरा आसमान सिर पर उठा लिया था। लेकिन अबकी बार...अब इस बार क्या इतराना? किस पर इतराऊँ? शान्तनु ने सारा मजा किरकिरा कर दिया था। छोड़ो जाने दो...घिन आती है उस दरिन्दे के नाम से। जाती हूँ...अकेले ही मिलती हूँ अपनी फेमिली डॉक्टर तेजी सिन्हा से।

लेकिन डॉ. तेजी सिन्हा के पास जाने में हिचकिचाहट थी। उन्हें मालूम है कि मैं और आनन्द अलग हैं। कहीं उलटे-सीधे प्रश्न पूछने लग गयी तो? मैंने डॉ. मानसी भगत का नाम सुन रखा था। वहाँ ठीक रहेगा। हाँ, वहीं। डॉ. मानसी भगत एम.बी.बी.एस. गायनाक्लोजिस्ट, लारेंस रोड।

लेकिन रुकिए। चीजें मेरे लिए सही नहीं जा रही थीं यह बात मुझसे छुपी नहीं थी। लेकिन सबकुछ इतना उलट-पुलट जाएगा। इसका इलहाम मुझे नहीं था। इसके बाद जो कुछ हुआ वह निःसन्देह मेरी यात्रा का सबसे मुश्किल, सबसे नाजुक और अगर मैं बिना भावुक हुए बयान करूँ तो सबसे दिलचस्प मोड़ साबित

हुआ। यहाँ पहुँचकर मैं फिर से निपट अकेली हो गयी। फिर से विकल्पहीन हो गयी। फिर वहीं जा खड़ी हुई जहाँ से सब कुछ शुरू हुआ था। इस समय मेरे पास न मेरे बाप थे न माँ थी, न आनन्द थे, न शान्तनु था और न ही दोनों बेटियाँ। महारानी सेतिया उर्फ लैला—अकेली जान। उसके बाद के दिन...शान्तनु मेहरोत्रा क्या तुम सुन रहे हो...उसके बाद के दिन बड़े भारी गुजरे मुझ पर, बड़े भारी।

सुबह डॉ. मानसी भगत के लिए निकलने ही वाली थी कि डॉ. वोहरा का फोन आ गया। वे आराम से बोल रहे थे—कल आ जाइए खाली पेट। मैंने फोन पटक देना चाहा। मनहूस आदमी। हत्यारा डॉक्टर। मैं कहीं जा रही हूँ और यह कातिल मुझे कहाँ बुला रहा है। इसे बस पैसे चाहिए। फिर भी मैंने सोचा ठीक है, सुन लेती हूँ इसकी बात। वह आगे बोला—कोई अटेंडेंट हो तो ठीक है...नहीं तो अकेले आ जाइए...नो प्रॉब्लम। हाँ, एक बात और। वैसे ऑपरेशन से उसका कुछ लेना-देना नहीं है। मैं आज कम्प्यूटर पर रिचेक कर रहा था...रिपोर्ट परफेक्ट है...सिर्फ सेक्स ऑव द फीट्स में पढ़िये—फीमेल। मशीन की गड़बड़ी...क्या कहें। एनी वे फॉरगेट इट। हार्डली मैटर्स। लड़का हो या लड़की...हटाना तो है ही। आप कल आ जाएँ। मुझे याद नहीं मैं फोन पकड़े उसी दशा में कितनी देर सन्न खड़ी रही थी, फिर वहीं डाइनिंग टेबुल पर सिर रखकर सो गयी। बहुत देर बाद उठी तो लगा जैसे बीमार हूँ। और अब बीमार ही रहूँगी। अब ऐसी स्थिति में आप क्या करेंगे? क्या कर सकते हैं? आप दो छोटे-छोटे बच्चों के साथ अकेले हैं। आसमान से आप गिरे हैं मुँह के बल। आप बिला वजह उड़ने लगे थे फूले गुब्बारे के माफिक। फिर किसी ने सुई चुभो दी। आप पहले पिचकते हैं फिर तेजी से नीचे आ जाते हैं। एनी वे फॉरगेट इट। हार्डली मैटर्स। डॉ. वोहरा ने कहा था।

डॉ. वोहरा सेफ हैंड जरूर थे लेकिन वे मशीन का क्या करें, अल्ट्रासाउंड के अन्दर तो नहीं बैठे थे वह। आदमी गलती करते हैं तो मशीनें भी कर सकती हैं। उन्होंने मुझे दूसरे दिन बुलाया था अबॉर्शन के लिए। अबॉर्शन कराना है तो...काटकर हटाना है तो फीट्स के सेक्स से क्या! होने वाला बच्चा लड़का है या लड़की, इसका तो कोई अर्थ ही नहीं।

लेकिन सोचते-सोचते मेरा माथा ठनका। डॉ. वोहरा का चेहरा...उनका असली चेहरा...उभर आया मेरी आँखों के सामने। वोहरा के बच्चे, मैं जानती हूँ तुझे। चालाकी कर रहा है तू। मैंने पैसे नहीं जमा किये न! मैं दूसरे दिन तेरे क्लीनिक पर नहीं गयी न! तू डर गया। लड़का समझकर कहीं मैंने अपना इरादा तो नहीं बदल लिया! तब तो तेरी भारी-भरकम फीस का नुकसान हो जाएगा। तो तूने यह चाल चली। लड़की समझकर मैं भागी आऊँगी तुझसे अपना पेट चिरवाने।

चुप बैठ डॉ. वोहरा चुप...।

मैंने डॉ. मानसी भगत के क्लीनिक पर पहुँचने में देर नहीं की। लम्बी प्रतीक्षा...दस तरह के टेस्ट...स्पेशल फीस...दीवारों पर चस्पाँ तरह-तरह की हिदायतें...तरह-तरह के पोस्टर...और उनमें एक यह भी कि भ्रूण का लिंग टेस्ट करवाना अपराध है, अनैतिक है। आदि-आदि। फिर दो दिन बाद मिलने की सलाह।

और दो दिन बाद डॉ. मानसी भगत ने डॉ. वोहरा को सही ठहरा दिया...उनकी मशीन के पहले रिजल्ट को गलत करार दिया। डॉ. मानसी के सामने बैठी-बैठी मैं हिल गयी। मेरा मुँह सूखकर काँटा हो चला था...दिल जैसे बैठा जा रहा था...चेहरा जरूर पीला पड़ गया होगा। अपने दोनों पैरों की आपस में रगड़ते हुए मैंने उनसे विनती की—एक टेस्ट और...आप एक बार और टेस्ट करके देख लें...कहीं धोखा हो गया हो...प्लीज मैडम...मैं फीस दे रही हूँ। मैं पर्स खोलने लगी। मैंने जल्दी-जल्दी पैसे उनके सामने रख दिये...बिना गिने। मैं कब आऊँ मैम? मेरी आवाज दब-दबकर आ रही थी...शायद उसमें कुछ कम्पन भी था। कल, उन्होंने सामने रखे पैसों में से कुछ लौटाते हुए कहा। कल शाम को अकेले मिलो। हाँ, एक बात और। अब मैं अबॉर्शन नहीं करती...वैसे सेक्स टेस्ट भी नहीं करती...लेकिन तुम्हारी दशा देखकर...। कल मिलो...कल।

दूसरे दिन उन्होंने फिर टेस्ट किये और एक बार फिर डॉ. वोहरा की दूसरी रीडिंग सही साबित हुई। मैं बिना कुछ बोले, बिना कुछ और सुने लौट आयी। और फिर...एनी वे फॉरगेट इट, हार्डली मैटर्स...डॉ. वोहरा के ये शब्द मुझे सहारा देने लगे। और वह दगाबाज...वह जानवर...वही शान्तनु मेहरोत्रा...मुझे याद आने लगा। उसका चेहरा तैरने लगा आँखों के सामने। काला क्रूर चेहरा। सब कुछ कितनी जल्दी उलट-पुलट गया था।

कई दिनों तक मैं ऐसे ही पड़ी रही—ऐसे ही जैसे शादी के घर से सारे मेहमानों व रिश्तेदारों के चले जाने के बाद हम पड़ जाते हैं। बच्चे जब स्कूल चले जाते तो खुद को तलाशने का मौका मिलता। जो कशिश अचानक ही अपने अन्दर उस दिन डॉ. वोहरा के चैम्बर में महसूस की थी वह कहाँ काफूर हो गयी! कई दिनों तक एक कलम से लिखते-लिखते अचानक हमें पता चलता है कि अरे! इसकी तो स्याही ही खत्म हो गयी। अभी तक कितनी अच्छी, कितनी सरल तरह से लिखती जा रही थी। हम लाख कोशिश करते हैं लेकिन कागज पर वही रूखापन उभरता है। वह गर्म रसायन जो मेरी नसों में, मेरे दिमाग में, मेरी रीढ़ में, मेरे वक्षस्थल में कुछ दिनों से बह रहा था, अचानक ठंडा और गाढ़ा हो चला। जैसे उस जगह पर जहाँ से रिसाव शुरू हुआ था...जहाँ से वह फूट पड़ा था किसी

ने ठेपी लगा दी हो।

कई बार खयाल आता है कि जो है अब उसी को सँभालो, उसी को बचा लो। अगर वह ठीक था तो यह क्यों नहीं! मेरी बेचैनी, मेरे ऊहापोह का अन्दाजा लगाना कठिन है...मेरी कूवत कम हो रही थी...मेरी शर्म मुझ पर फिर हावी होने लगी। मैं वापस वहाँ क्यों लौटने लगी थी जहाँ शान्तनु मुझे उस काली मनहूस दोपहरी में छोड़कर चला गया था।

नयी रिपोर्ट ने ऐसा क्यों कर दिया था? आखिर मैं चाहती क्या थी? सच और झूठ, स्याह और सफेद एक-दूसरे से इतना हिल-मिल जाएँगे, इसका मुझे दूर-दूर तक अन्देशा नहीं था। दोनों को अलग करने वाली पहली महीन रेखा ऐसे गुम हो जाएगी, मैंने कभी सोचा भी नहीं था। मैं एक स्टैंड लेना चाहती थी और इस स्टैंड पर अडिग रहकर लड़ना चाहती थी। लेकिन मैं मजबूर हो रही थी। सच यह है कि मैं मजबूर हो रही थी अपने आप से ही। मैंने फिर सोचना शुरू कर दिया कि मेरी कोख में मेरी इच्छा के विरुद्ध, एक पौधा रोप दिया गया है। जिसे मैं सींच रही हूँ। किसी ने मुझे मेरे घर में जलील कर दिया और मैं उस जलालत की हिफाजत कर रही हूँ। अपनी ताकत का इस्तेमाल करते हुए किसी ने मेरे मुँह में थूक दिया और अब मजबूर किया जा रहा है कि उसे निगल लूँ। किसी के थूके हुए को मैं निगल लूँ, यह कैसे हो सकता है! अपने निरादर के अपवित्र अनुष्ठान में मैं कैसे भाग लेती!

यह एक अनन्तकाल तक चलने वाली उधेड़बुन थी जो मुझे खाये जा रही थी। मुझे मुक्ति चाहिए। जो कुछ मेरे अन्दर पहुँच गया है, उससे कोई आजाद कर दे मुझे। मुझे मालूम है कि अब जो मैं बताऊँगी उस पर आप विश्वास नहीं करेंगे। लेकिन यह सच है। एकदम सच। वैसे ही, जैसे हवा है, हवा का बनानेवाला है। मेरे पास प्रमाण नहीं है, मेरे पास सबूत नहीं है, मेरे पास दलील नहीं है, लेकिन यह सच है। उस लड़की ने मुझसे बात की। मैंने अपने कानों से सुनी उसकी आवाज, उसकी बात, उसके ताने-उलाहने।

"महारानी सेतिया, तुम मुझे मारना चाहती हो न! बोलो, मारना चाहती हो न! मत करो ऐसा मेरे साथ। मैं आना चाहती हूँ। सचमुच मैं आना चाहती हूँ।...मेरे ऊपर दया करो।"

अँधेरे में मैंने उसे नहीं देखा। नहीं देख सकी। लेकिन वह मेरे करीब ही थी। मेरे एकदम करीब, मुझसे लगी हुई, मुझसे चिपटी हुई। जैसे आपको विश्वास नहीं हो रहा है, वैसे मुझे भी अपने कानों पर विश्वास नहीं हुआ था, जब वह बोली थी।

डॉ. वोहरा का नम्बर मेरे पास था और मैंने उनसे फिर से मिलने का मन

बना लिया। डॉ. मानसी के यहाँ यह सम्भव नहीं था तो डॉ. वोहरा ही मेरी मदद कर सकते थे। वह बोले—आ जाइए सुविधानुसार। उस लड़की की बातें सुनकर मैं विचलित हो उठी थी। जो कुछ मुझे करना है, जल्दी करना होगा।

मेरी दोनों बेटियाँ मेरे बदले मिजाज से नावाकिफ नहीं थीं। वे समझ रही थीं, मैं किसी बात को लेकर डिस्टर्ब हूँ। डाउन हूँ। उस दिन बड़ी वाली ने पूछ लिया—मम्मा, क्या हुआ है आपको? मैं चुप रही तो उसने मेरी चोटी खींच ली—अच्छा बताओ, तुमने कहा था हमारा भैया आ रहा है। अब भला मैं क्या बोलती! क्या था बोलने को! मैंने उसे पास बैठाते हुए दुलार से पूछा—और अगर सुन्दर-सी छोटी बहन आ जाए तो? खुशबू से भी छोटी...इत्ती-सी...जैसी तुम्हारी गुड़िया है। फूल जैसी...। सुनकर वह चीख पड़ी—नहींऽऽऽ। नहीं चाहिए बहन। मेरी बहन खुशबू है। बस हम दोनों, बस हम दोनों। छुटकी भी उसका साथ देने लगी। दोनों कोरस करने लगीं। लेकिन विश्वास मानिए, मेरी आँखों ने देखा, दो नहीं—तीन लड़कियाँ चिल्ला रही हैं। तीन लड़कियाँ रो रही हैं। तीन लड़कियाँ घर के सामान फेंक रही हैं। तीन लड़कियाँ मेरे बाल खींच रही हैं। तीन लड़कियाँ मुझे कुछ ज्यादा ही लगने लगीं। जैसे घर में भीड़ हो। बहुत सारी चिल्लपों...बहुत सारा रोना-गाना...बहुत लड़ाई झगड़ा। और...घोर अव्यवस्था, घोर निराशा, घोर विपत्ति। और फिर एक बलात्कार! सब कुछ इन्हीं लड़कियों के कारण। पहले ये दो थीं। अब ये तीन हैं। सहसा मैं कमजोर हो गयी। और कमजोर हो गयी। वही कमजोरी...जिसका फायदा आनन्द प्रताप और शान्तनु मेहरोत्रा ने उठाया था। शायद उसी कमजोरी के कारण मेरे अन्दर अपराध पनप उठा जिसकी जड़ें तेजी से चारों ओर फैलने लगीं। और इसकी जिम्मेदार मैं थी।

कल जरूर डॉ. वोहरा से मिलूँगी। टालने से कोई फायदा नहीं। लेकिन आज तो सो लूँ। देर रात तक नींद नहीं आयी। जाने कब आँख लगी। फिर न जाने कहाँ से वह तीसरी लड़की आ टपकी। वही लड़ंका। आप मानें न मानें आज वह मुझसे लड़ने पर आमदा थी। चेहरा दमक रहा था उसका।

"सुनो, तुम सोचती हो मुझे काटकर फेंक दोगी। नहीं कर सकती तुम ऐसा। अगर ऐसा करोगी तो तुम्हारी जान पर बन आऊँगी, समझ लेना। तुम्हें भी साथ ले जाऊँगी मैं। और सुनो, उसको तो तुम पैदा करने वाली थी...अब मेरी दफा क्या हो गया महारानी सेतिया!"

आप समझ रहे हैं यह सपना था। ठीक है। लेकिन वह मुझे धमका रही थी। साफ-साफ बोल रही थी वह। मैंने अपने कानों से सुना था। यह लड़की कुछ भी कर सकती है। बड़ी तेजी से बढ़ रही थी वह...पेट में फैलती जा रही थी। मैं उठकर बैठ गयी। मेरी बगल में ही जूही और खुशबू सो रही थीं। वहाँ

कोई और लड़की दूर-दूर तक नहीं थी। मैंने अपने पेट पर हाथ रखा। अन्दर हरकत महसूस हुई। कोई अभी-अभी आकर फिर से अपनी जगह बैठ गया था...अन्दर पेट में। मैं पसीने से तर-ब-तर थी। मेरा दिमाग मेरे कंट्रोल में नहीं था। शान्तनु मेहरोत्रा, मैं तुम्हें कभी नहीं माफ करूँगी। मैं उसे गालियाँ देने लगी, कोसने लगी, पर उस विश्वासघाती का क्या बिगाड़ सकती थी!

अब और नहीं। डॉ. वोहरा ही मेरी मदद कर सकते हैं। वही कुछ करेंगे। इस कलंक से...शान्तनु के शाप से वही मुझे मुक्ति दे सकते हैं। मेरे नसीब में जो लिखा है, वही मिटा सकते हैं। मेरे भाग्य में जो बदा है, वही हटा सकते हैं। मैंने फोन किया, उन्होंने तुरन्त बुला लिया। डॉ. वोहरा मुझे पहले दिन से ही नहीं जमे थे। उनका डॉक्टरों वाला गोरा रंग, मझोला कद, और उनकी मीठी आवाज न जाने क्यों मुझे अच्छी नहीं लगी थी। पर वह सेफ हैंड थे। कभी उनके हाथ कोई केस खराब नहीं हुआ था। कभी किसी की बात बाहर नहीं गयी थी। वह हर राज को अपने सीने में दफन कर लेते थे। कितने ही राज उनके सीने में दफन थे। वे चलती-फिरती कब्रगाह थे। उन्होंने कभी किसी को रुसवा नहीं किया था, किसी को ब्लैकमेल नहीं किया था। जो उनकी शरण में पहुँचा, उसकी मदद कर देते थे। बस उनकी फीस थी जिसे वह कभी माफ नहीं करते थे। पर साफ बता दूँ, मुझे वे अच्छे नहीं लगे थे...उसी दिन से। कोई और रास्ता होता तो मैं उनके पास दुबारा कतई न जाती।

मैंने फीस की पर्ची नर्स को सौंपी और वह बिना कुछ बोले सीढ़ियाँ चढ़ने लगी। लैंडिंग पर पहुँचकर वह रुकी, मुझे देखकर मुस्कुरायी और अपने हाथ से अँगूठे को बाहर निकालकर इस तरह इंगित करने लगी जैसे दिल्ली की सड़कों पर लड़कियाँ लिफ्ट माँगती हैं। मुझे उसके पीछे हो लेना था। उस नर्स को मैंने पहली विजिट में भी देखा था। जितनी नीरस और बदसूरत वह उस दिन लगी थी उतनी ही आज भी। लकदक फ्रॉक, कमर में पेटी, सिर पर टोपा और पैरों में स्लैक्स जैसा कुछ। उसके पैर पता नहीं क्यों मुझे अच्छे नहीं लग रहे थे। उसने फिर लिफ्ट माँगने वाले अन्दाज में इशारा किया और मैं उसके पीछे चलने लगी। उसकी पूरी बनावट में, उसकी पूरी सजावट में, उसकी पतली टाँगें मुझे बेहद खराब लग रही थीं। एक बार तो लगा जैसे उसकी चिड़ियों जैसी टाँगों को देखकर मुझे उबकाई आ रही है। मेरा अनुभव है कि फिनायल की गन्ध में अगर पतली-पतली टाँगें मिली हों तो मन खराब हो जाता है। उस अस्पताल में दोनों की भरमार थी।

मैं कई हरे पर्दों को पार करती हुई वहाँ पहुँची जहाँ वह पतली टाँगों वाली नर्स खड़ी मेरा इन्तजार कर रही थी। उसने पीछे से दरवाजा बन्द किया और मुझे एक झब्बा थमाते हुए बोली—जल्दी-जल्दी कपड़े उतारो और इसे पहन लो। सारे

कपड़े उतारना। मैं हरे पर्दे की ओट में खड़े होकर कपड़े उतारने लगी। वह टेबुल पर पड़े तामचीनी के बड़े से बाउल में रखी कैंचियों, चाकुओं, उस्तरों, चिमटों और सूजों को पोंछने में मसरूफ हो गयी। मैं उसे कनखियों से देख लेती थी। वह भी मुझे कनखियों से देख लेती थी। कितने हफ्ते का है? उसने अपनी पतली-पतली उँगलियों में रबर के दस्ताने पहनते हुए पूछा। मैं उसके बेहूदा सवाल को इग्नोर करते हुए अपने उतारे कपड़ों को अलगनी पर टाँगने लगी। उसे छुपा दो, उसे कपड़ों के अन्दर कर दो। डॉ. वोहरा क्या सोचेंगे! वह मेरी पैंटी की ओर इशारा करते हुए बोली। मैं उसे देखने लगी...उसी नर्स को। कैसी बातें करती है ये! ठीक से रखो उसे और यहाँ लेट जाओ। ये लो इसे बालों में लपेट लो, उसने एक नीले रंग का तौलिया मेरी ओर बढ़ाते हुए कहा।

मैं एक बड़े से टेबुल पर लेट गयी। उसने बिना किसी तकल्लुफ़ के झब्बे को मोड़कर मेरे पेट पर कर दिया। मेरी नाभि के नीचे चल रही छोटी-सी कैंची की किटकिट के बीच वह मुझसे कुछ उलटे-सीधे सवाल करती जा रही थी। पर मैं आँखें बन्द किये लेटी रही। उसकी उँगलियों में कमाल का फन था। वैसा ही फन उसकी जबान में भी था। पर मैं चुप ही रही। फिर उसने ढेर सारा लेप मेरे नाभि के ऊपर-नीचे लगा डाला और बड़ी लियाकत के साथ तौलिये को ऊपर नीचे करने लगी। मैंने धीरे से पूछा—सिस्टर, ऑपरेशन कौन करेगा? डॉ. वोहरा और कौन? वह दूसरे तौलिये को पेट पर रगड़ते हुए बोली। क्यों कोई लेडी डॉक्टर नहीं कर सकती। मैंने दबे स्वर में पूछा। नहीं, डॉ. वोहरा ऐसे केसेज खुद करते हैं, बस आ ही रहे हैं। ऐंड यू डोंट वरी, आई शैल बी हियर विद यू। मेरे हाथ बरबस ही झब्बे पर चले गये। मैंने झब्बे को नीचे कर लेना चाहा लेकिन उसने रोक दिया—दवा लगी है, ऐसे ही रहने दो। फिर वह अपने दाहिने हाथ से मेरे पेट को थपथपाते हुए बोली—चिड़िया है न? मैंने उसे प्रश्नवाचक दृष्टि से देखा। मैं नहीं समझी थी वह क्या पूछ रही है। छोकरी है न? उसने स्पष्ट कर दिया। मैं उसे दो पल के लिए देखती रही फिर बुदबुदायी—नहीं मालूम।

डॉ. वोहरा पहले दिन की तरह अचानक ही कमरे में घुसे। मैं हकबका गयी। मैंने झब्बा नीचे सरका लिया। वे कोट उतारते हुए बोले—डोंट वरी मैडम, इट विल बी ओवर विदिन हाफ ऐन ऑवर और फिर उन्होंने जल्दी-जल्दी कुछ और बातें करके मुझे सहज कर दिया। जब तक वे अपना कोट, टाई, घड़ी और अँगूठियों को एक-एक कर उतारकर नर्स को थमा रहे थे, मैं उनसे कुछ बेवकूफी भरे प्रश्न पूछती रही—क्या जो हमारे पेट में होता है, हमसे बात कर सकता है? क्या वह मुझे कोई नुकसान पहुँचा सकता है? क्या वह?

डॉ. वोहरा एप्रन पहन चुके थे। फिर वह दस्ताने चढ़ाते हुए बोले, सिस्टर

जरा स्पॉट दिखाना। उस पतली टाँगों वाली नर्स ने झब्बे को ऊपर की ओर सरकाना चाहा, लेकिन झट मेरे दोनों पैर सट गये और हाथों ने झब्बे को वहीं दबा दिया। डॉ. वोहरा सरकते हुए मेरे सिर की ओर चले आये—डोंट फील बैड मैडम, ऐंड डोंट वरी...सब ठीक हो जाएगा...आप नर्स को अपना काम करने दीजिए। उन्होंने मेरा हाथ झब्बे से अलग कर दिया और मेरे पेट पर हाथ रखकर कुछ टोह लेने लगे। उन्होंने नर्स से अल्ट्रासाउंड की रिपोर्ट माँगी और उसे गौर से देखने लगे। फिर दाहिने हाथ को नाभि के आसपास गोल-गोल घुमाते हुए फुसफुसाये—कब की बात है यह? मैंने उन्हें ठीक-ठीक तारीख बता दी। वह हुँकारी भरते हुए मेरे सिर की ओर आ गये और गर्दन की जाँच करने लगे। हसबैंड को पता है? उनके इस प्रश्न से मैं कुछ असहज हो गयी। कोई बात नहीं, आप बिल्कुल फिकर न करें, यहाँ आने वाली सेवेंटी परसेंट लेडीज के हसबैंड्स को कानोकान खबर नहीं होती...और ख़बर होनी भी नहीं चाहिए, वह मेरी गर्दन पर उँगलियाँ फेरते हुए बोले। फिर उनके हाथ मेरे कानों को हल्के-हल्के रगड़ने लगे। फिर उन्होंने स्टेथेस्कोप माँगा और उसे अपने कानों में सेट करते हुए बोले, डोंट फील गिल्टी, पेट के अन्दर से कोई बात नहीं करता, यह आपका वहम है और कुछ नहीं। मुझे कुछ अजीब-सा लग रहा था। वह नर्स मेरा झब्बा ऊपर करके नाभि के नीचे कुछ काम कर रही थी। डॉ. वोहरा एक हाथ से पेट पेडू और नाभि का ऊपरी हिस्सा सहलाते रहे और दूसरे हाथ से स्टेथेस्कोप को मेरे सीने के बीचोबीच लगाते हुए बोले—पेट से लग रहा है दिस इज फर्स्ट प्रेगनैन्सी? हस्बैंड अधिकतर बाहर रहते हैं क्या? मैंने कोई जवाब नहीं दिया। मुझे अब ऑपरेशन होने का बेचैनी से इंतज़ार था। क्या कर रहे हैं डॉ. वोहरा? वह फिर बोले देखिए—आजकल यह सब तो होता ही है। मेरी वाइफ को ही लीजिए! उसे पूरी फ्रीडम है। उसकी तरफ से मुझे भी फ्रीडम है। उनका आला जगह बदल-बदलकर मेरे सीने की तलाशी ले रहा था। मुझे उनकी हरकतें और उनकी बातचीत बिल्कुल भी अच्छी नहीं लग रही थीं। मैं चाहती थी वह जल्दी से मेरा ऑपरेशन करें और मुझे जाने दें। किसने रिकमेंड किया मेरा नाम? आप भविष्य में भी कभी भी आ सकती हैं। हमारे पास तो रोज ही एक-दो केस आते हैं। आजकल लड़की चाहता ही कौन है! वे बोले और सहसा मुझे लगा आले की जगह उनके हाथों ने, उनकी उँगलियों ने ले ली है। वे अपना हाथ मेरे शरीर पर फिरा रहे हैं। मैंने विरोध करना चाहा। मैं कसमसाने लगी। डॉ. वोहरा, प्लीज ऑपरेशन करें। मैं गुस्से में थी। नर्स अपना काम करके किनारे खड़ी थी। डॉ. वोहरा ने मेरा मूड देखकर अपने हाथ हटा लिये। लेकिन वे बड़े ढीठ आदमी थे, बोले—एक गोली बता दूँगा...लेती रहें...एकदम सेफ रहेगा। जब तक गोली लेंगी फ्री रहेंगी। उनके हाथ

मेरी नाभि के नीचे फिसलते जा रहे थे। मैंने अपने पैर मोड़ लिये और उन्हें जल्द ऑपरेशन शुरू करने के लिए कहा।

अब वे मेरे पैरों के पास खड़े थे और घूरे जा रहे थे। मैं इतनी बेवकूफ नहीं कि समझ न सकूँ। इस डॉक्टर की नीयत में मुझे खोट साफ नजर आ रही थी। यह मेरी मजबूरी का फायदा उठाने पर आमादा था। मेरी नाभि के नीचे पैरों के बीच में ऐसे घूर रहा था जैसे कोई भूखा भिखारी किसी दूसरे के सामने रखी भोजन की थाली को देखता है। वह देख रहा था...देखे जा रहा था। वह व्यक्ति मुझे शान्तनु मेहरोत्रा में तब्दील होता नजर आया। वही भंगिमा, वही लस्ट, वही दरिन्दगी।

मैं डॉ. वोहरा और शान्तनु के बीच डूबने-उतराने लगी। यह आदमी मुझे शुरू से ही नहीं जमा था। यह मुझे छलने की कोशिश कर रहा है। यह तो मुझसे पैसे लेकर मेरा अपमान कर रहा है, मेरे शरीर का मजाक उड़ा रहा है। इसने मेरे विश्वास को, मेरे ट्रस्ट को बिल्कुल भी महत्त्व नहीं दिया। अगर मैंने कुछ किया नहीं तो यह डॉक्टर मेरे साथ बलात्कार कर सकता है। नीच है यह, गिरा हुआ है, मर चुका है यह आदमी, लानत है इस पर। गुस्से से मैं काँपने लगी। सचमुच मैं उसकी हत्या कर सकती थी उसी चाकू से। उसका गर्दन दबा सकती थी...तब तक...तब तक...जब तक कि वह मर न जाता।

लेकिन अचानक न जाने क्या हुआ कि मैं एक झटके से उस टेबुल से नीचे आ गयी। कुछ देर तक मैं उसे यूँ देखती रही जैसे मुझे उस पर दया आ रही है। सचमुच उस पचास साल के अधेड़ पर मुझे दया आने लगी और मेरे हाथ झब्बे की तरफ बढ़ गये। मैंने उस झब्बे को दोनों हाथों से पकड़ा और ऊपर की ओर उठाती चली गयी और सिर से पार कराकर डॉ. वोहरा के मुँह पर फेंक दिया। वह आदमी बुत की माफिक खड़ा मेरे नग्न शरीर को अवाक् देखता रहा। मैं पूरी तरह निर्वस्त्र थी, वह पूरी तरह निःशब्द। मैंने उसे जोर की पटखनी दी थी। लेकिन वह गिरा नहीं। अब उसे गिराना था। मेरे मुँह से सिर्फ़ यह निकला—देखिए डॉ. साहब, जी भर कर देखिए। खड़ी हूँ आपके सामने। जो कुछ आपने देखा और जो कुछ आपके देखने से रह गया...उसे भी देख लीजिए। मैं एक-एक कर उसी के सामने कपड़े पहन रही थी—ब्रा, पैंटी, पेटीकोट, ब्लाउज, साड़ी...और मन ही मन बोलती जा रही थी। देख मेरे सीने को देख...नोच खा इसे। देख मेरा पेट, देख मेरी जाँघें, देख मेरी नाभि, देख उसके नीचे। मरे जा रहे थे न! आ देख मेरी नाभि के नीचे। देख कुत्ते देख, क्यों बगलें झाँकने लगा अब...देखता क्यों नहीं? उसे जैसे काठ मार गया था।

मैं कुछ ही दिन में दूसरी बार डॉ. वोहरा के क्लीनिक से बाहर आयी थी—

दोनों बार खाली हाथ। घर पहुँचकर निढाल बिस्तर पर पड़ गयी। साल भर में कहाँ-कहाँ से गुजर गयी थी! मेरी जिन्दगी ने क्या-क्या रंग देख लिये थे। रोने के कितने ही मौके-मरहले आये थे। अपने बच्चों का मुँह देखकर मैं चुप ही रही, कभी आँसू नहीं बहाया। लेकिन डॉ. वोहरा के क्लीनिक से लौटने के बाद मैं खूब रोयी। जूही और खुशबू भी मेरे साथ रोने लगीं। हम तीनों देर रात तक रोते रहे। हममें से किसी ने खाना नहीं खाया। किसी ने कुछ नहीं किया, सिवा रोने के। रोते-रोते जूही बोली—ममा, तुम कह रही थी न, छोटी बहन के बारे में! ममा तुम लाओ, हम उसे अपने साथ रखेंगे। खुशबू भी दोनों हाथों से अपने आँसू पोंछते हुए बोली—हाँ ममा, हम उसे प्यार करेंगे। तुम लाओ, हम उसे प्यार करेंगे। मुझे लगा जैसे मैं मुद्दतों से एक सलीब पर लटकी हुई हूँ। मेरी दोनों बेटियाँ मेरी हथेलियों में गड़ी कीलों को निकालने की कोशिश कर रही हैं। उसी कोशिश में वे रो रही हैं।

सुबह नया सूरज मेरे लिए कुछ नहीं लाया। मेरी मुक्ति के सारे रास्ते बन्द हो रहें थे, मेरी जान साँसत में गहरे फँसती जा रही थी। कुछ भी हो, मैं इसे नहीं ढो सकती। कोई इसे काटकर मेरे शरीर से अलग कर दे, कोई हाथ बढ़ाकर इसे मेरे अन्दर से निकाल फेंके।

इसी कशमकश, इसी ताक में कुछ दिन और निकल गये। वक्त कम पड़ रहा था...धीरे-धीरे वह मेरे अन्दर अपनी जगह को बढ़ाती जा रही थी। मुझे उसके एक-एक पल की, एक-एक हरकत की खबर थी। वह क्या करती है, क्या सोचती है, कहाँ डोल रही है, मुझे सब ख़बर हो जाती थी। उसने मेरा सुकून छीन लिया था। मुझे बहुत खराब लगता था, जब कभी वह अपने लिए मुझसे मिन्नतें करने लगती थी...मेरे कानों में फुसफुसाती थी। वह अभी से खुद को मेरी सगी बेटी समझने लगी थी। मेरे अन्दर पहुँचने का, मेरे पास आने का कितना घिनौना तरीक़ा अख़्तियार किया था उसने। वह मेरी रुसवाई पर आमादा थी।

आज मेरा डॉ. शबनम सिद्दीकी से अप्वाइंटमेंट था। मैं रास्ते में थी जब उसने मुझे टोका—देखो ऐसा मत करो। तुम्हीं मुझे बचा सकती हो...मेरी मालिक हो तुम...मुझ पर रहम करो महारानी सेतिया...आने दो मुझे, चाहे फिर मुझे छोड़ देना, मत कहना मैं तुम्हारी बेटी हूँ। लेकिन मैं आना चाहती हूँ, सचमुच मैं इस दुनिया में आना चाहती हूँ...माँ।

उसने मुझे 'माँ' कहा। किस हक से उसने ऐसा कहा था? वह शान्तनु मेहरोत्रा का पाप थी। वह जहर का बीज थी मेरे लिए। उसकी आवाज फिर सुनाई पड़ी। गुस्साई हुई थी—लेकिन मैं तुमसे एक आखिरी युद्ध करूँगी...देख लेना तुम्हें

हरा दूँगी...डॉ. शबनम देखती रह जाएँगी, मैं तुम्हें हरा दूँगी। तुम मुझे इस तरह नहीं मार सकती।

डॉ. शबनम सिद्दीकी का 'पालना नर्सिंग होम' आ गया था। कोई भी दूर से देखकर बता सकता था। पूरा नर्सिंग होम इस तरह बनाया गया था कि दूर से प्रतीत होता था जैसे विशालकाय पालना हो जिसमें बहुत से बच्चे लेटे हुए हैं।

डॉ. शबनम सिद्दीकी ढलती उम्र के बावजूद अपने नाम के अनुरूप तरोताजा नजर आ रही थीं। उन्हें देखते ही उन पर ईमान लाने का मन करे। बड़ी पुरकशिश शख्सियत थीं डॉक्टर साहिबा। डॉ. मानसी और डॉ. वोहरा से एकदम जुदा, एकदम मुख्तलिफ। उनसे मिलने के लिए पहले फीस जमा करना जरूरी नहीं था। फोन पर मैंने दबी जबान में कुछ-कुछ बता दिया था। मुझे इन्तजार नहीं करना पड़ा। उन्होंने मुझे तुरन्त अन्दर बुलवा लिया। एक ही बार में दिलोदिमाग पर छा जाने वाली महिला के सामने थी मैं। चेहरे पर ऐसा नूर, आँखों में ऐसी चमक भरी खामोशी कि चेहरे से बस नजरें हटाने का मन न करे। पूरे चैम्बर में रूहानियत का राज था। उनकी आवाज ऐसी मीठी और सवाल पूछने का अन्दाज इतना दिलकश कि कोई भी अपने मन का भेद खोलकर रख दे। मैंने अपने साथ हुए विश्वासघात से लेकर डॉ. वोहरा की अश्लील हरकतों तक का खुलासा उनके सामने कर दिया। वह बड़े ध्यान से मेरी बात सुनती रहीं, फिर धीरे से बोलीं—तो बोलो अब मुझसे क्या चाहती हो। मैंने कहा, मुझे इस परेशानी से निजात दिलवाइए। ज़िन्दगी भर एहसान मानूँगी आपका, जिन्दगी भर नाम लूँगी आपका। पूरी फीस दूँगी...और जो भी कहेंगी।

डॉ. शबनम ने मेरी जाँच की, अल्ट्रासाउंड करवाया, कुछ और ट्रायल किये—उँगली से, ट्यूब से, आले से काफी देर तक टोह लेती रहीं। फिर फीस जमा करवाने के लिए पर्ची पर कुछ लिख दिया। उठते-उठते मैंने एक बेवकूफी भरा सवाल पूछ लिया—डॉ. साहब, क्या कोई छोटा बच्चा, अभी तो कुछ ही महीने हुए हैं, कुछ सोचने-समझने की क्षमता रखता है...मेरा मतलब है कि क्या यह मुझे कुछ नुकसान पहुँचा सकती है! सुनकर तो वह हँसने लगीं। मेरे पास तक चली आयीं। फिर मेरे कन्धे पर हाथ रखते हुए बोलीं—भई, यह क्या नुकसान पहुँचाएगी। इसकी क्या मजाल, इसकी क्या बिसात! वहम मत पालो। डर को दोस्त मत बनाओ। कल ऑपरेशन करना है...नार्मल रहो, समझीं! वैसे भी ऐसी बातों का कोई वैज्ञानिक आधार नहीं है। कोई भी मेडिकल रिसर्च प्रूव नहीं करती। हाँ, बस इतना समझ लो कि हमारे गर्भ में जो कुछ होता है उसी का विकसित रूप हम लोग होते हैं। इस तर्क से भ्रूण के अन्दर एक सीमा तक वे सारे गुण,

वे सारी क्षमताएँ मौजूद होती हैं जो हमारे अन्दर इस अवस्था में हैं। लेकिन यह एक तर्क मात्र है, कोई वैज्ञानिक कारण भले ही न हो लेकिन यह तर्क से परे नहीं था। उन्होंने फिर मेरी पीठ थपथपायी, कल दस बजे आने के लिए कहा और अपनी कुर्सी पर जा बैठीं।

महारानी सेतिया तो अब तुम्हारी मुक्ति का क्षण आन पहुँचा है। अपनी यात्रा के कौन से पड़ाव पर खड़ी हो तुम? मंजिल के करीब हो या मंजिल से भटक गयी हो। यात्रा के इस अन्तिम चरण के अन्तिम बिन्दु पर कौन है तुम्हारा सहयात्री। बोलो-बोलो। बोलो महारानी सेतिया। बोलो महारानी...उर्फ रानी...उर्फ लैला...उर्फ मेरी जान एक नजर इधर भी...। इस पड़ाव पर तुम्हारे साथ कन्धे से कन्धा मिलाकर शबनम सिद्दीक़ी हैं जो तुम्हारे साथ हुए विश्वासघात से व्यथित हैं, तुम्हारी दुर्दशा से द्रवित हैं। कल दस बजे तुम उनके पास पहुँच जाना। वह तुम्हारे सारे दुःख हर लेंगी। तुम्हारी पाकीजगी बहाल कर देंगी।

ऐसा हो तो कई दिनों से रहा था लेकिन आज सुबह से मन ज्यादा ही खराब था। महारानी सेतिया अच्छा नहीं फील कर रही थीं। पेट में दर्द, सिर में चक्कर, पीठ में खिंचाव से परेशान थीं। वह ठीक दस बजे 'पालना नर्सिंग होम' पहुँच गयीं। नर्सिंग होम में अच्छी-खासी भीड़ थी। नीचे माता-पिता दोनों या अकेली माँएँ अपने शिशुओं को थामे इधर-उधर खड़ी थीं। किसी को खसरे की सुई दिलवानी थी तो किसी को पोलियो का ड्रॉप्स लेना था। महारानी सेतिया उनके बीच से होती हुई डॉ. शबनम सिद्दीक़ी के प्राइवेट चैम्बर से सटे वेटिंग रूम में पहुँच गयीं।

जल्दी ही उनका नम्बर आ गया। उनकी बेचैनी कम नहीं हुई थी। सुबह से ही गड़बड़ चल रही थी। डॉ. शबनम सिद्दीक़ी आज बदली-बदली लगीं। जिस दिन कोई विशेष ऑपरेशन होता था वह बदल-सी जाती थीं। या यूँ कहिए कि अपने आप को बदल लेती थीं। चेहरे का शबनमी नूर गायब था, आँखें छोटी-छोटी बटन जैसी हो गयी थीं। नाक का नुकीलापन जाता रहा था, सिर के बाल बस काम भर के लिए बचे थे। उनके चैम्बर में रूहानियत और उजाले की जगह मनहूसियत का राज कायम हो गया था। उनकी आवाज भारी-भारी हो गयी थी। वहाँ कोई नर्स नहीं थी। डॉ. साहिबा अकेले ही पर्याप्त थीं। टेबुल पर सर्जरीवाले औजार रखे थे। महारानी सेतिया ने गौर किया कि औजार तो वही हैं जो डॉ. वोहरा के यहाँ उन्होंने देखे थे लेकिन ये ज्यादा नुकीले, ज्यादा धारदार बड़े थे। सूई एक इंच बड़ी थी, कैंची दो इंच बड़ी थी, चाकू तीन इंच बड़ा था, कटर चार इंच बड़ा था और उस्तरा पाँच इंच बड़ा था।

तबीयत कैसी है? डॉ. शबनम सिद्दीक़ी ने उन्हें टेबुल पर लेट जाने का

इशारा करते हुए पूछा। महारानी सेतिया ने सुबह से जो परेशानी थी, बयान कर दी और गाउन पहनकर टेबुल पर चढ़ गयीं। डोंट वरी, उन्होंने हाथों में दस्ताने चढ़ाते हुए कहा। महारानी सेतिया का दर्द कम नहीं हो रहा था। कभी हाथ पेट के ऊपर ले जातीं तो कभी नीचे। उनका हाथ उनके दर्द का पीछा करते पेट के ऊपर-नीचे, दायें-बायें घूम रहा था। इतना दर्द था, इतनी चिलकन थी कि उन्हें चिहुँक पड़ना चाहिए, था लेकिन वे दर्द बर्दाश्त करती रहीं। डॉ. शबनम ऐसे मौकों पर आले का उपयोग नहीं करती थीं। उनकी उँगलियों में हुनर था, उनके हाथों में जादू था। वे बहुत देर तक महारानी के पेट को टटोलती रहीं, फिर हुँकारी भरते हुए एक बड़ी सिरिंज में लाल दवा खींचने लगीं। फिर महारानी की कमर में वह जगह तलाश करने लगीं, जहाँ वे उस दवा को उतार देंगी।

घोर आश्चर्य है, वे बुदबुदायीं। ऐसा पहले कभी नहीं देखा। ताज्जुब है चार महीने के भ्रूण में इतनी ताकत कहाँ से आ गयी। महारानी सेतिया उन्हें प्रश्नवाचक दृष्टि से देखे जा रही थीं। वह फिर बोलीं, कुछ कोशिश हुई लगती है अन्दर...कल से लोकेशन बदल गयी है भ्रूण की...ऊपर की तरफ बढ़ने की कोशिश की गयी है। किसी फीट्स में एक दिन में इतना मूवमेंट, इतना स्थान-परिवर्तन कभी नहीं देखा। अगर थोड़ा मूवमेंट ऊपर की तरफ और होता तो आपकी जान को खतरा था, सौ प्रतिशत खतरा। बच गयीं मैडम आप...।

और अन्त में...डॉ. शबनम के इंजेक्शन लगाने से ठीक पहले...एक और कोशिश हुई। एक आखिरी हमला किया था किसी ने अन्दर से महारानी सेतिया पर। लगा उनकी अँतड़ियाँ ऊपर की ओर खिंच रही हैं, सीने पर दबाव बढ़ने लगा, भयंकर ऐंठन हुई, साँस रुकने लगी उनकी। दूसरे ही पल यही दबाव उनके पेट के निचले हिस्से पर बना, और फिर बनता चला गया। दर्द से उनका चेहरा लाल पड़ गया। दोनों हाथों से वह अपने पेट को जकड़ते हुए चिल्ला पड़ीं—यह मुझे मार डालेगी डॉक्टर...इसने कहा था मैं तुम्हें हरा दूँगी...कोई डॉक्टर नहीं बचा पाएगा तुम्हें...। लगता है यह मुझे लेकर ही जाएगी। मैडम...मुझे बचाइए इससे, मुझे बचाइए इससे...बचा लीजिए...बचा...। असहनीय पीड़ा से बिलख पड़ीं वह।

डॉ. शबनम सिद्दीक़ी बड़ी तजुर्बेकार डॉक्टर थीं। वह जानती थीं महारानी सेतिया मरेंगी नहीं। और वह मारेगी नहीं। वह मारने के लिए इतना सब कुछ नहीं कर रही थी। उसकी सारी कोशिशें बाहर निकलने के लिए हो रही थीं। वह तो बस बाहर आना चाह रही थी। बाहर आने के लिए बेचैन थी वह। वह अँधेरे में घबरा रही थी। शायद उसे आहट हो गयी हो कि उसके साथ कुछ किया जानेवाला है। वह उस जगह को छोड़कर बाहर निकल आने के लिए बेताब थी।

वह सूरज देखना चाहती थी, वह चाँद देखना चाहती थी, वह बादल, पानी और फूल देखना चाहती थी, वह आसमान के तारे देखना चाहती थी। इस सुन्दर दुनिया को देखना चाहती थी। और...और वह शान्तनु मेहरोत्रा को देखना चाहती थी।

दर्द बढ़ रहा है मैडम, महारानी सेतिया की आवाज लरजने लगी थी। डॉ. शबनम का चेहरा कठोर हो गया। उस सिरिंज से कुछ फुहारें छोड़ती वह महारानी सेतिया की कमर पर रुई से रगड़ने लगीं। दो तरह की चिड़ियाँ होती हैं, वह अपने मरीज को मुखातिब करते हुए बोलीं, एक होती है शान्त, सौम्य...बिल्कुल गूँगी, और दूसरी होती है फुदकनेवाली...चहचहानेवाली। सिरिंज को कमर में चुभोते हुए वह महारानी सेतिया का दुलार-पुचकार करने लगीं—देखो-देखो, कैसे मैं इसका चहकना बन्द करती हूँ। इंजेक्शन के अन्दर घुसते ही महारानी सेतिया की आँखें भिंच गयीं, चेहरे पर खिंचाव उभर आया और मुँह बिसुर गया। बस काम हो गया...काम हो गया। डॉ. शबनम ने सूई बाहर निकालते हुए कहा। लेकिन पूरा काम नहीं हुआ था। वह फिर से हमला बोल सकती थी। वह अपनी बची खुची ऊर्जा इकट्ठा कर ऊपर चढ़ने का एक अन्तिम प्रयास कर सकती थी। महारानी सेतिया की जान का खतरा अभी पूरी तरह टला नहीं था। दुश्मन में अभी जान बाकी थी। अगर इसी समय उस पर दूसरा वार कर दिया जाए तो बस काम हुआ समझिए। बचा-खुचा चहचहाना, बचा-खुचा फुदकना भी बन्द। ठीक इसी समय महारानी सेतिया के अन्दर एक मूवमेंट शूरू हुई...फिर उसी तरह की एक कोशिश। अब किसी भी वक्त आखिरी हमला हो सकता था। महारानी सेतिया चिल्ला पड़ीं, डर के मारे चीखने लगीं। कोई उनकी जान बचा ले। डॉ. शबनम ने दूसरा इंजेक्शन तैयार किया और मरीज की दूसरी ओर उतार दिया। पल भर में मरीज के पेट में हो रही सारी हलचल को विराम लग गया। एकदम सन्नाटा हो गया।

महारानी सेतिया को आराम मिला। उनकी आँखें बन्द हो गयीं और डॉ. शबनम सिद्दीक़ी ने बाकी का काम कमाल-ओ-फन के साथ बस कुछ मिनटों में ही पूरा कर दिया। फिर डॉ. शबनम माथे का पसीना पोंछते हुए बोलीं—आज तक दो इंजेक्शन की जरूरत कभी नहीं पड़ी थी। यह एक अनोखा केस है।

जैसे ही महारानी सेतिया की आँख खुली उन्होंने डॉक्टर से पूछा—कहाँ है वह? डॉ. शबनम ने कोने में रखे कूड़ेदान की ओर इशारा कर दिया—वहाँ...उसी में। वह कुछ देर तक टिन के उस गन्दे कंटेनर को ताकती रही, फिर अपने सिर को झटकाते हुए डॉ. शबनम से मुखातिब हुई—मुझे कब छोड़ेंगी? आज ही, अभी...उन्होंने तौलिये से अपना हाथ पोंछते हुए कहा। महारानी सेतिया चुप हो गयीं। कुछ देर उसी मुद्रा में बिना बोले बैठी रहीं। फिर बोलीं और इसका क्या करेंगी? डॉ. शबनम अपनी आराम कुर्सी में धँस चुकी थीं। वह चाय का घूँट

लेते हुए बोलीं—देखिए, आजकल के डॉक्टरों की तरह हम गटर डिस्पोजल में यकीन नहीं करते। एक तो फीट्स के लिए यह डिस्ग्रेसफुल है, दूसरे खतरा अलग से। फीट्स पूरा ग्रो कर गया था, नहीं तो अन्दर ही अन्दर टुकड़े-टुकड़े करके साफ कर देती। गटर के साथ प्रॉब्लम यह है कि सफाई वालों को हफ्ता न दो तो बड़ी आफत करते हैं। चैनल वालों को खबर कर देते हैं।

तो? ...महारानी सेतिया ने अपने पेट पर लगे चीरे पर उँगली फेरते हुए पूछा। तो क्या, कहीं दूर फिंकवा देंगे? आप फिकर न करें। बस दो सौ रुपये एक्स्ट्रा देती जाइएगा।

महारानी सेतिया चुप हो गयीं। फिर वे कोने में रखे कूड़ेदान को देखने लगीं। देखती रहीं...। क्या और कोई रास्ता है, उन्होंने फिर पूछा। डॉ. शबनम तपाक से बोलीं—क्यों नहीं? है, दूसरा रास्ता भी है, लेकिन रकम लगेगी...लगभग दो हजार। पाँच सौ में हास्पिटल स्टॉफ, पाँच सौ मेरा कमीशन। बगल में फूलों का बाड़ा है न...यहीं बगल में। एक हजार बाड़े वाले को देंगे। वह सबकुछ कर देता है। उसी बाड़े में।

फूलों का बाड़ा। महारानी सेतिया को अजीब-सा लगा। वह बुदबुदायीं...फूलों का बाड़ा...। नाम कुछ अटक-सा रहा था—फूलों का बाड़ा...जैसे कसाईबाड़ा...जैसे...। उनके चेहरे से लगा जैसे कुछ नकार रही हैं...इस नाम में कुछ खटक रहा था उन्हें। जहाँ बहुत से फूल हों...उसके लिए फूलों का बाड़ा। डॉ. शबनम ने आगे अपनी बात पूरी की—वह बाड़े वाला भ्रूण को अन्दर दबा देता है। फिर उस पर कोई अच्छा-सा फूल लगा देता है—जैसे गुलाब, चम्पा, चमेली, रजनीगन्धा, मालती, डेजी या रात की रानी। साल दर साल वह लगाता रहता है। समय-समय पर खाद-पानी डालता है, सिंचाई-गोड़ाई-निराई और बाकी देखभाल करता है।

लोग वहाँ से फूल-पौधे खरीद-खरीद कर ले जाते हैं और अपनी क्यारियों में सजा देते हैं। वह झट दूसरा फूल वहाँ लगा देता है। वह जगह कभी खाली नहीं रहती है। अधिकतर जो लोग हमारे यहाँ आते हैं उन्हें मैं पाँच सौ की जगह दो हजार खर्च करने की सलाह देती हूँ। सिर्फ एक बार की ही तो बात होती है! यह गटर-डिस्पोजल से कहीं अच्छा रहता है।

महारानी सेतिया ने पाँच-पाँच सौ के चार नोट टेबुल पर सरकाते हुए पूछा—क्या वह बाद में वह फूल का पेड़ मुझे बेच सकता है। नहीं, वह धीरे से बोलीं, जी नहीं। उसका नियम है उस जगह का पहला पौधा वह आपको नहीं बेचेगा। उसे कोई और ले जा सकता है, आप नहीं।

पैसे देकर वह लँगड़ाते हुए बाहर आ गयीं। पालना नर्सिंग होम से सटा

था वह फूलों का बाड़ा। महारानी सेतिया की गाड़ी करीब-करीब वहीं खड़ी थी। पास से गुजरते हुए उनका मन हुआ कि एक बार बाड़ेवाले से मिलती चलें...एकाध फूल-पौधे ले लें। लेकिन दर्द अभी भी बाकी था। वह गाड़ी में बैठ गयीं और ड्राइवर का इन्तजार करने लगीं।

वह बगिया फूलों से सजी हुई थी—उसका दामन ऐसा लग रहा था जैसे फूलों का गुलदस्ता। लाल, पीले, सफेद रंगोंवाले गुलाब, अपने ही रंगवाली चम्पा, शोख रंगवाली चमेली, हरे कपड़े में लिपटी डेजी, चाँदी का गहना पहने रजनीगन्धा, सोने के रंग में दमकती सूरजमुखी, चन्द्रमुखी, रात की रानी, कामिनी, जूही, कचनार और बेला से। पूरा चमन गुलजार था, पूरा गुलिस्तान आबाद था। रंग-बिरंगी तितलियाँ उन फूलों के बीच उड़ रही थीं, उन पर सवारी कर रही थीं, उन्हें छेड़ रही थीं। भौंरे भी पीछे न थे। वे तितलियों के साथ जुगलबन्दी करते हुए फूलों के रस के फिराक में थे। जब वे गुनगुनाते थे तो तितलियाँ नाचने लगती थीं और फूल मद-मुग्ध हो जाते थे। तितलियों और फूलों में गहरी दोस्ती थी...आपस में नोक-झोंक का आलम था। हवा इसमें मदद करने को आतुर थी। हवा के झोंके से फूल जैसे झूम रहे थे, हँस रहे थे, मचल रहे थे, शोरोगुल कर रहे थे। फूलों से लदी टहनियाँ शर्म से झुकी जा रही थीं, कलियाँ हवा से लरज रही थीं। फूलों को कोई गम न था...वे खुशबू बिखेरने में मगन थे। पंखुरियों पर सजी पानी की बूँदें आँसुओं का भरम पैदा कर रही थीं। लेकिन थीं वे शायद मोती। शबनमी मोती।

फूलों के बीच में जो कलियाँ थीं वे बस फूल बनने की ताक में थीं। वे फूलों की नकल कर रही थीं...फूलों के साथ डोल रही थीं। बस कुछ ही दिन की बात थी...फिर वे भी खिलने लगेंगी, फिर वे भी भरने लगेंगी। वे भी तितलियों का आसरा बनेंगी, भौंरों को भरमाएँगी...देखने वालों को ललचाएँगी...पूरे चमन को अपनी खुशबू से, अपनी सुगन्ध से कायल कर देंगी।

इन्हीं के बीच में बहुत छोटे-छोटे...बहुत नाजुक-नाजुक पौधे आँख खोल रहे हैं। सूरज और चाँद, हवा और पानी, भौंरे और तितलियाँ जमीन से दोस्ती करके इन पौधों को जिन्दगी बख्शेंगे, ताकत अता करेंगे। इन्हीं पौधों पर कलियाँ फूटेंगी, पत्तियों के पर बनेंगे...और चमकदार, खुशबूदार फूलों से टहनियाँ लद जाएँगी।

ठीक वहीं...जहाँ कुछ छोटे-छोटे पौधे आँख खोल रहे थे, थोड़ी-सी छोटी-सी जगह खाली थी। सारे फूल, सारी कलियाँ, सारे भौंरे, सारी तितलियाँ, आज मस्ती में चूर हैं, रोज से ज्यादा हँसने-गाने और शोरोगुल करने में मसरूफ हैं, क्योंकि आज उनके बीच उस छोटी-सी...थोड़ी-सी खाली जगह में एक नया

मेहमान आनेवाला है। एक नया दोस्त, एक नया साथी उस छोटी-सी खाली जगह को अपनी जगह बनानेवाला है। यह उसके आमद की खुशनुमा आहट है जिसे पूरी कायनात कान लगाकर सुन रही है। पूरी प्रकृति, पूरी कुदरत उसके आने की पुरजोर पैरवी कर रही है। उसी के स्वागत में, उसी के इस्तकबाल में, उसी की आवभगत की तैयारी में इस बाग का गुंचा-गुंचा फूले नहीं समा रहा है।

महारानी सेतिया लहलहाते फूलों को देखकर अभिभूत थीं। दवाएँ जो शबनम सिद्दीक़ी ने दी थीं, वे उनकी गोद में पड़ी थीं। दर्द की गोली से दर्द पूरा कम नहीं हुआ था। वह कुछ देर और उस बाड़े पर नजर जमाये रखना चाहती थीं लेकिन दर्द बना हुआ था। शबनम सिद्दीक़ी एक तजुर्बेकार डॉक्टर थीं। उन्होंने बता दिया था कि ऐसे ऑपरेशन के बाद दर्द पूरी तरह कभी खत्म नहीं होता है। मीठा-मीठा दर्द हमेशा होता रहेगा...ताउम्र।

इसके माली को बुलाओ, उन्होंने ड्राइवर से कहा। वह एक बूढ़े-से व्यक्ति को अन्दर से बुला लाया। बूढ़ा नंगे बदन था, उसके हाथ में लाठी थी। तुम्हीं इस बगिया के माली हो? उन्होंने पूछा। नहीं बीबी जी, मैं तो बस यहाँ चौकीदार हूँ। और माली? वे उसे देखने लगीं। बूढ़ा एक गगनचुम्बी अट्टालिका की ओर इशारा करते हुए बोला, वहाँ...बीबी जी वहाँ! इस बाग का माली ऊपर रहता है। महारानी सेतिया ने ऊपर की ओर देखा...देखती रहीं...फिर बूढ़े से कुछ पूछना चाहा, लेकिन वह अन्दर चला गया।

उन्होंने ड्राइवर के कन्धे को छू भर दिया। गाड़ी रेंगने लगी। फिर खिलखिलाते फूलों को पीछे छोड़ती सरपट भागने लगी। मौसमे बाहर की दस्तक फिजाँ पर हो चुकी थी। सड़क के दोनों ओर लगे सेमल, गुलमोहर, पलाश, हरसिंगार और अमलतास के दरख्तों में भी चटख रंगवाले फूल खिल आये थे। कुदरती रंगोली और बन्दनवारों के बीच से गुजरते हुए उनका मन हल्का होने लगा। वह मन ही मन बोलीं—अगर फिर कभी इधर आना हुआ तो इस बगिया के अन्दर...ठीक उसके बीच में...जहाँ वह फूलों का झुरमुट है, जिसके नीचे थोड़ी-सी छोटी-सी खाली जगह है...वहाँ तक जरूर जाऊँगी।

□□□

णाणं

पयासयं

वीर नि.सं. 2470

ई.सन् 1944

भारतीय ज्ञानपीठ